ちくま文庫

炎のタペストリー

乾石智子

筑摩書房

キアキア
キアキア湾
サッファー
ヒッテン
ダルタン国
トント峠
セナ
ウェッセ
ムメンネ王国
コーリン
央ノ海
コーリン川
ブラン山地
ブランティア
ネルス海
陽ノ湾
陽ノ海
サンヌス
ンタン海峡
太陽帝国
ロイ
アフラン領
ゴルジュア国
フラン
デシ
ヤカル
ミラ台地
(導きの灯台)
ミラ
シア山
水壁
火鳥山脈

黄昏海
ギョウ
神森
暁女王国
ハルラシト
タイ川
ガルフィール
赤の森
カンカ
レメル
ハルラント聖王国
オブス帝国
オブス山脈
トンド
カベル
ブロロ
ウラア
ミオハロン山脈
ルッシン
ピンニャ帝国
タッゴ帝国
ヴェリラン海
アフラン王国
オクアクシア
人無島
コシナプト
カルナ帝国

主な登場人物

エヤアル……………………ハルラント聖王国〈西ノ庄〉の少女。幼い頃〈炎の鳥〉に魔法を奪われた。

オールト、ズワート……徴兵されたエヤアルの一族の少年たち。

イムイン……………………徴兵された〈西ノ庄〉の少年。簡単な操風魔法を使う。


メリン……………………ハルラント聖王国の将軍。カンカ砦を守る。

コーボル……………………メリンの副官。

ホルカイ……………………〈鷹の目〉、カンカ砦の歩哨。

マヤナ……………………カンカ砦で下働きをする少女。


ペリフェ三世……………ハルラント聖王国の国王。人々に命令を強制する「魔力を秘めた声」を持つ。

カロル……………………ペリフェ三世の弟。〈太陽帝国〉ブランティア所属の神殿騎士。

リッカール………………ペリフェ三世とカロルの従弟。火炎神殿の神官。


ジヨン……………………カロルの従者。

チヤハン……………………カロルの従者。簡単な操物魔法を使う。

オヴイー……………………森の神の神官。操木魔法を使う。


レヴィルーダン…………火炎神殿本社《やしろ》所属の神殿騎士。

ニバー……………………火炎神殿本社の神官長にして火炎神殿騎士団の副総長、そして予言者。


キシヤナ……………………ブランティアの教育者。

ブルーネ……………………キシヤナの家に仕える老女。開閉魔法を使う。

炎のタペストリー

1

今年はじめてのルリツバメが、山稜から鋭い弧を描いてあらわれた。びろうどに襞《ひだ》をよせたかのような丘に羊を追っていたエヤアルは足をとめて、天を仰いだ。少し厚めの唇に微笑を浮かべれば、神森の木肌と同じ漆黒の色をした瞳に光が宿る。

喉をふるわせて鳴くルリツバメの声は、高らかな春の喇叭《らっぱ》となって水色の空に響いた。するとそれを合図にしたかのように、流れる星さながらに大群が空を横切りはじめた。丘と森には飛翔の喜びがこだまし、大地にこごまっていたハナサフランやマツユキソウやスミレが頭をもたげ、白、黄色、紫の花を次々に咲かせていく。

彼等は遠く南西の、古くて温かい海から、海と同じくらいに古い山々や台地の上をわたってやってくる。谷間や川辺や森の中に点在する都市や町や、人の踏み入らない山並みまでも領地にする数々の王国を眼下にして。春を告げる声で草木をめざめさせ、人の目の中に明るい火を灯していく。そうして、この、ハルラント聖王国の最西端の丘から、いくつもの森と平原を横断し、国境をまたいでシャーロン山脈を越え、さらに東へと飽くことなく旅をつづける。ムメンネ王国、キアキア六諸国のはての、太陽が昇りきたる波打ちぎわまで。冒険心のあるものは、もしかしたら〈太陽帝国〉の都にまで達するかもしれない。世界の中心といわれるブランティア、ない物はないと謳われるブランティアまで。そしてその先には、海に囲まれた大きな土地があって、アフランと呼ばれているそうな。アフラン王国。水壁に護られた鳥の形をした島、炎の鳥、火炎神のおわすところ。

炎の鳥。

エヤアルの唇の両端が、錘《おもり》でもつけられたかのように下がった。黒い瞳は最後のルリツバメの尾羽が森のむこうに消え去るのを見送ってはいたものの、気がつくと心は記憶の井戸のそばにあって、八年のときなどなかったかのように、相変わらず炎の鳥と対峙している自分がいる。自分にかけられた呪いも、心の臓の鼓動と一緒に身体中をめぐっているのを感じている。忘れるな。忘れてはならない。

ほんの軽い気持ちで、胸のうちに満ちていたざわつきを解放したのは、八年ほど前の秋口のことだった。それは物心ついたころからあった薪の上に躍る炎さながらの熱いざわめきだった。

「いいか。それを使っていいのは魔法教師が来てからだぞ」

と大叔父から肩をおさえて言いふくめられ、

「魔法教師はね、エヤアルが六つになったときに来るからね」

「それまではどんなに胸の中でざわざわしても、それを自由にしちゃなんねえぞ」と両親からもくりかえし教えられていたのだ。

おとなたちは、してはいけない、とは口を酸っぱくして教えたが、なぜなのか、どんな結果を招くかについては話してくれなかった。エヤアルにしてみれば、禁じられれば禁じられるほど、謎が深まっていくばかり、その日一人で丘の上に登っていき、夕陽を右手に見ながら、胸のうちにたまったざわつきに自由を与えた。

数滴の水と火が、金色のつむじ風のようにからまりあいながらほとばしり、丘の上を走っていった。爆ぜるような音とともに草原が炎と煙をあげ、エヤアルはびっくりして、ただそれが広がっていくのを目にしていた。つむじ風は森の中に突っこんでいき、何かが木々にぶつかるような音がしたかと思うや、爆風が噴きあがった。大地がとどろき、何百何千の瘤《こぶ》を持った煙の巨人がもくもくと森の上に立ちあがった。巨人はその巨体を空いっぱいに広げ、木々は絶命の叫びを発した。大きな翼を持った炎があらわれて森を焼きはじめ、蒸気の太い筋がいくつもあがって夕陽を隠した。

木々の絶叫と獣たちの悲鳴が、エヤアルの頭蓋骨の中で終わりのない死の歌となった。歯ががちがちと鳴り、両膝が砕けた。森がまるまる一つと、その奥におとなしく座っている山一つが、巨人の足に踏みしだかれていくのを呆然とながめていた。木っ端や煙や煤や火の粉が襲い来ても、泣くことも動くことも忘れはてて。

両親や大叔父大叔母たちが家から飛びだしてきた。そうして、母の必死の叫びが斜面を昇ってくる前に、大きな翼は完全な炎の鳥の姿となってあらわれたのだった。

炎の鳥は大きかった。家ほどに、丘ほどに、いやいや、山ほどに。鋭い逆三角形の頭には炎の冠毛が逆だち、広げた両翼からはぱちぱちと火の粉がはぜ、切れあがった両目の中では黄金が溶けていた。

嘴《くちばし》から発せられるのは燃えさかる星々、白や青や橙や黄色や赤や紫の太陽にちがいなかった。しかし頭の中にきこえてきたのは、人間の言葉だった。ブロル語ではない外国《とつくに》の言語であったものの、エヤアルにはちゃんと聞きとることができた。

――火炎と水柱。赤華草と夜光草。紅玉と青玉。金の枝と銀の枝。そなたには荷が重いぞ。今はまだ。今はまだ。それゆえ奪う。ときがきたら返してやらなくもない。ときがきたら。ふさわしきそなたがいたら。

炎の鳥は星々の嘴をエヤアルの胸に無造作につっこみ、世界樹さながらに水と火の枝を光らせている魔法の若木をひきちぎった。

――子どもよ。こは罰にあらず。こは螺旋を描く運命の一部なり。そなたにはこを苦にせずに、生きのびていくことを望む。

身体中が千切れるかのような痛み。のたうち、泣きわめいていても、その声だけは、星の光同様に輝かしくはっきりと胸壁に刻まれた。刻みこまれた言葉からこぼたれたなにかが、ひきちぎられた魔法の根元をやさしくなでた。そのおかげだろうか、痛みは少しずつおさまっていった。草の上に横たわり、しゃくりあげながら、涙の止まらない目で、炎の鳥がまるで祝福でも授けるかのようにあたりをひとしきり飛びまわり、百羽のルリツバメが鳴くような声で炎の歌を歌ってから、南のほうへ、ねぐらのあるアフランの方角へと去っていくのを見ていた……。

今、森は八年前の火災などなかったかのように、数十年も経たような顔で緑の天蓋をつくっている。再生の魔法をもった一人の旅人がやってきて宿賃がわりに森の成長を早めてくれたのだ。つい二年前のこと。そうでなければ、その背後の山同様に、まだひょろひょろの幹しかもたない青ブナ林にすぎなかっただろう。

炎の鳥の語りが心の壁に星の光を残してくれたおかげで、幼いエヤアルは魔法を失ったことを残念に思いこそすれ、卑下することも己を哀れむこともなく育った。もちろん、魔力を持つ人たちを見るとうらやましいと思うこともあるが、再びあの力を持ちたいとは思わなかった。むしろ力が戻って山野を焦がすことを怖れた。火に巻かれた木々の絶叫や走りだしてきた獣たちの姿を忘れない。忘れてはいけない、と身体中に響く声が、天を焦がす炎と瘤だらけの醜い煙と死んでいく森を、記憶の井戸に縫いとめる。してはならないことをしたのだ。誰が許しても、自分はそれを忘れてはならないのだ。

昏がさらに薄くなったとき、老犬トリルの鼻面が指をつついて我にかえった。記憶の井戸端に身を乗りだし、さらに奥底をのぞきこもうとしていたことに気がついて、彼女ははっと息を呑み、無垢なるトリルの目と目をあわせた。

「良かった……！　あんたがいないと、思い出の迷路にはまっちゃうね」

背筋をのばして、長い旅から帰ってきた者のようにあたりを見わたし、張っていた両肩を落とした。丘に草を食む羊たちの白い背中を素早く数え、一頭の姿がないことを見てとった。しまった、と口の中で罵り、長外套《シオル》をひきちぎるようにして脱ぎすて、その裾が草をなぶるよりも早く、草と石ころの上を駆けだした。老犬トリルはうれしそうに吠えたててついてくる。

束の間でも目を離すと、それをちゃんとわかっているかのように、あの〈まぬけ《ムージィ》〉は群れからいなくなるのだ。どうして自分の居場所を捨てるようなまねができるのか、エヤアルには理解できず、いつもあの若い牡羊をさがしあてて連れもどすのと同じくらいの時間を使って考えるのだが、いくら考えても羊の頭の中のことは、泥をかき混ぜるより無為の技だとこのごろようやくわかってきた。

トリルがどんどん先に駆けていく。負けじと速度をあげ、膝小僧まで剝きだしにして上り下りをくりかえし、合間合間に羊の名を呼ぶ。ようやくひねこびたハンノキの立つ窪地にはまっているムージィを見つけた。残雪と泥に足をとられながら、両手をあげて恐慌をおこしている羊をなだめ、ともすれば無為にもがくのをおさえつけて、小ぶりとはいえ若い牡の尻を堅い地面に戻すのは容易なことではなかった。小半刻もの格闘の末にようやく縁におしあげると、足場がしっかりしたとわかったとたん、毛の先から泥をまきちらしてとっとと駆けだしていってしまった。荒い息をつきながら恨めしげに見やれば、心得た老犬トリルが吠えたてて、群れのほうへと上手に誘導していく。斜面の陰にその声が消えてからようやく、エヤアルは四つん這いから立ちあがり、ひとしきり罵りつつスカートの泥をはらい落とした。すぐにきりがないとげんなりした。泥は布の織り目にまで入りこんで、いくら洗ってもおそらく全部は取れないだろう。母さんから小言を言われたら、そのまま着るからと言えばいい。母の溜息が耳元で聞こえる。

「おまえは物事の変化が何より嫌いなくせに、いったん変化してしまえばやすやすと受け容れる。変な子だねえ」

「やすやすとなんかじゃないわよ。でも、起きてしまったものは仕方がない。ほら、鍋を焦がしたって文句言っても、鍋のお焦げは取れやしないでしょ？　あきらめも肝心」

理屈にならない反論だとはわかっている。エヤアルはようやく微笑を浮かべた。そう、泥のスカートをはいていたって、誰が見咎めるわけでもない。せいぜいが羊たちとトリルだけ、そしてトリルがそんなことを気にするとは思えない。

エヤアルはスカートの裾を払うや、坂を駆け登っていった。

一瞬の草いきれのあとに涼やかな微風が流れていき、かすかに甘い花の匂いがし、どこかでヤマガラのねぼけたような途切れ途切れのさえずりも聞こえる。

シロツメクサとレンゲの花が白と赤の模様をつくっている斜面の中程に、仲間と一緒にいるムージィを認めて、エヤアルは再び岩の上に腰をおろした。老犬のトリルが舌を出して足元にねそべった。風になびく草がひるがえって、青銀色の葉裏がまぶしい。

ひと落ち着きすると、彼女の目は羊たちをとらえつつ、頭ではいつもの遊びをはじめる。森の木々の種類を列挙し、さえずる鳥の名前をあてるのだ。しかしそれらはすぐに品切れになってしまうので、今度は一族の名前を並べていく。年をとった順に、それから若い順に。正確に数えれば三十二人に及ぶ。三十二人のうち戦につれていかれた十八人をあげ、そのあと病気や怪我で亡くなった人たちの名を呼び、悲しくなって溜息をついた。

トリルの背中に手をつっこむ。温かく柔らかい毛をなでていると、この子がまだ仔犬だったときの景色がよみがえってくる。きょうだいでじゃれあっているその中に爪先をつっこんだオールトが、大叔父のコーエンに拳骨を喰らい、仔犬たちと一緒にぎゃんぎゃん泣いていたっけ。

「こいつらは大事な羊の番をする大事な犬たちだ。邪険にするでねえ」

大叔父のがさついた声が響く。

それから、嵐の晩、屋根をわたっていく大風に身をちぢこめていると、父が包むように抱いてくれたこともよみがえってくる。炉の火は小さく頼りなく、そのまわりに身を寄せあっている一族の顔も、暗がりと灯りの境界で灰色にゆらいでいた。誰かが咳をし、誰かが洟《はなみず》をすすりあげ、誰かが呻いた。

父はどこへ行ってしまったのか。彼らはどこへ行ってしまったのだろうか。森の神の御近くに、とボケン叔母がよく祈っていたが、そのボケン叔母も病に倒れて死んでしまった。残っている一族は今ではたったの三人だ。

七十年にわたる内戦がハルラント聖王国をつくりあげたのだが、戦は同時に王国の疲弊をも招いていた。病巣のように無知と貧困がはびこりはじめ、国の弱体化を知った隣国が断続的に国境を脅かした。二代三代にわたってつづく戦は、流行病と同じくらい素早く家族を奪っていったのだった。

徴兵吏がやってきて、またいとこ同士だったオールトとズワートをさらっていった三年前の冬の終わりに、のこされた三人は肩を抱きあって涙を流した。それは二人の少年のためでもあり、逝ってしまった一族すべてのためでもあり、自分たちのための涙でもあった。そして、仔犬を蹴ったオールトも、後ろで笑いながら見ていたズワートも、彼等を叱った大叔父同様に二度と帰ってはこなかった。

「これからは三人でがんばらなくっちゃならない」

と母は涙をふきふきエヤアルに言ったが、それは自分に言いきかせているように響いた。

「ばあばあ様も、これからは自分のことは自分でしておくれよ。自分でできることは何でもしなきゃ、生きのびることなんぞできやしないんだからね」

それまではオールトやエヤアルたちに、やれ背中をかけだの、スープをよそえだの、そこの鋏《はさみ》を取れ、毛布をもってこいだのと言いつけて、炉のそばに終日座ったままだった曾々祖母は、「あたしゃ年寄りなんだ。大事にしとくれよ」の口癖を見事なまでに封印した。不思議なことに愚痴めいたことを言わなくなった曾々祖母には、体力と気力がよみがえってきたようで、何年とさわることもなかった刺繡台によたよたと歩いていき、古い糸を使って新しい何かを描きはじめたのだった。

「ねえ、母さん。ばあばあ様の年は、本当はいくつなの？」

晴れた夏の日に、小川のそばで洗濯をしながら聞いたことがある。夏の川は木洩れ陽をまぶして緑に金にときらめいていた。母は下着をしぼりながら鼻を鳴らした。

「本人が言うほど、年くっちゃいないよ。最初の子を生んだのが十三のとき、孫が生まれたのが二十五、六だろ？　その順で数えりゃ、ううんと、五十かそこらじゃないのかね」

五十かそこらでも十分年寄りだが、曾々祖母としては格段に若いともいえた。母は鼻梁の上に皺をうんと寄せて、

「あと十年は働いてもらわんとね。せめておまえが嫁に行くまでは」

エヤアルはしばらく黙って金と緑の光が戯れる様をながめながめしながら、古い上着をすすいでいた。やがて吐きだすように口にしたのは、

「あたし、嫁には行かない」

「エヤアル……」

「あたしはどこにも行かない。戦にだって、ひっぱっていかれるはずないし」

「嫁に行かないって……そんなわけにはいかないだろ？」

「どこにも行かない。そう決めたんだ。ずっとここにいる」

……ずっとここにいる。羊たちと老犬トリルと、この丘を護っていく。

十三歳になったエヤアルは大きく息を吸って、草いきれで肺をいっぱいに満たした。

そのとき足元からゆったりとした勾配でなだれていく丘のむこうの、地平線までつづいている青ブナと広葉樹の森から、ムクドリの群れが何かに驚いて飛びたった。ルリツバメの飛翔に比べるとひどく無様な飛び方で、上を下へと大騒ぎして、散っては集まり集まっては散りをくりかえした末に、礫《つぶて》のように〈カベルの森〉に落ちていく。エヤアルは、破れた布端を思わせる森と丘の境界線に、細めた視線をむけた。細道が森から出てくるあたりで黒い芥子粒が三つ、動いている。

〈カベルの森〉のさらにその先、春の陽にすみれ色にかすむ地平線間近に、カンカ砦がある。それは、十数年にわたってエヤアルの家族を奪っていった黒い四角であったが、どんどん近づいてくる三つの芥子粒はどうやらあの死の箱から吐きだされてきたものであるらしかった。

視線は丘の右端にあるわが家に流れた。かつて大人数が同居していた大きな切妻屋根には、あちこちに穴があき、壁板もところどころ欠けおちて、今では納屋と物置きになっている。食糧小屋だった二階建ての小屋が寝起きする場所になったのは、まだ雨もりもしないし、すきま風もそうひどくないからだ。

それでも、エヤアルが生まれた頃には、まだ三十数人がにぎやかに暮らしていた。〈西ノ庄〉と呼ばれ、羊も山羊も牧羊犬も今の十倍はいたのを覚えている。歯が抜けていくように、祖父母や大叔父やその子どもたちが戦にかりだされていなくなった。祖父は操石魔法を、祖母はめくらましの力を買われて連れていかれ、父と父のきょうだいやいとこたちは予知能力や操風魔法を持っているがために――一人ひとりの力はそう大したものではなかったのだが、徴兵吏はそんなことはおかまいなしだった。魔力をもつものは全員つれだされ、二度と戻ってはこなかった。

エヤアルは眼下の騎馬が幻であることを願うかのようにぎゅっと目をつぶり、しばらくしてからゆっくりと目蓋をあけたが、それらは幻などではなく、三頭の馬は軽々と草原を横切って近づいてきており、乗り手のシオルの留め金や馬の脇腹に寝かせてある短い槍の締輪がきらりと陽に輝いた。

まもなく家のそばまでやってきた彼等の一人が素早い身ごなしで降りたって、軒下に姿を消した。が、すぐにまたあらわれて、エヤアルのいる方に腕をのばした。彼等はそろって斜面をあがってきはじめ、一瞬エヤアルはどこかに姿を隠せないかと考えた。しかし、足は大地に根を張って、彼女はただ、どんどん近づいてくる相手を凝視しているのだった。

そのうちに、三人の中の一人が、よく知った顔であることに気がついた。隣の森のイムインは、去年カンカ砦に徴兵された少年だった。ときおり一緒に遊んだことを、腹だたしく思いだした。物知りの老バッサンの孫ではあったものの、彼の頭は草原のあちこちに足掛け罠をいっぺんに作るにはどうしたらいいかを考えるためだけに使われて、老バッサンの語る王国全体の話や、ルリツバメについての知識などにはむけられることがなかった。それらはもっぱらエヤアルの頭に蓄えられていた。エヤアルは、年上ながら子どもっぽいこの少年に、ときおり軽侮の念を抱いたものだ。

馬の蹄に踏みつぶされた草が千切れ、荒々しい風に吹きとばされていき、騎兵がたちまちそばまでやってきた。

馬の鼻息が額をかすめたかと思うや、三人はもう、地面におりたっていた。立ちすくむエヤアルを、二人の徴兵吏は野生の豚でも値踏みするような目でじろじろとながめる。イムインが二人をかきわけて飛びだしてきた。

「やあ、エヤアル、久しぶり」

中途半端にあがった挨拶の手がしばらく見ないうちに大きくなっていた。鼻の頭を三つのにきびで赤くしている。背丈も肩幅も、記憶に残っていたイムインよりひとまわり大きくなっていた。

「おれ、このお二人を案内してきた。カンカ砦の騎士さんたちだ。おまえ、今度の夏で十四になるよな、確か。そんで、徴兵だ」

エヤアルは腰に手をあてている二人を仰いで身ぶるいした。彼女の目には、怖ろしげな森の魔物のように映る。彼等は二人とも大柄で腕が長く、四角い顔に長い髪と髭で、ひどく獣じみている。シオルやその下の胴着、ズボンも擦り切れて垢まみれであり、長靴の紐も今にもちぎれそうだった。

「徴兵……あたしには魔法はないから。砦に行くことはないって、父さんが言ってた」

「それはいつの話だ、小娘」

と、騎兵の片方が吠えるように言った。エヤアルの前髪が吹きあげられる。もう一人も、

「戦つづきで人員が足らんのだ。魔法兵士のみならず、下働きや雑用人員も必要なのだ、たとえ娘っ子一人でもな」

「〈空っぽの者〉でも、今年から砦に行くことになったんだよ、エヤアル」

〈空っぽの者〉と言ったとき、今までになかった侮蔑の響きが含まれていると感じたのは思いすごしだろうか。カンカ砦は無垢な少年を変えてしまったのかもしれない。

「あたし……行けない。行きたくない。あたしがいなくなったら、母さんとばあばあ様と、二人っきりになっちゃう。二人っきりで、どうやって羊番や耕作や水くみができるっていうの」

「拒否はできん、小娘」

「おまえもハルラント聖王国の国民として、国を護らねばならんのだ」

エヤアルはぎっと歯をかみしめた。両足をふんばり、両手をこぶしにして唸った。

「嫌」

それは母狼を殺された仔狼が、巣穴で必死に牙をむく姿に似ていたが、兵士はせせら笑った。

「嫌、と言っても通じんぞ」

長い腕が大蛇のようにのびてきて、骨も折れるかと思うほどの力で彼女の腕をつかん

だ。
「来るんだ」
二、三歩ひきずられたあと、しゃがみこんで抵抗したが、おとなの男の力は十三歳のやせっぽっちの少女の拒否など意にも介さず、直後には軽々と身体をもちあげられ、ばたつく足もかまわず横にかかえこまれ、馬の上に放り投げられた。それでも、相手が騎乗してきたのへ爪をたて、歯をたてようとしたが、頭の横を殴られた。兵士は素早く片方の拳骨で彼女の背をおさえつけ、もう片方の手で手綱《たづな》をとり、馬首をめぐらせた。二人は何かを叫びかわし、笑い声をあげた。
エヤアルの涙でかすむ目に、草の波が流れていった。やがて小屋の戸口で抱きしめあって嘆く母と曾々祖母の姿も背後ににじんでいった。エヤアルは大声でわめきつつ、渾身の力でもがいた。するともう一度、頭に拳骨がふってきた。目蓋の裏に橙と赤の閃光がはじけて、あとはまっ暗になった。

鍋の中でぐらぐら煮られるカブか豆にでもなったような気分で目ざめると、馬の背にうつぶせになっているのだと気がついた。腹にくいこむ馬具か何かが震動のたびに痛みをもたらすので、手足をじたばたさせて暴れた。すると、帯をつかんでもちあげられ、鞍前にまたがる格好になった。さすがにもうひと暴れする気にはなれず、大きな嘆息をついた。

「ちょうどいいお目覚めだったな」

彼女を背後から抱くようにして兵士が言った。

「ほら、すぐに御到着だ」

顎をしゃくるその先を見あげれば、こんもりとした森の上に、灰色の巨人がうずくまっている。

「カンカ砦だ。〈暁女王国〉軍を退けつづけて十年、〈不落の砦〉と呼ばれている。大きかろう？　真ん中のが『本丸』よ」

エヤアルはぽかんと口をあけた。

近づくにつれて、巨人は灰色の石をすきまなく積み重ねた堅牢な建物に変化していった。中央には、樹齢一万年をこす木だ、と言われたら本気にしてしまいそうな巨大な円塔が聳《そび》えていた。

「『本丸』とは、城に使われる言葉だが、ここではみんなそう呼んでいる」

と兵士が説明した。突然おのれの卑小さを意識して震えが走った。背中に接している彼の胸と、手綱を握る腕から伝わってくるぬくもりが、今はありがたかった。

「本丸」の左右に、四角い塔が並んでいた。それらはオブス山脈からの夕陽をうけて、片面は銀に、もう片面は漆黒に、くっきりとした輪郭をあらわしている。これが、遠く家の丘から見えた黒く四角いものとは信じられなかった。

「左が西の塔、右が東の塔、東の塔からのびているのが〈ペリフェの壁〉だ」

西の塔が山腹に接しているのに気がつき、ここが聖王国の西のさいはてなのだ、とエヤアルは老バッサンから聞いた言葉を不意に思いだした。すると勝手に口が動いた。

「〈ペリフェの壁〉はとぎれることなく東へ東へとのびていて、〈暁女王国〉軍が侵入しないように要所要所に砦がつくられている。それは〈赤の森〉から〈神森〉のさらに北まで、最東端のギョウ砦まで、えんえんと十五テンバー（一テンバー＝約三十キロメートル）」

兵士が軽く笑った。

「ほほう。よく知っているじゃないか」

本人が一番びっくりしていたが、瞠目《どうもく》して息をのんだ姿を兵士に見られることはなかった。

「……近所の物知りじいちゃんが話していた……」

と説明したが、一言一句全く違えずしゃべったのだ、とは言えなかった。忘れるな、忘れてはならない。かけられた呪いがよみがえった。エヤアルは、それ以上吐きだすものかとでも言うかのように唇をひき結んだが、上顎と鼻のつけ根あたりで、さらなる言葉が出口を求めて右往左往するのを感じた。それは喉までおりては舌のつけ根をつつき、口蓋の中で羽虫の群れのように暴れまわった。とうとう彼女は涙を流しながら口をひらかざるをえなくなった。

「徒歩でいけば十日以上かかる道のりを、〈ペリフェの壁〉の上を歩けば五日でつく。

馬で行けばわずかに二日。狼煙《のろし》には遅れるが、王国のすみからすみまで詳しい伝言が伝わっていく」

だがそのつぶやきは、ちょうど正門に至る街道に出て、速駆けがはじまったために、兵士の耳にはとどかなかった。先頭をもう一人の徴兵吏が行く。そのあとにエヤアルの馬がつづき、遅れること数ヨンバー（一ヨンバー＝約二十メートル）でイムインの馬が走る。エヤアルは兵士の腕から首を出すようにしてふりかえり、イムインの魔力が風をおしわけることだったと思いだした。大抵の〈西ノ庄〉の人々と同じように、それほど大きな力ではない。自分の目の前の大気を少しだけ操れる、そんな程度だ。だが、彼はそれを上手に走ることに利用している。

ふりむきついでに、騎兵の髭面をちらりと見あげた。この人の魔力は多分、集めることだ。だから徴兵吏になったのだ。集めたいものに意識を集中させると、おおよその位置がわかるのかもしれない。収集魔法にすぐれた人は、両手を広げて叫ぶだけで、集めることができると噂されている。

「が、そんな力をもつ者はおらんよ」

と老バッサンが、記憶の井戸から顔を出して歯のなくなった口をあけて笑った。

「そぉんな力をもっていたら、世界一の金持ちになっておっただろう。おらん、おらん。もしいたとしてもな、決して大きく使ったりはせぬよ。人目につかぬように暮らすもんじゃ。なぜかって？　決まっとる。殺されちまうからさ」

老バッサンの言そのままに、ありし日の炉辺の話が口からこぼれおちる。迸《ほとばし》る先から風にさらわれて誰にもきこえないのは幸いだった。

「これは何？　これは……魔法、じゃない」

胸のざわつきを、今度は意識して声にしてみた。そう、魔法ではない。心の中心に世界樹の若木のようにはえていた彼女の魔法は、心の奥底にまでのびていた深い根を一本だけ残して失われてしまった。今もそこには空洞があって、うつろな風が鳴っている。だから、この、記憶の井戸底に眠っていたものをそっくりそのまま思いだしてしまうのは、魔力ではありえない。忘れるな。忘れてはならない。老成した誰かの声が風に鳴る梢のように胸の奥でざわめく。

両側の森が突然切れた。夕陽の射さない砦の下には、深い翳《かげ》がわだかまり、街道は白い堤道となって門につづいていた。

門の上の歩哨が叫び、呼応する声が聞こえ、まもなく丸太をくみあわせた格子がゆっくりとあがった。アーチの下は全くの闇になっていて、まるで無の世界をとおりぬけるかのようで、エヤアルは再び身震いした。家に帰りたい、戻しの魔法でさっきの丘の上に戻りたい、と切に願った。だがそれもわずか数呼吸のこと、篝火《かがりび》が明々と焚かれる庭に出た。

今日はこれで何度めだろう、エヤアルの口がぽっかりとあいた。こんなに大勢が右往左往している場所は生まれてはじめてだった。建物の長い影と夕陽の最後の光が網のようにからまっている中を、人々が忙しくすれ違う。頭の上と両手に洗濯のすんだ衣類籠をもって、誰にもぶつからずに歩いていく女たち。犬を呼びながら走っていく少年。薪を抱えて大あわての少女。荷馬車に山盛りのキャベツとタマネギをつんで、そのあいだを器用に縫っていく御者。交替がすんでおりてきた歩哨たち。右端の柱と柱のあいだでは、鍛冶の音と赤い炎がひらめき、左後ろでは薪の匂いと薄青の煙がただよっている。怒声、歓声、叱りつける声、笑い声、子どもの泣き声や猫の呻り声がごっちゃになって、エヤアルの眉間に渦をまく。

十五、六歳くらいの少年たちが駆けよってきて、馬の轡《くつわ》をとった。徴兵吏は軽々と下馬し、エヤアルの腰をつかんで造作なく地面に立たせる。ひんやりとした足裏の感触にびっくりして目を落とすと、広場中の地面には四角く切った石が敷きつめられている。泥に汚れた自分の足指が、こんなにそぐわないものだと感じたことはなかった。

腕をつかまれて、左手にそびえている塔の方につれていかれる。山の端にのぞいていた太陽のおでこがふっと沈みこみ、影と光の境目が曖昧になった。塔の上では鴉が耳障りに鳴いている。

イムインがそばに来てそっと手をつないでくれた。彼も、つれてこられたときは不安だったのを思いだしたのだろうか。その手はぽかぽかとあたたかかった。

塔は幅も高さも一ヨンバーもある巨大な箱だった。操石魔法兵が百人で積んだかと思われる一つ一つの石も、エヤアル三人分はありそうだった。入口は三つ、うちの二つは常時扉があけはなたれていて、ひっきりなしに人々が出入りしている。

彼らはエヤアルをまん中にして、その敷居をまたいだ。上階へ登る階段のそばをとおって奥に進むと、布扉のそばに立っている目つきの鋭い衛兵が彼らを一瞥するや、布をよせて、とおれと顎をしゃくった。

部屋の中では、蝶々のように、あるいは小鳥のように、羊皮紙や巻物が空中に漂っていた。それらの真下の大机に、左右にのびきったカタツムリを連想させる小男が、口をくちゃくちゃいわせながらすわっていた。

髭の徴兵吏に先んじて、彼が口をひらいた。

「まる一日がかりで、小娘一人ですか。仕方がありませんねえ。最近、どこも人手不足です。王都に人員増強の要請を再度出さなくてはならないようですねえ。それで、どんな魔力をもっているのですかな、お嬢ちゃんは。名前は何といって、どこの村出身でしょうか。年は幾つで、父上の名は何といいますか。魔法の他の特技があるならば、それも聞きたいですねえ」

頭の上でぐるっと指を一まわしした。漂っていた書類がそれにあわせてゆっくりと渦を巻く。溶けかかった煮こごりのような身体つきの小男はしかし、その滑稽な外見とはうらはらに、分厚い目蓋の下の目に鋭い光を宿していた。

イムインにうながされておずおずと前に出たエヤアルは、尋ねられた順番にそって答えた。するとのびのびカタツムリ閣下はかすかに眉をあげ、

「覚えのいい娘さんですねえ。魔力をもたない〈空っぽの者〉である、とね。ふうむ、ふむふむ」

と言って、右の人差し指と左の人差し指を何度かあわせた。すると、それまで舞っていた書類の蝶々が、かすかな羽音をたてながら、部屋の三方の壁につくりつけられている棚の中に重なっておさまっていった。一枚の分厚い羊皮紙だけは、大机の上に自ら広がった。まるまるとした手が、素早く上と下に文鎮をおいた。

「長きにわたる防戦で、わがカンカ砦は人材不足に陥っています。この際、〈空っぽの者〉も一人でも多い方がよろしい。〈暁女王国〉側も、物資、兵士ともにやはり困窮している様子、高官の中にも厭戦の意見をのべる者も出てきているとか。おそらく、この春か来春の攻防戦が大がかりな戦の最後となるでしょう。いや、なってもらわなくてはなりません。さてさて、それではですね。そなたには兵士たちを支える重要な任務を与えます。お納戸係の長のところに行きなさい。何をするべきか、すべて教えてくれるでしょう」

インク壺にペン先を入れると、手首のすぐ下の肉がゆれた。彼は羊皮紙に何やらすらすらと書き入れて、文鎮をはずした。すると羊皮紙は再び空中を舞った。——インクが乾いたらひとりで丸まって棚におさまるのだと、部屋を出てからイムインが教えてくれた。

塔を出て中庭を〈ペリフェの壁〉にそって歩いた。厩《うまや》や犬舎、洗濯場、物置倉庫、染色小屋などのあいだをぬけて、本丸の裏口の一つまで彼が案内してくれた。二人の徴兵吏はさっさと食堂に行ってしまった。暗闇に内部の明かりがようやく届く敷居の前で、イムインは、うまくやれよだかしっかりやれよだか、口の中でもごもごというと、自分も二人のあとを追っていなくなった。

　エヤアルはしばらくそこに立ちつくしていた。誰かがつきとばすようにしてそばをとおりぬけていった。背後には雑然と建物の黒い影がうずくまり、その上に夜がおおいかぶさってきていた。四角く切り取られた明るい方からは、大勢の人がたてる物音が、森の梢をゆらす嵐の直前の風のように響いていた。

　いつまでも立ちつくしているわけにもいかない。でも、絶対、そのうちここを抜けだして、家に帰る。必ず。

　エヤアルは袖で涙をひとふきすると、下唇を前歯でかんで一歩を踏みだした。

　そこは部屋ではなく、広い通路のようだった。階段が——上りも下りもあわせて——八つもあった。どこかへ通じる戸口も十もあり、そこから人々が出たり入ったり、まるで蟻の巣をのぞいているような気分になった。ただ、中庭で見たときよりも、人々には余裕があるようだ。歩き方もゆったりとして、仲間とおしゃべりしている者も多い。

　エヤアルの目にとまったのは、正面の階段からおりてきた恰幅のいい女の人だった。母より少し年上だろうか、茶色のスカートにしみのついた前掛けをつけ、手すりにつかまりながら一段一段、よっこらしょと掛け声をかけておりてくる。急いでいないこの人なら、話を聞いてくれるだろう。

段の下から呼びかけると、女の人は大きく息を吐いて立ちどまった。

「ちと待っとくれ。すぐにそこまで行くから」

女の人は片手をひらひらと動かして、えっちらおっちらとおりてきた。大きな女だった。エヤアルだって十三歳にしては背が高い方なのだが、女の胸のあたりに彼女の頭頂部があった。そして、横幅は彼女を三人並べてようやくつりあうくらいだった。

「……で、何だって？」

息をはずませながら聞くのへ、もう一度「納戸の長をさがしている」と言うと、

「おまえさん、新入りだね」

と決めつけた。

「名前は何という」

「エヤアル。スヴォッグの娘エヤアルです」

「そうかい。ならエヤアル、手はじめに口のきき方ってものを教えてやろう。カンカ砦でも、ハルラントの都でも、どこでも通用する物の言い方をね。『納戸の長をさがしているんです』じゃあ、誰も相手にしてくれないよ。みんな忙しいし、また戦がはじまるんでぴりぴりしている。『ああそうかい、そりゃよかったな、まあがんばれ』って言われたくないんなら、こう言うこったね。『納戸の長はどこにいますか』ってね。そら、言ってごらん」

エヤアルは復唱した。すると、女の人は丸い顔にかすかな笑みをうかべた。

「よろしい。その年頃にしては素直だし、やたら意固地で変な自尊心もないと見た」

エヤアルにしてみれば、言われたことをくりかえしただけなのだが。

身体とはひどくちぐはぐな長い指が、彼女の肩にかけられた。

「納戸の長はそこの戸口から入って右側五番めの部屋にいるだろう。今時分は明日の差配の打ち合わせを仕切っている。いいかい、もう一つ、あんたは賢そうだから特別に教えてあげるがね。誰かが話しているあいだは待つんだよ。話が途切れたところで彼女に声をかけるんだ。彼女は整頓上手の仕切り上手で、秩序を乱されるのが大嫌いだからね」

そう教えると軽く肩を叩き、ふうふういいながら階段裏にあいている戸口の方へと歩いていった。それを見送ってから、エヤアルは教えられた道筋をたどり、七、八人が小卓を囲んでいる殺風景な小部屋に行きついた。卓の上には小さな蠟燭《ろうそく》の火が灯っており、誰かがしゃべるとゆらゆらと心許なげにゆれるのだった。

乏しい灯りの中でも、その人物はすぐにわかった。あごのすぐ下まであるリネンの襟のシャツに厚目の胴着を着ている。背筋を柱のようにまっすぐにし、細い顎をもちあげて女王のように指示をだしている。

エヤアルはおとなしく話しあいがおわるまで待った。他の面々がうなずいたり、首を傾げたり、質問をしたりして、どうやら一段落したらしいときを見計らって声をかけた。

「新入りです。納戸の長の所へ行けと言われました。スヴォッグの娘エヤアルです」

納戸の長は鷲鼻を天井にむけるようにして彼女を見た。二呼吸の沈黙のあとに、金属めいた声がようやくかえってきた。

「誰かに入れ知恵されてきたようね」

どうしてわかったのだろう。

「入れ知恵されたにしても、こんなにはっきりと要点を言う子は珍しいわね。すぐにそれができる子はそうそういない」

「もともとの気性もあるだろうが」

卓を囲んでいる一人が呟いた。

「覚えのいい子は歓迎よ。もう、どこでも人手不足だしね」

納戸の長はほんの少し顎をさげた。すると、周りの全員が、

「うちによこしてくれ」

「あら、わたしの所よ」

「厨房じゃ万年人手不足なのよ」

「洗濯場だってそうだよ、ぬけがけするんじゃないよ」

「やせっぽっちだが、体力はありそうだ、ぜひ倉庫の方にほしいな」

と一斉に名乗りをあげはじめた。彼女はしばらく彼らにしゃべらせておいてから、両手のひらを立てた。瞬時に沈黙がおりる。

「聞いてのとおり、どこでも若い子をほしがっている。おまえはここに来る前は何をしていたの？」

「家で働いていました。畑仕事、水くみ、羊の番、薪割り」

「男の仕事だ！　うちにぴったりだ！」

厩にほしいと言った男が叫んだ。

「織物、糸つむぎ、刺しゅう、仕立てものなんかは？」

肩をすくめようとして、先ほどの女性の忠告を思いだし、いいえ、と答えた。

「うちは女三人だけだったので、そっちは母と曾々祖母のうけもちでしたから」

「洗濯は？」

「もちろん」

するとまた、納戸の長をのぞく全員が、手ぶり身ぶりで訴えはじめる。うちにくれ、納戸の長、いいえ、わたしの係によこしてよ。

「わかりました」

彼女はまた両手のひらを立てて言った。

「体力もあって機転もききそうだし、何でもできる。――女の仕事以外はね」

笑いがさざ波だった。

「久しぶりに役にたつ子が来てくれたみたいだわ。こうしましょう。洗濯場と、リネン係と灯明係、それに食糧庫、四つの部でかけもちよ」

おおそれは助かる、それはいい、そうしてくれ、と一斉に声があがった。納戸の長は鼻先をエヤアルにむけた。

「四つも、と思うでしょうけど、重労働は洗濯場だけ、あとは軽いものを運ぶ仕事だから、てきぱきやればむしろ充実した毎日になるでしょうよ。あなたのようなはしっこい子にとっては、ちょうどいいでしょう」

そして、仕事場をまわる順番を指示した。復唱を求められたエヤアルが一言一句つかえもしないでそのとおりに口にすると、ほらね、と納戸の長は皆を見まわした。

「頭のいい子だわ。みなさん、よろしく」

それが打ち合わせの終了合図だった。椅子を鳴らしながら、一人また一人と部屋を去っていく。洗濯場を仕切る白髪まじりの女が、ついておいで、と言った。

「あんたの寝る部屋を教えたげるよ」

小部屋を出ようとしたとき、納戸の長が背中に声をかけた。

「あなたはすぐれた記憶力をもっているのね。でも、それを鼻にかけることなく仕事するのよ」

つれていかれたのは五階の大部屋だった。五階の上は屋上になっていた。あとで知ったのだが、砦では身分の高い者の方が低い階にいるという。ずらりと十床も細長い寝台が並んでいたが、まだ誰も寝床に戻ってきてはいなかった。洗濯場の白髪まじりの女は使っていない一床を指さしてから、そのまま食堂に案内してくれた。エヤアルは大広間のような食堂の、勝手口に近い方を使うこと、食事は自分でもらいにいき、食器は定められた場所に戻すことを教わった。厨房に行ってその隅で食べてもいいが、とつけたした洗濯場の女は、まだ明日の準備があると言っていなくなってしまい、エヤアルは隅っこでびくつきながら食べたので、何を食べたのか、どんな味だったのか、これだけはいくら思いだそうとしても思いだすことができなかった。ただ、おなかがくちくなったことだけはまちがいなく、複雑な砦の中を迷うことなく大部屋に戻り、寝床にもぐりこんだあとは、翌朝たたき起こされるまで夢も見ずにぐっすりと眠ったのだった。

2

意外なことにカンカ砦の生活にはすぐになじんだ。四つの仕事をかけもちする忙しさは、むしろはりがあってエヤアルには合っていたようだ。家の羊番も、ゆったりとした時間が流れて、それはそれで好きではあったのだけれど。

朝陽より早く起きて砦中の灯りを点検してまわる。不要なものは消し、短くなったものはとりかえる。薄明の中、大勢がすでに起きて活動を開始している。ざわめきと忙しい空気の中でやることがあるのはうれしい。大勢と一緒に働いている雰囲気が好きだった。

すっかり明けるころには、軍の上層部も起きる。彼らは身の回りのことは自分たちでするので、リネン係は特定の場所に寝具類や着替えをそろえ、大籠一杯になった洗濯物を階下に運べばよかった。その他に、湯浴みの日は湯をわかす仕事が加わる。

同じ大部屋の少女五人で午前中一杯かかってそれを終えると、ようやく厨房へ行って隅っこの長卓で食事をする。めったに食堂へは行かないのだと少女たちに教えられ、すぐに厨房の常連になった。よくよく嚙《か》まないとのみこめないパン、草の切れ端が浮いた山羊の乳と山羊のチーズ。食事は貧しげだが、仲間の少女たちと一緒にいると、そこだけ花が咲いたようになる。皆、貧しい農家や羊飼いの娘たちで、道端のヒナギクやタンポポにすぎないが、花は花だ。その花に惹かれた若い兵士たちや下働きの少年が、たまにちょっかいをかけようと近づいてくるが、厨房頭に一睨《にら》みされると、そそくさと退散する。

午後からは洗濯場に行く。これが重労働だ。大量に水を入れる、竈《かまど》に薪をつっこむ、サボン草をすりつぶす。洗濯自体は、洗濯女たちの専門で、板の上で踏んづけ、叩き、ごしごしとこすりあわせる。いずれにしても大変な作業で、きりがないように思われた。

エヤアルは夕刻まで手伝ってから、食糧庫へ移る。東の塔まるまる一つが食糧庫で、近隣から徴収してきた野菜や、都から送られてくるカラン麦がおさめられている。

「数年前までは五階まで備蓄でいっぱいだったんだが」

黒い前掛けの会計士がカラン麦の袋を数えながら、皺《しわ》だらけの卵といった風情の頭をふりふり嘆く。

「今じゃその四半分だ。ほい、カラン麦は百二十一袋」

エヤアルは石板にアフラン数字を書きこむ。全世界に行き渡っている、数をあらわす唯一の字だ。書き方を教わって、すぐに覚えた。会計士は大層喜んで、そのうちブロル文字も教えようと約束した。

「さあ、それで？　昨日より増えたか、減ったか？」

「七袋減りました」

「なぜわかる？」

「昨日の残量は百二十八袋でしたから」

「消費したのが七袋か？」

彼はときどきエヤアルをためす。エヤアルがそれにちゃんと答えるのがうれしいのだ。

「届いたのが二十袋、それで全体量が七袋少なくなったのですから、今日の消費は二十七袋です」

満足そうにうなずいた彼は、また頭をふる。

「厨房にはもうすこし節約しろとかけあわねばならんな。この春の敵の攻撃さえ退ければ、何とかなりそうだが。それでも国中が疲弊している。徴用する物資も少なくなって、人手も足りん。戦をさっさと終わらせんことには」

野菜室でも残量を記録すると、エヤアルの持つ籠は重なった石板で重くなる。さらに塩漬け豚の樽、燻製肉の包みを数えたところで会計士は彼女を放免する。

塔の外に出て、夕刻の光の中を西の塔に進み、最初の日に入った部屋に重い石板の籠を届ける。それを衛兵が布扉の中におしこむのを見届ければエヤアルの仕事は終わりになる。

厨房へ行って野菜の切れ端の浮いたスープと嚙み切ることのできないパン――どうしたらこんなふうにひどく焼けるのか――、豆の煮こみか小さなベーコン一片の食事をする。三々五々、同部屋の女の子たちもやってくるが、このときにはもう疲れ果てているので、口数少なく塩辛いスープをのみ、かみ切れないパンを咀嚼《そしやく》する。

「ねぇ、知ってる？」

隣で屁理屈屋の少女がもぐもぐしながらささやく。

「このひっどいパン、わざとこう作ってんだって」

「そうそう。がつがつしないように。カラン麦の減り方を少なくするようにって、聞いたよ」

別の少女も上目遣いにパン焼き窯の方を見ながらうなずく。窯に頭をつっこんで掃除している料理女の大きな尻が左右にゆれている。

細目の娘がまるで汚物を指すように指さして、

「このスープもさ、わざとしょっぱくしてんのさ。いっぱい飲まないように。そのかわり、水を飲めってことだよ」

「厨房頭は認めようとしないけどね」

「まあまあ、食い物があるだけましと思わなきゃ。あたしんちなんか、木の根掘って食べたこともあるよ」

そう言ったのは一番小柄な娘だった。皆、びっくりして彼女に視線を集めると赤くなって肩をすくめた。

「何日かして、父ちゃんがどっかからカラン麦、もらってきたけどね。何年も前の話だよ」

それからは誰一人文句を言わずに食べた。

その春は、予期していた攻撃はなく、夏を迎え、実りの秋から冬へと日々がうつっていった。カンカ砦は久方ぶりの平安で息を吹きかえした。食糧庫は三階までいっぱいになり、会計士の頭がふられる回数が減り、スープの具も少し多くなった。パンは相変わらず堅かったが。

〈暁女王国〉が攻撃を控えたのは、力をたくわえているからだという噂が、平穏な日々のなかに影をおとしていたが、事情はこちらも同じだった。来春にむけて準備おこたりなく、と上からの異例のお達しがあった。

そして冬が来た。

雪がすべてをおさめ、砦も静けさに包まれた。暇ができるとエヤアルは家のことを思いだす。秋口に一度だけ、イムインと砦内でばったり会ったとき、母と曾々祖母の消息を聞いた。イムインは相変わらず徴兵吏といっしょに村々をめぐっているらしい。

「二人とも元気にしてたぜ。おまえも元気にやっていると伝えといた。羊を減らしたそうだ。何とかやってるって。心配いらねぇ」

冬のあいだに一度、帰してもらえないか納戸の長に頼んでみようと思った。

すっかり根雪がおちつき、街道も橇道《そりみち》となった頃、国王ペリフェ三世から慰安の芸人たちが送られてきた。ジャグラーや踊り子、道化の一団とは別に、〈歌い手〉が三人。夜毎の宴は人々の心をなごませ、特に〈歌い手〉の出番には、歩哨を除く全員が大広間に集まることが許された。

三人の〈歌い手〉のうちの二人は老人、一人が若い乙女だった。老人の二人はハルラント聖王国の長い歴史を交替で六夜にわたって歌い、乙女は見目良い金の髪のたおやかな身体つきで男たちの視線を釘づけにしたあと、牧歌や抒情歌を歌った。

彼らが去ると、砦は雛が巣立ったあとの洞のように、以前より森閑として感じられた。大勢が変わらず暮らしているにもかかわらず、ひっそりとして何かを待っているような気配に満ちていた。

そうして、変化が生まれた。

それは、何気ない少女たちの会話からはじまった。十数人の少女たちが砦の西側の山の斜面がせまっている窓の下で、将軍や上級魔法兵士たちの湯浴み用の湯をわかしているときだった。

「ねえ、あたしも髪を洗ったら、きれいな金髪になって、あの〈歌い手〉の乙女みたいになると思わない？」

と丸顔の娘が、火傷と煤だらけの手で薪をくべながら叫んだ。

「あっはあ！　そりゃ無理！　あんたの髪は洗っても薄汚い黄色だね！」

細目の少女が湯気のむこうで辛辣な返事をする。

「そうそう、それにあんた、歌、歌えねえだろ？」

最年長のたくましい娘が茶々を入れる。

「歌くらい、歌えるよ！　馬鹿にすんない。らら～らりらりら～、ほら、こうだろ？」

ぎゃはは、と笑いがはじけ、火の粉が高く立ち昇り、大釜をかきまわしていた屁理屈屋の少女――今はもう、マヤナという名だと知っている――が、柄杓《ひしゃく》の先をもちあげて、滴をとばした。あっちっち、と誰かが叫ぶ。馬鹿をお言いでないよ、まだ水だろ、ほら、もっと薪をくべるんだよ。エヤアル、もっとがんがんお焚き、お偉い方たちをすっ裸で待たせるつもりかい。

大きな釜に薪をつっこんでから、丸顔の少女は立ちあがって、もう一度歌った。またひとしきり笑いが広がる。マヤナがわかったわかった、とお愛想で認めた。

「うまい、うまい、ヒキガエルよりはましだね」

「ええええっ。ひどぉい」

「あきらめな。歌がうまいだけじゃ、〈歌い手〉にはなれないよ。言葉がなけりゃ、ただの風とおんなじだ。吹きすぎてったら気もちいいってのが残るだけだ」

「へへぇ、ずい分高尚なことを言うじゃあないか」

最年長の娘が釜にたらいの水をざぶり、と入れてから言った。

「じゃあ、〈歌い手〉の歌では、何か残るんかね」

「そりゃ決まってるさ。賢さが残るんだよ」

落胆と批難の声がわきあがる。

「何よ、それー」

「なんで賢さ?」

「きれいなだけじゃ、だめなのかぁ」

するとマヤナは釜に接している台の上で、手をとめて皆を見まわし、

「じゃあ、あんたら、その、ららら〜らりらりら〜に、どんな歌詞がついてたか、言えるかい? それを覚えてて、はじめて、歌に意味が生まれるんじゃないか。あんたたち、あのおじいちゃんたちの王国の歴史の歌も小っさいときから何度か聴いてるだろ? でも、順を追って歴史を語れるかい? あたしが思うに、お偉い人たちはそれがちゃんと頭に入ってる。賢さが、さ。だからお偉い人たちはお偉い人たちなんだよ」

マヤナって屁理屈屋だから。わかんねえこと言うし。ついてけないなぁ。ぶつぶつと少女たちは下をむいて手を動かす。そのときだった。

エヤアルの口から、さっきの歌がするりととびだした。

十字の星の輝く空に
炎をまとった大きな鳥が
南の夜から翼を広げ
黄金《こがね》の歌声をまき散らしたの

全員がはた、と動きをとめてエヤアルにふりかえった。エヤアルはエヤアルで内心びっくりしていたが、胸のうちにためているものを吐きだせ、と何かがせっつく。

あたしはそれを船の上できいた
黄金の歌声は闇の中できらきら舞った
まるで星がふってきたかのようだった
あたしはそれを船の上できいた
黄金の歌声は耳の中でくりかえし舞った
まるで千の目があいたかのようだった

少女たちは顔を見あわせて笑顔になり、仕事に戻りながら一緒に歌いはじめた。

あたしはそれを船の上できいた
黄金の歌声は闇の中できらきら舞った
まるで星がふってきたかのようだった
あたしはそれを船の上できいた
黄金の歌声は耳の中でくりかえし舞った
まるで千の目があいたかのようだった

少女たちの合唱は、だみ声あり、がさつく声あり、高いの低いの、細いの太いのとさまざまで、音もひどくはずれていたものの、拍子と歌詞は確かなものだった。そしてまた、初めて歌った楽しさに、彼女らは飽きることがなかった。くりかえし、くりかえし、十回、二十回と歌われていくうちに、乙女の〈歌い手〉が歌った旋律とは大きく異なったものに——少女たちがより歌いやすい旋律に——変化していった。声をあわせて歌いながら、エヤアルはその変化をおもしろく思ったのだった。

歌が入ると仕事もはかどった。まもなく湯がいっぱいにわき、お偉い人の従者や世話係の少年たちが桶を持って出入りした。歌は彼らにも伝播して、通路や控えの間でも歌われるようになっていった。

何せ雪にとじこめられた閉塞した日々である。歌はまたたくまに砦中に広がり、とうとう将軍づきの副官の耳にも入ってくるようになった。

「何だ、この騒ぎは。この耳障りな歌は一体何だ」

みんな歌ってますぜ、という答えから、そもそもは従者のあいだから聞こえてきた、いやいや厨房から生まれたんです、という噂まで。副官は歌を嫌いなわけでなく、

「こう終日、同じ歌ばかりでは、噛んでも噛んでも飲み下せないどこかのパンの味わいだ。別の歌はないのか、別の歌は」

その話がエヤアルに届いたのは四日ほどあとのこと。大部屋で寝支度をしているときだった。

「エヤアル、あんた、他に覚えてないの？　副官が別の歌を御所望だってよ」

と細目の娘が寝台に片肘をついて尋ね、一月前まで何かと小突いたり足をかけたりしてきた意地悪娘が仕事着をぬぎながらつけ加えた。

「何だっていいから思いだしなよ。おじいちゃんの〈歌い手〉が歌ってた、あのおもしろくもない小難しい歌でもなんでもいいからさ」

ううんと、と顎に人差し指をあてて記憶をさぐる。すると、巣から飛びだす仔リスのように、言葉が飛びだしてきた。

トンド、ブロロ、カベルにレメル
南部の国々　平らげし
われらが王の祖たる王

その名はペリフェ　〈白髭王〉

わっ、と全員が集まってきた。〈白髭王〉は現王の曾々祖父に当たる。

ヒッツ　フィボ　フィストにロロ
中部に領土を広げたる
われらが王の祖父たる王
その名はデフォン　〈冷酷王〉

西の辺境　東の国境　頭を垂れて従いけり
おぼえめでたき　神森のその中程に
都を構うる　〈神愛王〉
われらが王の父なりし
北の地　つなぐ　壁を建て
憎き敵なる女王国
一人たりとて　入れることなし
一歩たりとて　入れることなし
その名はペリフェ　二世なり

その名はペリフェ〈神愛王〉なり

旋律は再現できなかった。おそらく、楽の音に対する記憶は彼女の中にとどまってくれなかったのだろう。だが、拍子と韻を踏んだ歌詞はすらすらと出てきた。彼女が口をつぐみ、逆に少女たちが口をあけっぱなしにする。

鼠の小さい鳴き声がして、はっと皆、我にかえった。細目の少女がごくりと唾をのんだ。

「すっご……！　あんたの頭、どうなってんの？」

マヤナがささやく。

「もしかして、それ、魔法なんじゃないの？　もってかれた魔力が戻ったとか？」

「あんた、本当に空っぽ、なの？」

意地悪娘が意地の悪い口調で言う。

この大部屋には、魔力を持たない少女ばかりが入れられている。魔法兵士たちの部屋とはちがって、ここでは〈空っぽの者〉でなければ、逆に爪はじきにされる。一瞬、空気が冷たくなった。

「魔法じゃないわよ」

思わず必死の声が出た。冷え冷えとしたみぞおちをおさえる。ああ、そうか、と魔法ではないかと言った当のマヤナが背中をのばして、

「魔法じゃないね。魔法だったら、旋律もちゃんと歌えるだろうし……。あたし、〈歌い手〉のひよっこと一緒に二、三日いたことがあるよ。その子も、一度きいた楽の音はそらで歌えた。その子はエヤアルと逆で、なかなか歌詞が覚えられなかった」

静かな笑いが広がっていった。四苦八苦して歌詞を暗記しようとしている〈歌い手〉の徒弟を知っている者が、他にも多くいるようだった。

「あの子も魔力をもたなかったよね」

「だから、〈歌い手〉の弟子になったって、言ってたよ」

「旋律はないけど、拍子がいいから覚えやすそうだ。もういっぺん、言える？」

そう言われて、エヤアルは「トンド、ブロロ、カベルにレメル」と再び口にしてみた。トンドもレメルも、南の平原にある町だ、くらいの知識しかなかったが、少女たちは副官が目をむき、首をかしげる様を想像して、楽しみながら覚えていった。三日もすれば、副官は新しい「歌」を耳にするだろう。そうして、それが、老〈歌い手〉の歌った一節から生まれたものだと気がつくだろう。今度のは乙女の歌より長いから、副官もしばらくは飽きないで聞いてくれるだろう。ひょっとしたら、彼自身が口ずさむことになるかもしれない。

ようやくくたびれて、少女たちは横になった。エヤアルは暗闇に目をこらして、右目の上、額の裏、左目の奥に順番に注意をむけてみた。何やら、頭蓋骨の中に、いろんな物がごったにおさまっている。いつ頃のものからだろう。注意して見聞きしたものが、そのままおとしこまれているようだ。はじまったのは――昔だ。森を焼いたあのとき、忘れるな、忘れてはいけない、と頭の中に声が響いたときだ。そしてたまりにたまったものがこぼれるように口からあふれ出したのが、自分の生活から、家から、母と曾々祖母と父の思い出と家族のつながりからひきはがされたときからか……。

それから十日もたった頃、夏のあいだに乾燥させた薬草や香草を砕いて袋につめこんだり、煮つめてシロップや軟膏にする作業をしている最中に、呼びだしがかかった。様々な臭いがたちこめる戸口に、イムインが立って、彼女の名を呼んだ。イムインは彼女を自分の属する魔法隊長にわたし、魔法隊長は総括の大隊長にとわたしていった。

最終的につれていかれたのは、将軍メリンと副官コーボルが盤上遊びをしている三階広間の隅っこだった。部屋には他にも兵士や下働きが出入りしており、暖炉の暖かい空気が彼等にまとわりついていた。あたためた葡萄酒と薪の燃える匂いがした。火のそばの敷物の上には、三頭の猟犬がうずくまっていて、エヤアルの気配にちょっと鼻面をあげ、また互いによりかかるようにしてうたたねに戻った。

十二個の木駒を動かす将棋をしていた将軍と副官は、そばにエヤアルが立つと手を休めてそろって顔をあげた。二人とも軍人らしいがっしりした身体つきをしていた。メリン将軍のほうがはるかに年嵩《としかさ》で、四角い顔だち、コーボル副官は四十がらみの丸い顔で、眉毛だけが白かった。

「〈歌い手〉の歌を一度聴いただけにもかかわらず、そらで歌える娘がいると聞いた。魔力をもたないのに、抜群に記憶力がいいらしい、と」

副官が腕組みをして言った。

「『列王伝』のおわりの方を歌ったとか。今では砦中が歌っている。――あれを歌、というのならだが」

言うべき言葉が見つからないので黙っていると、将軍が、責めているわけではないのだ、と静かに口を挟んだ。

「魔力をもたない、というのが本当かどうか確かめたくてな。新種の魔法であるのなら、都に報告せねばならん」

「ま……魔法ではありません」

エヤアルはありったけの勇気をかき集めて答えた。

「ほう。なぜそうわかる」

「ここが空っぽです。切りとられた魔力のあとがわかります」

エヤアルは胸をおさえた。

「誰か証明する者がいるか？」

「いいえ……」

エヤアルはしょんぼりとうつむいた。

「まあ、それはよしとしよう。新しい魔力を手に入れた者の話など、聞いたこともない。

とすれば、それは一種の才能、か？　魔法ではなく……」

　能力と魔法とどう違うのか、エヤアルには説明できない。ただ魔法で満ちてしかるべき心の一部が空っぽなことだけは確かなのだ。

「『列王伝』のおわりだけか、歌えるのは」

　白い眉毛をかすかにもちあげながら、コーボルが訪ねた。エヤアルが曖昧な返事をすると、どちらなのだ、はっきりせよ、と叱られた。

「ほ……他の部分も、多分、覚えています」

「多分、覚えている？　言葉を暗記している、ということか？」

「注意して見たこと、聞いたこと、は、大体……」

　ならばどこからでもいい、暗唱してみよ、と言うのに応えて、『列王伝』の最初からはじめた。延々半刻（一時間）に及ぶ歌詞を、すらすらと口にするのをしばらく聴いていたコーボルは、やがて片手をあげて止めた。

「『山の雪どけ水、岩の上を駆けくだるごとし』であるな」

と全く別の歌の一節を引用して、これが何かわかるか、と尋ねた。エヤアルは自分の頭の中を調べるように視線を眉の方にあつめてから、

「『風を集める少年』の一節です。歌の乙女が三曲めに歌いました」

と答えた。

　コーボルは太腿の上で指をくみ、大きく息を吐いた。

「見たもの聞いたもの、すべてを覚えている、それは確からしい。それでは、おまえが昨日したことを順序良く語ってみよ」

おかしなことを聞く、と思いつつもエヤアルは、朝起きて、地下へ行き、灯明の点検をした、と話した。すると、

「もっと詳しく」

と言われた。詳しく、とは、と目で問いかえすと、

「誰が一緒だったか、廊下では誰とすれちがったか、砦内の様子はどのようであったか」

「い……一緒だったのはマヤナです」

「そのマヤナというのはどういう子だ。年は。見かけは。性格は」

そうたたみかけられれば、厳しく尋問されているような気分がする。以前のエヤアルであればここで口をつぐんで、嵐にじっと耐える木の下のキノコよろしく傘をすぼめてうつむいていただろう。しかし砦で暮らして、将軍の偉さをたたきこまれ、身分の上下も刻まれてしまった。命令には従わなければ。泣きそうになるのを喉でこらえて答えた。

「マヤナの年は十四です」

「それから?」

「えっと……」

「容姿は」

「よ……ようし……？」

「見かけだ」

「見かけ、というと……」

「背は高いのか低いのか、顔つきは？　やせているのか太っているのか。髪や目の色、癖は？　歩き方は？　話をするときの様子、仕事ぶりは？」

エヤアルは言葉にしようとした。目の前にはマヤナがちゃんと立って、彼女が言葉にしてくれるのを待っている。それなのに輪郭はぼやけ、髪も目の色も薄暗がりにとけこんで、ただ、

「おしゃべりするときに、こう、眉毛が……」

と両手で自分の顔を動かすことしかできなかった。

とうとう涙が一滴、左目尻からこぼれる。急いで袖で目をぬぐう。コーボルはしばらく彼女を眺めていたが、十数呼吸もしたころ、ようやく口をひらいた。

「抜群の記憶力に楽才が加われば、良き〈歌い手〉にもなろう。だが、楽才はないと見た。字が書けるのであれば祐筆《ゆうひつ》にもなれようが、記憶力を活かしきる職ではない。ただ聞いたことを反復するだけでは使えぬが、鍛錬すればひらける道というものもある。おまえには観察力と、観察したものを言葉に表す力が必要のようだ。この塔の屋上に行け。今言ったことを歩哨の〈鷹の目《ホルカイ》〉に伝えよ」

一息ののち、コーボルはもうそこにはエヤアルなどいないかのように、将棋に戻った。

エヤアルは仕方なく、塔の上へと登っていった。歩哨だまりの火鉢の前で、他の兵士たちとさいころをふっているのがホルカイだった。副官からの伝言を聞くと、この茶色の小娘を上から下までながめわたした。

「年の頃は十四、五歳、身の丈は二スタド半（一スタド＝六十センチメートル）を少し上まわる、髪は栗色で波打っている、目は神森の木肌のように黒い、肌はカラン麦の色」

いきなり何を言っているのだろうとぼんやりと見かえすと、鋭い視線に射すくめられた。なるほど、ホルカイだ。

「顔の輪郭は卵型、眉は勇者のように凜々しく、通った鼻筋、唇は少し厚めで大きからず小さからず。全体としてどちらかといえば女というより男顔。体型も育ちきっていないために、少年のよう。骨格はしっかりしていて筋肉質。丈夫そうではある。足も女にしては大きい。あと二、三年すればもう少し背はのびて、三スタドほどになるか」

エヤアルは、はっとして爪先に目をおとした。これは他でもない、自分を描写したのだと、遅まきながら気がついたのだ。肩の下あたりに生まれた熱い何かが、首筋をとおって耳の上まで昇ってきた。羊のように見分されている。

「顔つきは性格をあらわす。男のように、白黒はっきりとしたものが好きで、決断とあきらめが早い、おしゃべりではない」

見ず知らずの男に、こんなことを言われる筋合いはなかったが、エヤアルはうつむいて我慢するしかなかった。

すると、ホルカイの声音がわずかに柔らかくなった。

「今のを真似して、おれをあらわしてみせろ」

エヤアルは男の方にようやく目をあげた。彼がうなずくのを見ておずおずと、

「年の頃は三十七、八。身の丈は三スタドを少し上まわる。髪は赤茶で平らかに切ってある、目は深緑のように緑、肌はカラン麦の色より少し濃い」

聞き耳をたてていた他の兵士たちが、顔を見あわせて感嘆の声をあげたが、ホルカイは突然立ちあがって二、三度足踏みしてみせた。その仕草はちょうど、兵士たちの感嘆を踏みつぶすかのようだった。

「身の丈は三スタドを少し上まわる？　本当か？」

はっと息をのんだ彼女の前で、肩をそびやかし、

「確かでないことを言うのは〈歌い手〉、確かなことを言うのが歩哨だ。物真似だけでは見落としもある、だろう？」

エヤアルは音をたてて歯を合わせ、同時に息を吐いた。

「身の丈は三スタド半を上まわる。えっと……肩幅……肩幅は牡牛のように……一スタドと四分の一」

よし！　と大声を出してホルカイは腰をおろした。

「馬鹿ではないらしい。この前来たやつは、機転のきかない阿呆だった。遠目の魔法がどれだけできても、鈍けりゃあ話にならん。その点おまえはまあまあだ。だがな、さっ

きのな、深緑のように緑ってのは、何だ？」

あ、とエヤアルが小さく声をあげるのと、周囲が爆笑するのが同時だった。だがその笑いは親しみのこもったからかいの笑いで、どうやら仲間としてうけいれられたらしかった。

「いいか、そういう比喩を使うのはな、正しく伝えるのに有用なときだけだ。あやふやな言い方になるんだったら、比喩は使っちゃいかん。大袈裟な、想像をかきたてるやり方は〈歌い手〉のもので、歩哨のものじゃあ、ない」

それからホルカイは壁にかけてあるシオルを二つはずし、一つをエヤアルに放ってよこし、もうひとつを手早く羽織った。

「おまえを何者に仕たてあげようとしているのか、コーボル閣下の意図がだいたいわかった。ついてこい。今日から冬のあいだ、特訓だ。春の戦にまにあうようにせねば、このホルカイの名折れとなる」

そうしてその日から、エヤアルはホルカイにつれられて、砦の内外を歩きまわることとなった。ホルカイはすれちがった者の人体や、部屋部屋、建物の様子、砦の北側に広がる雪原と森、その日の天候、風むき、〈ペリフェの壁〉を駆けていく伝令騎兵や積雪のあいだをうろつく狐や鹿、ウサギの様子をあらわす訓練をくりかえした。

女の子たちとの会話は就寝前のいっときに限られてしまったが、その日見たこと聞いたことを話すエヤアルをみな心待ちにしていた。砦の内外のことを少女たちは知りたがったし、みんなにわかってもらえるように話すのはエヤアルにとってもいい練習になった。

矢狭間《やざま》からたれさがった氷柱から水滴がおち、砦の中にもひっきりなしに雪どけの水が走る音がするようになった頃、エヤアルは再び副官の前に立っていた。ともに来たホルカイが報告した。

「若干、〈歌い手〉なみの叙情的表現は残りましたが、概ね報告者としての素養は身についたと判断いたしました」

兵士らしく後ろに手をまわした姿勢でそう言うと、ホルカイはさっさと立ち去っていってしまった。

そのときもまた、コーボルは将棋をさしていたが、手をとめてエヤアルの方にむきなおり、かすかに唇の端をもちあげた。

「一冬のあいだに、ずい分雪焼けしたな。そしてまた背が伸びたらしい。よりたくましくなった。少女というより少年らしくなったな」

エヤアルは質問されたわけではないと判断し、ホルカイにならった姿勢で黙って待ちながら、これは賞讃だろうか、それとも揶揄《やゆ》だろうかと考えていた。

「よろしい。おまえは今後、わたしのそばで戦にそなえる。戦となったら、その目と耳と肌で得たことをすべて、観察し、報告する役目をになう。それまでまだ少し間がある。第五分隊の十人隊長のところへ行って、護身の剣の基礎くらいは習ってくるがいい」

というわけで、次の一月は若い十人隊長について、剣の基礎を教わったが、こちらの方は本当に基本のみにとどまった。

「できることなら戦わないで逃げるんだな」

すぐに怒鳴りつける血気盛んな若者は、いらいらと剣をふりまわして言うのだった。

「どうしても仕方ないときには、とにかくかわせ。受けようなんて、まちがっても思うんじゃないぞ」

それが、練習の最後の言葉となった。

雪原がとけてぬかるみとなり、ぬかるみが乾きはじめ、丘には緑が芽吹き、青ブナの林が薄緑色の冠をかぶったようになったある日、北から斥候が帰ってきたようだと噂が走った。〈赤の森〉に十メン（一メン＝約二キロメートル）ほど入った北北東に、〈暁女王国〉の軍勢が陣を張っている、と伝わり、砦内はたちまち騒然となった。屋上の歩哨が増員され、武具が運びあげられた。各自に兵糧が配られ、エヤアルも小袋につめた食糧を背中にくくりつけるように言われた。腰に短剣をさし、将軍下賜の絹の肌着と胴鎧をつけた。

「報告の任にあたる者に万一のことがあってはならんからな」

絹の肌着はコーボルが手ずから渡してくれたのだ。

「絹を着ていれば、矢が刺さっても鏃《やじり》をぬくのが楽なのだ。その短剣は――まあ、いいか。おまえが剣を使うようであれば、砦は落ちたということだろう」

翌日の昼前、敵は砦下の丘に姿をあらわした。投石機や弩《おおゆみ》が主力の、総数約二千人。護る砦側は、魔法兵士が五十人、弓手が三百人、歩兵が三百人。

攻め手の数が砦側をはるかにうわまわっていたが、籠城が有利と決まっている。この日は操風魔兵と火勢魔兵、弓兵の働きで夕方までの断続的な攻撃を防ぎ、退けた。エヤアルは、攻防の一部始終をその目に焼きつけなければならなかった。風を切って突然襲い来る矢や火球や石弾、ばたばたと倒れていく敵味方。見えない槌《つち》をふりおろす何かの存在をすぐ隣に感じた。肌が粟立ち、胃の腑がよじれる。身体中の血が抜かれていくような感覚にじっと耐えなければならなかった。

日暮れが近くなると、オブス山脈から風が吹きおろし、湿った空気とともに雨雲が流れてきた。あたりはあっという間に暗さを増し、松明《たいまつ》の火もたえだえとなった。敵陣営は〈赤の森〉の奥にひっこみ、嵐にそなえた。

砦側も歩哨を残した全員が、一旦建物の中に入った。皆は抑えた口調で軽口をたたきあいながら、噛み切れないパンをうすめた麦酒で流しこみ、頭の上を吠え猛る春の風をきいていた。兵士だまりや広間の隅にめいめい腰をおろして、武具を手入れしているうちに夜が更けた。雷鳴が近づいてきて風を追い払った直後、音をたてて雨がふってきた。それを合図にしたかのように三々五々に床へむかい、横になったが、おそらくほとんどの者は雷と雨音に耳をすませ、反転をくりかえしていただろう。

エヤアルは床には入らず、壁に背をあずけたかっこうですわりこみ、ただじっと暗闇に目を凝らしていた。喚声や矢の飛来する音、馬のいななきや悲鳴が頭から離れなかったのだ。

翌払暁、水底からのように喇叭の音が響くと、沈殿していたものがかきまわされたかのように、砦はたちまちわきたった。次々に松明が光をはなったが、それをさえぎって漂うのが朝の青い霧なのか、たなびく煙なのか、エヤアルには区別がつかなかった。昨日と同じように、屋上の中央部に登ると、〈ペリフェの壁〉の上には早くもずらりと弓兵が待機していた。メリン将軍が床几《しょうぎ》に腰かけて〈赤の森〉をにらみつけている。兜にあたる雨音が、まるで〈歌い手〉の奏でる竪琴の低い方の弦のように鳴りわたっていく。

「この雨では、斜面はさぞ登りにくかろう」

メリン将軍が隣に立つコーボルに、大声で言った。そこここで兵士たちが笑い声をあげた。

「敵も必死ですな。おそらく、これが最後の攻撃となりましょう」

コーボルが答えた。エヤアルも昨日、敵の様子を目にやきつけていたので、副官の言わんとしていることがよくわかった。よく見ると〈暁女王国〉の部隊の半分はよせ集めのようだった。武器防具もまちまちで――まともな武器を持っていない者もいる。鎌、鋤《すき》、鍬《くわ》などの農具を立て、昔風の投石機を構え、鑿《のみ》や包丁のようなものをふりまわしている。三つ叉や箒さえゆれている。棍棒は牛追い棒か。人が足りなくて農民や職人をかり集めてきたと見えた。

「必死な敵ほど怖ろしい。あなどるな」

戦いがはじまった。矢がとびかい、怒号や悲鳴や嘲笑があがり、ときおり見当違いの場所に石がふってくる中、エヤアルは一部始終を記憶していった。矢狭間からのぞき、壁の上に顔をのぞかせ、隅っこに移動したり将軍たちのそばに行ったり来たりしながら、そのすべてを頭におさめた。

やがて雨が小降りになり、雲間から陽が射したころには、戦は終わっていた。門の下に横たわる敵の骸を見おろしながら、エヤアルは腰から背中に走る戦慄を感じた。あの一人ひとりに命があったはずだったのに、まるで物のように投げだされている。彼女の大叔父や叔母や父も、矢狭間のこちら側で倒れたのか。羊を飼っていたのに、魔力が使えるばかりに戦力として駆りだされ、死ねば物のようにうっちゃられて墓もない。

吐き気を感じ、ふらつきながら階下の壁ぎわに座りこんだ。両膝を抱き、頭をうずめ、ともすれば戻しそうになるのを必死におしとどめながら、なぜ彼らが戦をしかけてきたのだろうと、根本的な疑問をはじめて抱いた。このような大きな犠牲を払って、何を手に入れようとしていたのだろうか。

その夜、エヤアルは将軍たちの居室に呼ばれた。各部隊の隊長たちも並ぶ中央で、戦の記憶を披露したあと、メリン将軍にこう言われた。

「戦勝報告に王都ハルラントへ参る。その方も共に来て、王の御前にて今回の戦を話せ」

3

「昨夜半よりの雨で、歩哨の喇叭はくぐもって聞こえました。にもかかわらず、わがハルラント聖王国カンカ城砦の兵たちは、即座に寝床から飛びだしました。薄明の中、手わたされる松明が雨滴でじゅうじゅういい、あたりには青い煙もたなびいておりました。

城壁の上中央には、すでにメリン将軍がおいでになり、そのお姿はあたかも怒れる山の神のようでした。将軍は最前列に弓兵を二列に並べ、その背後にさらに二列、操石魔兵と雷電魔兵を待機させました。

城壁の下、十ヨンバーの所に、敵の先頭が迫ってきておりました。しのつく雨に紛れて、〈赤の森〉から斜面を登ってくる総勢は千五百ほど、と見えました。重い鉄の盾をすきまなく頭上に掲げて、まるで巨大な鉄の地面が動いているようでした。

メリン将軍は、その大きな一枚板が七ヨンバーほどになるまで待ってから、弓兵に号令をかけられました。まず一列めが三連射、つづいて二列めが三連射しました。彼らの放った矢の先には将軍御自らかけられた重しの魔力が宿っており、敵の盾には次々にへこみができていきました。その衝撃によろける者や膝をつく者も多数あり、一枚板はほうぼうで崩れかけました。

そこへ将軍の第二号令、操石魔兵が声をあわせて呪文を唱えます。すると、城壁をなしている石があちこちではずれ——無論、保持魔兵が要石とその周辺を不動のものにしているので、城壁はびくともしません——はずれた四角い石がまっすぐに敵の方へと飛んでいきました。その数三十とわたくしは数えました。敵は石になぎ倒され、おしつぶされ、斜面を将棋倒しに転がりました。三十個めの大石が地響きをもって着地したあとには、呻きと叫びと肉塊の山、斜面下方では怖れをなした残り千の兵が、身をよせあっておりました。指揮官どもが叱咤して前進させようとしますが、鎮座したと見えた大石がわずかにぐらりと身じろぎすれば、皆思わず二、三歩退いてどよめくばかりでありました。

メリン将軍はそこへすかさず雷電魔兵に命令を下しました。彼らは互いに手をつなぎ、城壁のきわまで進み出ると、一斉に『走れ！』の呪文を叫びました。つないだ手と手のあいだから、紫電が発し、空中をじぐざぐに走ったかと思うや、いまだ無傷の敵兵の足元に続々と落ちました。おりしも昨夜来の雨に濡れた大地は、紫電を四方八方にまきちらしました。敵兵たちはばたばたと倒れ伏していきました。紫電は次々に広がっていきました。水たまりから、鎧や剣や槍や盾、兜へとはねとんで、城壁からは大きな漁網が紫色に広がっているかのようでした。

風が、血の臭いと共に、金属臭と肉の焼け焦げる臭いをはこんできました。

そのときにはもはや、敵の残兵は我先にと逃げだし、怪我人も死人同様にうちすてられて横たわっておりました。

操石魔兵が大石をもとの場所にぴたりと収め、城壁が保持魔法で補強されますと、女子どもが斜面に出ていき、敵兵の身につけたものや鉄盾を回収しました。予備兵隊と少年兵たちは、傷兵の始末にかりだされました。

ここに、回収した品目及び倒した敵兵の数と兵糧を記してございます。慎んでご報告申しあげます」

エヤアルが二歩下がって頭を垂れ、ひざまずくと、しばらく沈黙がおりた。ハルラント聖王国の王城広間に、三百人がつめかけているとは思えない静けさが、一呼吸、二呼吸、三呼吸とつづいた。顎をひきしめてゆっくりと視線をあげたエヤアルは、玉座から身をのりだした国王ペリフェ三世が、その鋭い目で自分を凝視しているのを知った。思わず目を落とすと、

「メリン」

と低い声が響いた。それは水面にたつさざなみほどに静かな声であったが、エヤアルは額の上方に、扇で打ったような軽い衝撃を感じた。すると、これが彼の「魔力を秘めた声」というわけか。王は声によって人々を動かす、自分の思いどおりに、といわれていた。それは非常に稀な、そう、彼の祖先の王たちもわずかながらに持ちえた力だ。それだからこそ、彼らは王座を得、護りつづけてきた。その中でも現王の魔力は群をぬいて

強力なのだと、エヤアルも聞いていた。

「しゃべる祐筆、とその方が申した、まさにそのとおりであるな。見たとおりにしゃべる、その正確さは保証するか？」

「まことに、陛下、この者はまさに」

メリン将軍は大柄な肩をそびやかして答えた。

「それにしてはちと、比喩が多すぎる」

「それは致しかたないかと。この者、その頭蓋骨の中には、実に様々なものを貯えておりますがゆえ。まさにごったまぜに。幼きときのお伽話から村人の炉辺の噂話、〈歌い手〉の詩句、契約の書類、それらすべてを一字一句たがえずに覚えております。おのれの目で見たことをおのれの言葉で表すとなれば、おのずとそれらが奔《ほとばし》りましょう」

「それでいてこの者、〈空っぽの者〉であるとは。それは真《まこと》か。これが魔法ではなく、生まれついての能力にすぎない、と？」

「そう本人は申しております。したが、われらには確かめるすべもなく。今日つれて参ったのは、そのこともありまして。陛下なら、本人の主張が真実かどうか、見定める力をおもちですから」

一呼吸、王は黙して再びエヤアルに目をむけた。それから身をのりだした姿勢のまま、膝の上に片肘をつき、二本の指をたてて彼女を招いた。

「〈空っぽの者〉なのか、調べてやろう。こちらへ来い」

エヤアルは動かなかった。

「陛下直々の御恩情だ、進んでよい」

とメリン将軍が隣で励ました。国王ペリフェを畏れるあまり動けなくなったと誤解した人々の中から失笑がおこった。先程まで怖気づくことなくカンカ砦の防戦報告をしていたエヤアルが。

なるほど、国王は堂々とした威厳のある男だ。大柄な将軍より少しだけ低い背丈だが、痩せぎすであるがために、猛禽類を思わせる。髪は蜘蛛の糸色、肌はブナの木の色、面長で顎が尖っている。高い鷲鼻、幅広い唇。細く長くつりあがった眉の下、重たげな厚い目蓋からのぞく両目は湖の色をして、冷静さと強い精神力をたたえた光をはなっている。しかしその光は、ときに峻烈なものに変化する。そう、〈太陽帝国〉の悪名高い火炎剣士のふるう剣《つるぎ》の輝きにも似て。

しかしエヤアルが怖れたのは、国王その人でも、国王が持つ魔の声の力でも、〈空っぽの者〉か否かを調べる魔力でもなかった。再びメリン将軍がうながしたが、エヤアルは頑として足を動かさず、歯をくいしばって両の手を拳に握っていた。

失笑は疑念の嘆息に、嘆息は怖れの呼吸にと変わっていく。今や、白い冠毛を逆だてた王者の鷲の前で、全身に反抗の気をまとって拒絶を示している十四歳の少女は、茶色いノネズミと見えた。

「ここへ来い！」

落ち着き払った国王の低い声がかかった。すると、エヤアルの足は意に反して一歩、二歩と進み、とうとう玉座の真下に達した。

「陛下御自らのお手でふれてくださるのだ。生涯にあるかないかの栄光だぞ」

玉座の左右を守る近衛の若い一人が言った。エヤアルは奥歯をかみしめた。そうしなければ、叫びだしそうだったからだ。昔の――幼い頃の――記憶が激しくはためいていた。ひどく不快で激しい痛みの、白金と青と朱色と紅の記憶。いや、絶対いや、絶対絶対、いや、いや、いや！

それなのに身体は玉座の前にひざまずき、王の大きな手のひらが包むようにおりてくる――。

はためき、翻り、入り乱れる記憶に、灰色の影が射した。両手のひらの形をしたその薄闇は、ひらめく混沌をむしろなだめるように落ち着かせ、黄昏どきの平穏な静けさをもたらした。エヤアルは喘ぎとも吐息ともつかない声をもらした。影はどんどん暗さをまして、夜の闇となった。すると、苦痛、不快感、喪失感の記憶は夜の中に沈んで眠りについた。夜の手は静かになったあたりをゆっくりとまさぐり、魔法の力が満ちているはずの空間が空っぽであるのを確認した。最後に奥深い底にそっとふれ、かつてはあった力の根元だけが残っているのを発見し、それをいたましげになでてから、彼は退いた。

「何を泣く。痛くはなかったであろうが」

やさしげな手の感触とはうらはらに、低い声が叱咤した。エヤアルは目をしばたたいて涙をはらいおとした。

「確認した。この者は〈空っぽの者〉、魔力の欠片《かけら》も残ってはいない」

人々のざわめきは嘲笑だろうか、それとも失意の嘆息だろうか。

「だが、生まれつきではない。珍しいことに。奪われた形跡がある。魔法の土台は残っているのだ。一体誰が、このようなことを?」

王の質問はメリン将軍にむけられたものだった。将軍は一呼吸ついてから、

「炎の鳥が奪っていったのだ、と本人は申しております」

「炎の鳥?」

松明の光を反射したのだろうか、王の頭の中で剣めいた思考が閃《ひらめ》いたためだろうか、剣呑な赤い光がその目の中でまたたいた。

「……それはまた、なぜ?」

「森一つ、山一つを焼き払う力であったとのこと。火災が炎の鳥を呼んだのか、炎の鳥がひそんでいた森であったがゆえに火災となったのか。この娘にはその魔力は荷が重い、と鳥が申したそうで」

王が薄く笑った。

「強力な魔法をもっていたものを、惜しいことを」

「はい。彼女一人で、一軍を滅ぼす力を持っておりましたでしょうに」

「それこそ余の望むところぞ」

「もしそうなったのであれば、陛下のように考える領主、国王が、彼女をめぐって争奪戦をはじめたでしょうな。戦のための戦がはじまったはずです。そうなれば、わがハルラント聖王国はもとより、〈暁女王国〉、ムメンネ王国、ピンニャ、タッゴ諸王国、さらには東方諸国や〈太陽帝国〉までが争乱となりましょう。炎の鳥はそれを知ってか知らずか、禍根をのぞいた、わたくしはそう分析いたします」

国王は玉座の背もたれに背中を預けた。半眼になってじっとエヤアルを凝視し、メリン将軍の言葉を長いあいだ吟味していたようだった。エヤアルは次第に膝が痛くなってくるのを感じたが、じっとこらえていた。やがて、

「それほどの魔力、とは。だが、誰かそれを見た者はいるのか」

と国王が唸るように尋ねた。

「当時を覚えている者にも聞きとりをしましたが、彼らの一致している話では、『水と火が狂喜乱舞していた』と。山火事はよくあることではありますれど、意図して森を焼くような危険な魔法では、奪われてしまってむしろ良かったと、周囲の者は口をそろえておりました」

ペリフェ三世は、再び唸った。

「その力、是非とも欲しかった。ううむ、惜しいことを」

「陛下がお確かめくださったことで、この者はその危険がないことが証明されました」

「ううむ！　余はあきらめきれん思いだ、メリン……」

メリン将軍は四角い顔にはじめて笑いをうかべた。

「無駄な争乱の種《たね》がはぶかれたのです、陛下。国を護るのに、陛下は大勢の魔法兵士と忠実な家臣をお持ちです。それで満足するべきです」

聞いているのかいないのか、国王は高い鷲鼻を片手でおおって、しばらく黙していたが、

「……奪った魔力を、炎の鳥はどうしたのであろうな？」

と、あくまで力に固執する。

「娘、そなたは小さかったゆえに覚えておらぬだろうが、何か両親から聞いてはいないのか」

頭の上をとびかっていた話が、いきなり自分にふりむけられたエヤアルは、とっさに返事ができなかった。国王はそうした彼女を冷静に値ぶみしていた。ゆっくりともう一度同じ質問をくりかえす。

「……。そう言えば、亡くなった父から、昔、炎の鳥のことを聞きました。『十字の星の交わる真下、ヴェリラン海の火鳥島、アフランと呼びならわされし島の、火の山に棲まうのが炎の鳥。ゆえにそなたの力は今は炎の鳥の中にある。思いわずらうことなかれ』と」

「何と、いまいましい。アフランの鳥め！」

国王は悔しげにつぶやいた。

「アフラン。世界の中心の島、火炎神への巡礼を護る騎士団の国。魔法学と黄金のあふれる国。余も一度は訪れてみたい場所ぞ」

「まさに」

メリン将軍も頭を垂れた。世界が国々の形をなす以前から、炎の鳥はアフランの山に棲み、ときとして空を翔け、人々に知恵を授けてきた。それゆえに人々は炎の鳥をあがめ、信仰となった。国王は吐息を大きくついて、またエヤアルに言葉をかけた。

「娘よ、覚えようと意識したものは決して忘れぬ、その能力は先程確かに見せてもらった。そうした力はカンカ砦の辺境よりも、ここハルラントの都で有用であろう。これよりわが宮廷にてその能力を使うべし。メリン、異存はないな」

「は……仰せのままに」

「では決まった。明日からこの若き近衛とここに並ぶがよい。近衛よ、この娘をその方に託す」

さっき、国王の手がふれることを光栄に思え、とささやいた近衛の一人が、たちまち顔を真紅にして進みでた。小娘の世話を任せられるなど近衛の沽券にかかわると思っている、とエヤアルにもわかった。近づいてきたのを仰げば、まだ本当に若い近衛だった。十六、七歳か。最年少の近衛の誇り華々しいであろうに、じっとこらえて彼女を立たせた。

うやうやしげに広間の側扉をくぐり、布を下ろした。廊下へ出るや否や立ちどまってくるりとふりむいた。

「おまえ、名前は？　年はいくつだ？」

「スヴォッグの娘エヤアル。十四」

「十四にしては背が高いな。十六くらいだと思った。おれの末の妹も十四だが。……おまえ、男みたいだな」

カンカ砦の兵士は皆、この格好だ、と自分を見おろす。羊毛ズボンに長靴、羊毛の織りシャツにフェルトの胴着。シオルは広間に入る前、控室でとりあげられた。

若い近衛は細い目でもう一度彼女を上から下へとながめわたし、余計な一言をもらした。

「胸、小っせぇ」

エヤアルはむっとした。何よ、あんたこそにきびだらけ、と心の中で言いかえす。さすがに、今知りあったばかりの人に雑言は吐かない。吐かなくてよかった、と思ったのは、二、三歩歩きだした彼がまた立ちどまって、肩ごしに、

「陛下のおそばで緊張したろ。貴族や有力者もぞろぞろいたもんな。……外の風にあたりたいか？」

と聞いてくれたからだ。一言余計なのをのぞけば、いいやつなのかもしれない、と考えながら、大股に歩く若い近衛兵のうしろを追いかける。

ハルラント聖王国の王城は、〈荒鷲の城〉と呼ばれている。外から見ると、前後左右

にはりだした翼、高々とそびえる天守、二重三重にめぐらされている城壁が、色も濃い茶色に、さながら大鷲が巣を護って頭をもちあげているふうに見えるからだ。辺境のカンカ砦から長い道のりを踏破して、ようやく都についたとき、町はずれから見あげた城の威容は、田舎しかしらないエヤアルの心を感動で満たした。これが聖王国の王城、これが諸侯の領土を統一して、一国にまとめあげられた王様のおわす所。

その城の内部は、外から見るよりはるかに複雑で、若者のうしろを小走りについていきながら、交差する廊下、くぐる扉の位置、あがる階段、おりる階段、とおりぬける作業部屋がどこにどうつながるか、あわただしい気もちの中にもしっかりきざみつけていかなければならなかった。

織機が十台も並び、織手たちがわき目もふらずに杼《ひ》をすべらせている大部屋のすみをとおりぬけ、埃《ほこり》をかぶった竈や釜、くず煉瓦《れんが》や油壺をおさめた倉庫——これらは、攻城されるときに投げおとす武器だが、最初に運びこまれて以来、使われたことはない——を一直線に横切れば、幅広い階段が屋上へとつづいていた。

あがりきった所で、エヤアルはさえぎるもののない青空に歓声をあげた。次に、矢狭間から見おろす景色に息をのんだ。

城の足元に広がる町は、橙色のスレート屋根で統一されて、整った道筋でまとめられている。二階建て、三階建てが多く、城壁に飾り窓の茶色い枠が愛らしい。夏のはじめの花々が咲き誇り、常に〈暁女王国〉の脅威と戦っているカンカ砦の殺伐として無彩の景色とは雲泥の差だ。城壁の外にはなだらかな畑地が広がっている。狭間から狭間へと身を移していくエヤアルの目には、都へ集まってくる五本の太い街道が映った。多分、一番西よりのあの道から、あたしも来たんだわ。ああ、丘のあいだに先っぽのみえる、あのトウヒの形はまちがいない。あの下で小休止して、今朝早くに門をくぐったんだ。

カンカ砦の防戦の様子を王都で報告するように言われたあと、エヤアルは二日間、大部屋の寝床から起きあがれなくなった。戦闘の雄叫びや悲鳴や魔法兵士たちがあげる合図の声が、頭の中をぐるぐると渦巻いていた。地面を走る紫電や風の走ったあとにあがる血飛沫が目蓋の裏で何度も何度もくりかえされた。血の臭いが鼻につき、二度と取れないのではないかと思った。

薬師がやってきて薬を飲ませ、二人の治癒師が彼女の胸と頭に手を当てて悪夢の表面を平らにならした。三日めの夕刻にようやく寝床に起きあがったとき、戦の一部始終を吐き出してしまわないかぎり、やがて悪夢はまた逆巻く波の渦となって胸の中をぐるぐるまわるのだろうと悟った。寝床に伏してひとしきり自分を哀れむために泣いたあと、起きあがって顔を洗い、髪をまとめ、長靴をはいて旅の準備をはじめたのだった。

エヤアルはゆっくりとまたひとめぐりした。ハルラントの都と周辺の耕作地は、大きな三本の川に囲まれている。斜面や丘のあいだに遠く細く見えかくれする、異なる川が、王都を護っているのだ。砦に暮らしてきた身には、その戦略的な意味がよくわかった。同時に、なぜ最西端のカンカ砦が、ここ数年、敵の猛攻にさらされた最前線となったのか。つまり敵は、難攻不落とおぼしい都を目的地にするよりも、都から遠く、援助物資も届きにくいカンカ砦を突破口にする作戦だったのだ。堰堤《えんてい》を崩すようにカンカ砦を崩せば、そこから国内を広く侵略できると考えたのだろう。

「だから、メリン将軍なんだ」

　王の片腕とうたわれるメリン将軍がカンカ砦に派遣されているわけが腑に落ちた。そしてまた、このたびの敗走で、〈暁女王国〉は長きにわたる侵攻を終わりにせざるをえなかった、という話を思いだした。ペリフェ二世が壁を築いてからその攻撃はしばしば無意味なものになっていた。しかしここ十年余り、そう、今の国王が玉座についてからはまた、激しく攻めたてられていたのだ。これでしばらくのあいだは、戦もなくなるに違いない。どうして自国を疲弊させてまで戦いをしかけてきたのか。しかしその答えを求める試みは、一陣の風にさらわれてむなしく天に溶けてしまった。

　ともあれ、とエヤアルは大きくのびをして、都の空気を吸いこんだ。十何年ぶりの平和が訪れるだろう。砦はもちこたえ、国は護られた。

　見た目ほど王は怖ろしい人ではないと思った。彼女の折れた枝の部分をやさしくなでてくれた、あの手の感触は父のようだった。行き場のない思慕の思いがわきだしてきて、しばらくのあいだは王のおそばにいてもいいと感じた。しばらくは。そう、王のおそばでの仕事をこなしたら、必ず家に帰してもらう。

　羊と草の匂いを長いあいだ嗅いでいない。老犬トリルはまだ元気にやっているだろうか。帰ったら、母に織物を習おう。ばあばあ様に針仕事を習おう。誰か、手頃な男をつれていってもいい。兵士もそうそういらなくなるだろうから、人材確保は簡単にできそうだった。住処と寝床と食事を提供するかわりに、羊と山羊番、力仕事をしてもらおう。あと一月か二月、ここで働いたらそれも不可能ではなくなる。家に帰ったら、〈西ノ庄〉を復興できるかもしれない。

希望が新芽のように緑の輝きをはなった。

遠く正面に横たわる川が、きらりと陽光を反射した。

4

王は毎日移動宮廷に赴いた。場所は城下の有力者の中庭であったり、町中の空き地であったり、ときには火炎神の教会堂であったりした。町に下るのを少しも厭わない王は、製材所横の材木置き場に転がっている丸太に腰かけて、その地区の嘆願や訴えに耳を傾けるのだった。

「おれんちの手前で水道が終わってるんです。あと四半分ヨンバー、のばして下せえ」

「リーゴはずるいっす。それじゃ、おれんちまでこねえ。せめてあと半分のばしてくだせえ」

するとは側近の貴族に命じる。

「一緒に行って現場を見てくるがよい。必要なだけ延長工事をしてやれ」

サギを思わせる商家のかみさんが、首をのばして言いたてるには、

「粉屋がうちの麦だけ、多く上前をはねますのよ。わたくし、桝《ます》が二回往復するのを見ましたもの」

相手の粉屋が言いがかりだ、思いこみです、と必死になって否定する。王はまた別の側近に首を傾ける。

「証人を集めて来い。双方の証人から話を聞いてから決める」

「ですが陛下、あの女は先月も先々月も、つり銭が少ないだの一切れ肉が少ないだのと訴えた女です」

「だからなのだ。三度王をたばかれば罪に問う。まずは証人を」

「仰せのままに」

エヤアルはこの一部始終を見聞きして、王の絶対的権力を裏付けているものが、普段の公正であることを学んだ。独裁を許されるはずの王が、庶民のあいだの小さなことにも気を配る。〈声〉を使って命じれば、誰も逆らうことができないにもかかわらず、王は宮廷をひらいているあいだじゅう一度も使わず、地道な調査と現地視察によって真実を明らかにしようとする。近衛兵や側近の貴族たちが、王に心酔するのももっともだった。エヤアルも日を増すごとに、王への敬意が増していくのだった。

しかし、王の判断が必ずしも、善意や正義といったうつくしいものだけを柱にしているのではないと気がつくときがあった。それははじめて王に会ったとき、惹かれるのと同時に、針の先ほどの剣呑なものを感じた、あのときとひどく似ていた。

ある日、群集のあいだから、エヤアルと大して年の違わない少女が訴人として出てきたことがある。周囲のものは仰天してその袖をひっぱったが、少女はかまわずさらに踏み出し、とうとう広場の中央に立った。女王のように顔をあげ、兵士のように背筋をのばし、戦いの喇叭さながらに高らかに名乗った。

「ドーケイの娘ターマインと申します。父ドーケイと材木商人ロークを人身売買の罪で訴えます」

「こ、これっ、娘っ、な、なんということをっ」

人垣から恰幅のいい父親らしき人物がまろび出てきた。

「へ、陛下、訴えを取り下げます。どうかお耳に入れなかったことにっ」

するとペリフェ三世は、あの、湖色の目になにやら翳のようなものをたたえてかすかに首をかしげ、両者を見比べたあとに、

「一度宮廷に訴えたものは、当人以外の者が取り下げることはできぬ」

と言いはなった。

「それで娘よ、人身売買とは穏やかならざる訴えぞ。詳しく話す前にいま一度、よく考えたほうが良くはないかな？　もし訴えそのものが正当でないと判明したときには、そ

の方も罪に問われよう」

「それは承知しております」

「では申せ」

顎をあげたまままきつい口調で訴えたその言い分は、父が借金の代わりに材木商人に彼女を嫁に出すと言った、これは当人の意志に反して行われた決定である以上、人身売買に他ならない、とのことだった。

王は静かにそれを聴いていたが、細い眉がわずかに吊りあがるのをエヤアルは見逃さなかった。

「娘よ。その方は賢いな。その知識をどこから手に入れた」

少女はスカートをつまんで素早く一揖《いちゆう》した。

「ありがとうございます、陛下。ほとんどは耳学問です。あとは、火炎神の教会にそなえつけてある『交易要綱』を読みました」

「ほほう、その方は文字が読めるとな」

娘は得意げな笑みを浮かべた。

「すべて読むのに一年かかりましたけれど」

「ではその『交易要綱』が、主に巡礼を護るための約束事であるのは承知であろうな」

「もちろんです、陛下。巡礼、すなわちハルラント聖王国の民に等しいことも承知しております」

エヤアルは娘の整った白い顔立ちと、力強く光を放つ双眸《そうぼう》を見て、心底感嘆していた。都にはこのように賢く、自信に満ちて凜とした女性がいるのか、と惚れ惚れとながめていた。得意気なところは多少鼻につかないでもなかったが。

「それで、そのロークという材木商人は、どのような男なのだ？」

若い娘が嫌う結婚相手となれば、年を食っているか、醜男と決まっている。

「年は二十三、ごく普通の商人です」

「彼はここに来ているのか？」

ロークなる者、出でよ、と進行役の側近が叫ぶと、なるほどごく普通の若者が進み出てきた。宮廷にひっぱりだされて、おびえた風なのは当たり前として、見目もそう悪くない若者だった。

「そのほう、これなる娘を買ったのか？」

「め……滅相もない……これの父親から嫁にしないかと持ちかけられたもんで……」

「でも、そのかわりに借金を帳消しにすると言いだしたのはロークです」

少女が眉間に縦皺を作って言いたてた。

「なぜだ、ローク」

しばらくうなだれて、口の中でなにやらつぶやいたあとに、意を決したように顔をあげた若者は、

「彼女は賢く、気がききます。材木商人の嫁にするには……ええ、最適だと、親父が申

しまして、お、おれもそう思いやした。すごく頭がいいし、商売をやらせたらきっと繁盛します」

「つまり、その方は彼女を望んだ、と」

「へえ。そ、そ、そのくらいの、値打ちのある女だと」

「値打ちを認められておるぞ、娘よ」

「それこそがわたしを買ったという言質《げんち》でありましょう」

少女は勝ち誇り、若者は言質という意味がわからず、目を白黒させた。

王は交互に二人を見やってしばらくの熟考ののち、威儀を正した。

「双方の言い分および余が見聞きしたことに基づき、判決をくだす。ドーケイとロークが娘を人身売買したとの訴えは棄却」

「そんな……！」

「本件は妻となる娘の実家に、夫となる者が金銭的援助の約束をしたとみなす。また、ハルラント聖王国不文律には、婚姻は親が決定するとさだめられている。したがって人身売買の疑いはないものとする。しかし、それとは別に、この婚姻は余が許さぬ」

驚きの声が人垣からあがった。王はそのどよめきがおさまるのを待ってから、半身を乗りだして嚙んで含めるようにゆっくりと言った。

「そもそも父が娘の結婚相手を決めるは慣例、これに異を唱える娘を抑えきれなかった父に、宮廷をわずらわせた罪があると断ずる。騒乱罪、あるいは宮廷侮辱罪に問うこともできようが、それもまた仰々しい。よって、この結婚を禁ずるにとどめおく。よいな」

若者は頭をふって嘆き、商人は真っ青になり、娘は喜ぶべきか憤慨するべきかわからず、困惑してたたずむばかりだった。

その後王宮に帰って、祐筆二人とともに裁判記録を作成し終えてから、エヤアルは顔を上気させて娘の勇気と知恵と王の采配をたたえたが、筆と紙を整理しはじめた太ったほうの祐筆が手を止めて、それはどうかな、と言った。

「王の裁断はすばらしいと思う。だが、きみの理由とは違った意味ですばらしいのだ」

怪訝《けげん》な顔のエヤアルに、耳の大きいもう一人がうなずいた。三十代前半のこの二人は、控え目な態度を身につけており、それは祐筆としてもっとも求められるものだった。その二人が二人してエヤアルの感想に異議をたてたので、意外にも思い、興味もかきたてられた。帰りかけていた彼女は踵《きびす》をかえし、さっきまで座っていた木の椅子に再び腰をおろした。

「話して。聞きたい」

すると耳の大きいほうが声をひそめて話しはじめた。

「筋がとおった判決だ、そうだろう？　誰でもそう感じるはずだ、それが陛下のすばらしいところだ。だが、陛下の真の思惑に気のつく者はほとんどいない」

「思惑……？」

「エヤアル、物事には必ず表面に出てこない事柄というものがある」

太ったほうが整えおえた机の上で手を組みあわせた。

「為政者はそれを見抜く。またそれを構築する。……この言葉の意味は、わかるか？」

エヤアルがうなずくと、耳の大きいほうがつづけた。

「そもそも王は、おまえと同い年くらいの小娘が、宮廷裁判を利用したことをどう思われているだろうか。特に今日のように、本来なら家族で話しあうべき問題を公の場にさらしたことについて」

「ううん……。確かに、訴える筋のものではないわね。でも、彼女は堂々としていて、素敵だったわ」

「若いな、おまえの目にはそう映ったか」

太ったほうが組んだ指の上に顎を乗せて物憂げな声を出した。大耳の男は生真面目そうに腕を組み、

「王の目にはどう映ったかな？」

「彼女はいろんなことを知っていたわ。本からも学んで――」

「知識を蓄えることと世間を理解することは違う、エヤアル。彼女のあやまちはそこにあるんだよ。知識には感情という重石《おもし》がついていないから、今日のように突っ走ってしまう。他人の気持ちは置き去りだ」

はっとエヤアルは息を呑んだ。娘に訴えられた親は、どう思っただろう。彼女を嫁に

取るつもりだった若者とその家族はどれだけ仰天しただろう。

太った男は彼女が理解したことにうなずいて、話を戻した。

「王から見れば家族間でおさめるべき問題を、公共の場にひきずりだした馬鹿娘にすぎない。どれだけ賢そうに見えても」

「小賢しい。浅慮」

大耳が厳しく断言した。太ったほうがつづける。

「宮廷は、ときおり、家同士の諍《いさか》いを調停もするが、それは地域社会に悪影響を与えるからだ。その宮廷の、貴重な場と時間を、小娘の浅慮によって無駄にしていいわけがない」

「……だから、みせしめに、親に婚姻の禁止を言いわたしたのね……」

「そしてここまではほんのさわり。おれが言うのはもっと深い思惑のことだ」

と大耳の男が腕組みをはずして言った。

「王は、もっとも危険な芽をつまれたのだ」

「危険な芽?」

「知識をひけらかすこと」

「だって、陛下はあの娘には罰をお与えにならなかったわよ?」

「公の場で訴えを棄却なされた、それで十分」

「なぜ?」

「訴えることで両家が恥をかき、棄却されたことで恥の上塗りをした。あれで小娘には相当な衝撃を与えたことになる」

大耳が皮肉っぽく唇の片端をもちあげた。

「だって、彼女は結婚しなくてもよくなったのよ？　思いどおりになったんじゃない」

「そう。彼女の思いどおりになったな」

と太ったほう。大耳がそれをひきとって、

「そしてもう二度と、誰も、彼女の思いどおりにはならない。知識をふりかざす傲慢《ごうまん》な娘を、今後誰が相手にする？　彼女にかかわれば、評判に傷がつく。商売人にとって評判は命綱だ」

「家の左前も露見してしまったしな」

「可哀相に、あの浅慮が、家を潰すだろうよ」

「生半可に知識を持つと、破滅が待っているという、民への王の警告だ」

エヤアルの脳裏に人の家の軒先で物乞いをする痩《や》せ細った少女の姿が浮かび、彼女はごくりと喉を鳴らした。

「本を、たった一冊読んだだけなのに……」

「たった一冊の本で、わかったつもりになるなということ。それに、民に知識は必要ない」

エヤアルは片手で口をおおった。彼女は自分だ、と思った。

「知識を得ることは……、罪なの？」

「おれたち祐筆の身分が低いのはなぜか？」

太ったほうの祐筆が組んだ指をはずして溜息をつき、横をむいて言った。

「読み書きができるからだ。そして読み書きのできる者が増えれば、王の言葉に文句を言う者も出てくるようになる。国を治めるのに、面倒になるのだよ」

「だからエヤアル、おまえも目立たぬようにふるまえ。影のように、木立のように、王のおそばにいることだ。決して自分の意見なんぞ言っちゃあ、だめだ。はじめはおもしろがってくださるかもしれないが、鼻につくと感じられたら即座に切りすてられる」

「陛下はそんなお方じゃないわ」

魔法の名残にやさしく手をふれてくれた、あれは少しも痛くなかった。

「王がおまえをお側に置くのは、役にたつし便利だからであって、もしもその忘れない頭にためこんでいる言葉や観察した物が知恵に変化したら、王は躊躇なくおまえを切り捨てる」

「陛下は、そんなお方じゃないわ……」

痛くはあるまい、と言った口調には冷ややかさがあったが、それを、ぶっきらぼうなやさしさだと解釈したかった。ああ、だが。その水色の目の奥に、熱くて冷たい何かが潜んでいたのも確かだ。エヤアルは祈るように目をつぶった。

「生き残るには用心しないと」

「とにかく、謙虚さは、どこへ行っても大事だな」

二人の祐筆は口をそろえて念を押した。エヤアルは目をあけて大きく息を吐き、渋々うなずきながらも、それでも自分は王を信じていくだろうということがわかっていた。


その年の春は長く、まるでここ数年来の戦に明け暮れた季節を補いなさい、とでもいうかのようだった。畑にはゆっくりとカラン麦が実り、緑はいつにも増して鮮やかで、草を食む羊たちはのんびりとしており、たくさんの仔を生んだ。木々や草の陰には何種類ものノイチゴの花が色とりどりに咲いて、やがて青い実をつけ、少しずつ真紅にとかわっていった。

王都ハルラント聖王国の家々の窓辺には、あふれんばかりの野の花が飾られたが、これも近年さっぱりなかったことで、軒下や路地を歩く人々は、長きにわたった戦がとうとう終わったのだと、ようやく実感したのだった。

ある朝、ペリフェ三世はハルラントのはずれまで視察に出かけた。おとなしい小柄な雌馬をあてがわれて昨日はじめての乗馬を経験したエヤアルと従者たち、近衛四人、側近二人が王につき従い、ゆるゆるとタイ川にそって進んでいった。びっしりと肩をよせあっていた家並みが退いて、畑や木立や茂みが土堤の下に広がった。甘い花の香りがかすかに漂い、風と光はからまりあって緑や水色や淡い金のモザイク模様になった。

二つの川が合流する地点で、王は雪解け水で損傷した堰堤を確かめ、崩れかけている対岸を乗馬鞭で指し示し、側近と声高に話しあった。一陣の風にシオルがはためき、みなの額も顕わになったが、エヤアルはそのときに、陽射しに容赦なく照らされた王がひどく疲れた顔をしていることに気がついた。

戦で手の回らなかった日常のあれやこれやが持ちこまれて、忙しいことはわかっていたが、王の気苦労について気をくばる者は誰もいないのだった。奥方様をもらいになればいいのに、その余裕さえなかったのだ。エヤアルは王室の財産が莫大であることも、その莫大な財産があっというまに右から左へと抜けていくことも把握していた。すべて戦の後始末、戦のあいだにおろそかになった修復作業や保全管理にまわされているのだった。

この春と夏がなければ、王国は再び餓えの冬を迎えそうだった。そうなりませんように、とエヤアルは足元の草原に目をやって、草の神と森の神に祈った。このままこの穏やかさがつづきますように。

側近と王の話し合いが終わって、一行は馬をかえした。川沿いからはなれて町中に入ろうかというとき、エヤアルは王の一行を通そうと土堤からはずれて草原におりた荷車を見つけた。農夫が身をかがめていた。都で売ってきたのだろう、ほとんど空っぽの籠が荷台にたくさん載っているのをゆっくりとながめながら、とおりすぎようとした。ひとつの籠の中に、またひとつ小さな籠が入れ子に入っており、その中では金か紅玉にもたとえられるほどつやつやとした数種類のノイチゴが行儀よくおさまっていた。

エヤアルは突然馬からすべりおりた。おい、どこへ行く、ととがめる従者に手綱をおしつけ、荷車のそばに駆けおりていった。目を丸くしている農夫に粘り強く交渉し、確かな返事もしない相手に自分の短剣をさしだして代わりにイチゴの籠をすくいあげ、また土堤を駆け登って王の側に走りよった。

「これを、陛下。喉がお渇きかと存じます」

　王は一瞬眉をつりあげ、幅広い唇をもっと幅広くしてかすかに笑い、一つまみとって口に入れた。

「おお、これはうまい」

　今度は鷲づかみにつかんで、どこぞの悪たれと同じように口におしこみ、声をあげて笑ったが、そんなことはお側に仕えて以来ついぞなかったことだった。もうひとつかみつかむと、

「そなたたちも相伴せよ。高いノイチゴだが、それに値打ちするノイチゴぞ」

と言った。エヤアルは籠を持ってみなのあいだを歩き、最後にお情けで残されたらしい数粒を口に入れながら再び騎乗した。先に進んでしまった一行を最後尾から追いかけながら、酸っぱいノイチゴのかすかな甘味を味わっていた。


　春がゆき、戦勝を寿《ことほ》ぐような輝かしい夏が終わり、家々や城の倉庫にカラン麦の袋がぎゅうづめになった。粉ひき場では夏中、臼がまわりつづけ、秋口になってもまだまわ

っていた。

ある秋の日、エヤアルはむっつりとして両腕を組んだまま、城の回廊を王の居室にむかっていた。リネンの籠を持った侍女や貴婦人の用事で走りまわっている小姓たちとすれ違い、杖をついた老人をおいこし、話しかけてこようとした祐筆を無視して、居室の扉の前に立った。扉の両脇にいる近衛のうちの片方があの若者で、見おろすようにしながら今朝は随分遅いご出仕で、と嫌味を言った。

近衛に対するていねいな物言いをする気配りも忘れて、エヤアルはじろりと彼の腹まわりを一瞥《いちべつ》した。

「カラン麦をたらふく食べて、麦酒も際限なく飲んで、平穏っていいわね」

彼は思わず自分の腹を見おろした。この、観察者にして記憶の達人の目には、春先と比べた腹回りの変化がどう映っているのだろうと思っているのが、手にとるようにわかった。いつか、あたしの胸が小さいと口走ったおかえしよ、と内心で舌を出しつつ、扉をおしあけ、

「陛下、今日こそは帰宅のお許しをくださいますよね。もう、訴訟の季節もすぎましたし、倉庫のカラン麦の袋の数も把握しおえましたし、豚の屠畜の季節まではしばらく間がありますし。また来年の春に戻ってくると約束しますから、どうぞ今日こそ、許可をいただきたく――」

一気にそこまでまくしたててはじめて、居室に王以外の人物がいることに気がついた。

柱の陰になっている縦長の窓から町の様子をながめていたらしいその人物は、紗幕《しゃまく》のおとす影のように静かにあらわれた。エヤアルは口ごもり、次いで耳たぶまでまっ赤になった。

もつれる足をかえして去ろうとしたとき、待て、と王の声がかかった。「でしゃばりすぎるな」と大耳の祐筆の声が耳の付け根によみがえり、調子に乗りすぎたと思った。血が頭から下がっていくのを感じながら、ゆっくりとふりかえる。さし招く王の指が、黒っぽい樫《かし》の卓の上で白く見えた。

近づいていくと、王は客人を示した。その鋭く整った横顔では、彼女の無礼を怒っているのか気にもとめていないのかよくわからなかった。

「わが弟、カロルだ。〈太陽帝国〉の火炎神殿の神殿騎士、先ほどブランティアから戻ったばかりだ」

それから王は、弟カロルにむかってエヤアルの出自だの、能力だのを説明した。

カロルは着替える暇もなく訪れたのだろう、火炎神殿騎士団の衣装のまま埃にまみれて立っていたが、エヤアルには王より豪奢に着飾っているかのように思われた。先の尖った長靴、銀の糸で編んだ短袴《たんばかま》を膝下で隠している真紅の胴着。腰を短袴と同じ布で作った帯がしめている。帯の留め金には星をとじこめた紅玉が誇らしげに輝いている。分厚い胸には火炎神の象徴の炎の鳥が金糸で刺繍してある。エヤアルが目をしばたたいたのは、その鳥が今にもそこから羽ばたいて、いつぞやのように彼女の前に両翼を広げるのではないかという錯覚にとらわれたからだ。再び焦点が合うと、たくましい肩の上に乗っている頭を見た。ペリフェ三世とはあまり似ていなかった。兄王ほど顎は尖っていないし、鼻も鷲鼻というほど先端がつきだしていない。目尻はどちらかというと下がり気味で、右目の下がりが左より大きい。男らしく太い眉が三角を描き、広い額を斜めに流れる髪は陽気な赤茶色をしていた。無精髭《ぶしょう》に囲まれた唇の口角は今にも大声で笑いだしそうにあがっている。エヤアルは、火炎神教会の金銀緋色に飾りたてられた窓硝子の壮麗さに息を呑んだことがあったが、王弟カロルの美丈夫ぶりに、それと同じ、凜々しさと美への切ないほどの憧れを感じた。

「そなた、しっかり観察されているぞ。これでどこにいてもどのように身をやつしていても、この娘には一目で看破されよう。諜報活動も難しくなろうというものだ」

こんなにおもしろそうな口調で語る国王ははじめてだった。カロルはたまらず笑いだした。

「国王に突進してくる人間をはじめて見ましたよ」

「一日中余と共に、何ヶ月だ？　山だしの娘ゆえ、余も羊か山羊同然になったかもしれぬ」

エヤアルは小さくなりながら、これは王の冗談なのだろうかといぶかった。

「エヤアル」

あらたまった声音で呼ばれ、あわてて王の足元にひざまずくと、

「帰宅の許しは与えられぬ。そなたは三日後、このカロルと共に東へ行け。〈太陽帝国〉の都ブランティアへ。ブランティアで見聞きしたことを書簡に詳しくしたためて、余のもとへ送って参れ。それがそなたの新しき任務だ」

エヤアルは思わず国王に抗議しようと頭をあげた。嫌です、あたしは家に帰りたいんです、という言葉はしかし、ペリフェ三世の凍れる湖のような目に射すくめられ、霰《あられ》の粒となってこぼれ落ちてしまった。

「王命である」

と厳しく言われては、ぐっと唇をひき結んでうなだれるしかない。たちまち涙で視界がぼやける。

「詳細は道々、カロルに聞くが良い。三日後の早朝、出立せよ」

礼もとらず物も言わず立ちあがって早足に扉にむかったエヤアルの背中で、

「王様なんて大嫌い、と心の中で叫んでいますよ」

と、おもしろがるカロルの声が聞こえた。王が何と答えたかは、音をたてて扉をしめたので聞こえなかった。驚いた若い近衛が、おい、と呼びとめようとするのへ、ぎろっと横目で一睨みをくれ、なおも肩に手をかけようと一足踏みだした足を踏みつけ、身をひるがえして駆けだした。王命なぞ、知ったことか、このまま城をとびだして、まっすぐ家に帰ってしまおう。王様なんて、大嫌いだ。この数ヶ月、おそばについて実にいろいろなことを見聞きしてきた。ただ見聞きしたばかりではない、王様は要所要所で裏に隠されていることがらや、事象と事象のつながりでどう解釈するのかなどを、御自分から教えてくださった。でももう充分。あたしは母さんとばあばあ様と静かにくらす。羊と山羊と鳥と犬と蝶々とトンボとテントウムシがいる丘の草っ原で、来たる冬のことを思い患いながら、つむぎ車を回すのだ。

エヤアルは大股で歩いていった。王命である、という言葉に魔力がふくまれていなかったのであれば、そのままずんずん歩いて城門をとおりぬけただろう。しかし城門のはるか手前、広場の井戸端まで行ったところで、足はぴたりととまってしまった。肩で荒い息をついて、荷車がおしあいへしあいし、人々がそのあいだを巧みにかいくぐって出入りしている門を遠目にながめた。それ以上前に進めないことはわかっていた。町を捨てるつもりでは、もう一歩も踏みだすことができない。

自分自身を抱きしめて、どのくらいそこに立っていたことだろう。雲が左から右にゆっくりと流れて形が変わってしまうまで門を睨みつけたのち、両頰の骨のあたりに怒りをためこんだまま、踵をかえした。そのまま倉庫の立ち並ぶ方へ足音荒くつき進み、誰もそんな所にいるとは思わない場所として、反物《たんもの》倉庫を選んだ。

織布《しょくふ》の匂いがかすかに漂うひんやりとした棚と棚のあいだをとおって、エヤアルは陽光も風も届かない最奥の隅っこにたどりついた。蜘蛛の巣を払い、どこの窓から吹きこんできたのかもわからない去年の落葉や小さな枝を足でおしのけて、両膝をかかえて座りこみ、ときがすぎるのをじっと待った。

さほどしないうちに、誤算に気がついた。まず、何もしないで蜘蛛の巣がだらしなく撓垂《しなだ》れている天井を見あげるのにも我慢がいる、ということ。それから喉が渇き、おなかもすいてくる、ということ。眠ればいいのだろうけれど、さっき起きたばかりの若い身体は、動きまわることを要求してくる。

それでも羊番をしていた忍耐力でしばらくはじっとしていた。暇つぶしに、『列王伝』を最初から最後まで口ずさむ。それから数日前の訴訟について王が下した判決を声に出してみる。町家と町家の境界線をどうのこうのという、おもしろくも何ともない諍いであったが、計測士の報告をふまえた王の裁断は公平で見事だった。

ようやくあたりが暗くなってきた。もう少し暗闇がおちて、庭をうろついても見とがめられなくなったら厨房に行こうと思っているうちに、うとうとしたらしい。雄鶏のときの声でとび起きた。一瞬自分がどこにいるのかわからなかったが、遠くで別の雄鶏が鳴くのを聞いて、家に帰ったのでも、城の寝床にいるのでもないことを思いだした。

朝靄《あさもや》が薄明に漂い、まるで水中を歩いているようだった。エヤアルは厨房に忍びこみ、湯気に紛れて焼きたてのパンを一塊と、棚の隅っこにおしやられていた乾いたチーズ、汲みたての水の入った水差しを一つさらってきた。埃だらけの根城に戻って、しばらく分捕り品とにらめっこしていたのは、胸の動悸《どうき》がなかなかおさまらなかったからだ。

しかし、食べているあいだに食欲がうせた。チーズと水は、許されるかもしれない。でも、パンは。歩哨の食いぶちであったやもしれず、城を修繕にかかっている操石魔法師の分だったかもしれない。それを盗ってきた、と考えると、胃のあたりがきゅっとちぢまって、一欠片のチーズも飲みくだすことができなくなった。彼女は手から転げおちるチーズのあとを追うように、床に倒れこみ、うつろな音をたてる胸の鼓動を聞いていた。

――ときがきたら返してやらなくもない。ふさわしきそなたがいたら。

魔力の空洞に突然、炎の鳥の声が鳴りわたった。エヤアルはぱっと目を見ひらいた。

十年あまりわからなかった意味が、やっとわかったような気がした。

胸の空洞で炎の鳥は真紅の火の粉をまきちらし、一つ大きく羽ばたいたかと思うやまっすぐに、蜘蛛の巣をつき破って天井から屋根の上へ、そして大空へと飛び去っていった。

エヤアルは胸をおさえて起きあがり、反物倉庫が焼けたりしていないのを確かめた。夢を見たのか。足元には、まだほのあたたかいパンと、乾いたチーズと、水差しが転がっている。布のきれいな所を引き裂いて、それらを一まとめにくるんだ。

エヤアルは荷物をしっかりと抱きかかえると、一歩一歩を踏みしめるようにして戸口の方へと歩いていった。天井下では蜘蛛の巣が炎の色をまとって消えていくところだった。

厨房長は両手を腰にあてて、辛抱強く彼女の謝罪をきいていたが、やがて大きく一つうなずくと荷物をうけとり、もとの仕事に戻ってしまった。叱責も赦《ゆる》しもなしの状態におかれたエヤアルは、しばらくその場にたたずんだのち、肩をすくめて踵をかえした。たかが小娘の出来心に貴重な時間をとられることはない、ということだ。しかし、何はともあれ、自分自身とのけじめはつけた。気をとりなおして数歩行ったところで、目の前に影が射し、気がつくと彼女よりわずかに背の高い若者が立ちはだかって、指をつきつけてきた。

「おまえ……！　やっと見つけた……！　おい、どれだけさがしたか、この野郎」

火炎騎士団の真紅の簡易長衣を着たその若者は、王弟カロルの従者だとすぐにわかった。エヤアルは逃げ腰になるのを踏みとどまって、かわりに指をつきつけかえした。

「何て言葉づかい！　まるで山出しの羊飼い！」

若者はあばただらけの顔をまっ赤にした。

「何だと？　この……！」

「実家は鍛冶屋、次男か三男、腕っぷしは強いけど、喧嘩っ早いのでしょっちゅうご主人様に迷惑をかけている」

さらに指で胸をつつきながら暴くと、目を白黒させた。

「な……何だって……？　おれのこと、知ってるのか？」

「名前はジヨン。またはマイスン」

胸を張って、さっきの厨房長のように腰に両手をあてて見あげた。相手の赤かった顔がたちまち青ざめていく。

「おまえ、〈空っぽの者〉じゃないのか？　読心魔法を使えるのか？」

　するとそれに応えるように、彼の背後から王弟の声が近づいてきた。

「おお、見つけたか、ジヨン。やれやれ。一体どこに雲隠れしていた？　まるまる一日、さがしまわっていたのだ。捜索魔法の持ち主をさがして頼まなければなるまいと思っていたぞ」

「で……殿下！　こいつ、魔力をもってます！　〈空っぽの者〉なんて、大嘘で……おいら……いや、わ、わたしのことを言い当てました」

　カロルが、噴きだすかわりに片眉をあげてみせた。エヤアルはわかるかわからないかほどに肩をすくめてみせた。ジヨンの腕に、古い小さな火傷のあとがいくつかあった。右腕の筋肉が発達していたので、鍛冶屋の息子だと見当をつけた。騎士の従者になるのは稼業をつがない二、三男、名前も大抵ジヨンかマイスンと決まっている。彼女に嚙みついたあたりから、性格も推して知るべし。簡単なことだったが、ジヨンにわざわざ種明かししてやろうとは思わない。「この野郎」呼ばわりされては、親切心もすぐには生まれない。

「そなたの旅装束の仮縫いができた頃だ。そなたも夜通し忙しかったようだが、試着しに行かねば、徹夜で仕事をした仕立て師たちに、はさみで耳をちょん切られる羽目になろう」

　カロルが片腕をひらいて誘うのへ、エヤアルは今度は迷いなく近づいていった。あとで思いかえして、いつ決心したのか、自分でも判然としなかったのだが、多分、パンをかえそうと決心した時点で、道は定まったのかもしれないと思った。

城の三階の中程の部屋で、何着かを着ては脱ぎをくりかえしたあと、夕刻近くにようやく放免された。あるものは綺麗に洗った誰かのお下がりで、袖丈や襟首をつめなければならなかった。またあるものは新品で、大方身体にあっていた。しかしそのすべてが、男物だった。

「どうして男物？」

と頰をふくらませて出てきた彼女を自室につれていきながら、カロルは天井をむいて笑った。

「女の服で旅をして、どうぞ襲ってくださいと宣伝してもいいが、そうするとそなたを護る人数が入用になる。男のふりをしていれば、少なくともまっ先に狙われるということはなかろうが」

彼の居室は王の間の真下にあった。近衛兵がひとりだけはりついている扉をくぐると、両脇が緞帳《どんちょう》でおおわれた控えの間だった。

「ジヨンの部屋とチヤハンの部屋だ」

カロルが片手で緞帳を分けてみせた。部屋、というには狭すぎた。棚の下に寝床が作ってあり、あとは人一人立てばいっぱいになる間隙《かんげき》があるだけ。チヤハン、というのはカロルのもう一人の従者だろう。こちらは貧乏貴族の長男によくつけられる名前だ。

カロルは奥の間に彼女を導いた。一歩入って呆気にとられ、それから物珍しげに視線をさまよわせる。カロルが指をたてて招くのにもうわの空で、天井や壁や窓にぶら下がっているタペストリーや色鮮やかな硝子でできた動く飾りを見あげた。裸足の底が何やら心地良いと思ってその目を下げれば、毛足の長い絨毯が、大きく青と緑と金の羽を広げた首の長い鳥を面一杯に描きだしていた。

そこここに鎮座している卓も小簞笥《たんす》も椅子も、艶のある黒々とした木でできていて、角という角、脚という脚には彫刻がきざまれ、見る角度によって色が変わる七色のはめこみ細工や金箔が何十本という蜜蠟の上にきらめいていた。王様の部屋より贅をつくしているわ、と息をのんで、示された椅子に腰をおろしながら、一体王弟殿下はこうした富をどこから持ってきたのだろうと不思議に思った。すると、カロルは、彼女の頭の中を読みとったように唇の端をつりあげて、指を一本その唇にあててみせた。

「東に行けば、そう、〈太陽帝国〉では、これしきの部屋は下級官僚でも用意する。だがハルラント聖王国ではまだ、王を凌《しの》ぐ贅沢だと言われかねない。言っている意味がわかるかな?」

エヤアルは空唾をのみこんでからうなずいた。見たものを誰かに喋るな、ということだ。

「今度はわが兄上にも、これらを凌ぐ土産を持って参ったゆえ、じき、王の居室も豪華絢爛に飾りたてられるだろう。大広間も、いまだ主のいない王妃の間や侍女たちの部屋にも、絨毯が敷かれ、香が焚かれよう。だがそれは、われらが発ったあとだ。――おお、うまそうな匂いだ」

二人の従者が料理の皿を運んできて、カロルは話をうち切った。ジヨンは慣れた動作で腕に三枚の大皿を載せてきた。ジヨンより指一本分背の高い、がっしりした身体つきのチヤハンは大皿の他に水差しと杯を空中に浮かせて運んでくる。

ごちそうを並べおえると、従者も主人も同じ卓で食べはじめた。さっきからびっくりすることばかりだったが、さすがにこれには仰天した。エヤアルは、貴人の食卓で平気でぱくついている従者たちを横目でうかがい、かすかに首をふった。すると、カロルがフォークを持ちあげて――それがフォークという名前であることすら、知ったばかりだ――神殿騎士についてはどんなことを知っているか、とエヤアルに尋ねた。エヤアルはナイフで肉を薄くこそげ、指で口におしこんでいるところで、いっとき口ごもった。耳元でチヤハンの笑い声と、「田舎娘め」というささやきがきこえた。それに気をとられている場合でもないと自分をいましめ、しっかり飲みこんでからカロルに答えた。

「えっと……火炎神にお仕えするお偉い方々で……剣と騎馬の腕前がさだめられた基準以上にある貴族の方々です」

カロルはフォークを肉につき刺してうなずいた。

「『坊さん騎士』とも言われている。では、火炎神については？」

「人の子に火をもたらしてくださった炎の鳥です。悪を焼き払い、この世に光をもたらします。〈火炎王国〉アフランのクシア山に棲み、訪れた人々の願いを叶える、といわれています」

「われら神殿騎士団は、その、願いを叶えに行く巡礼を護るために設立されたのだ。それは知らなかったかな？」

もう一度肉に切りこみを入れようと手をのばしたエヤアルは、はた、と動きを止めた。

「そうだったのですか……わたしは、てっきり、戦人《いくさびと》だとばかり思っていました」

「巡礼の奉仕者であるよ。それゆえ、食卓も従者や下々の者と共にするきまりだ。たとえ王族であろうとも、な」

「あの……それで、わたしは……わたしも従者として行くんですか？」

隣のチヤハンが鼻で笑った。

「従者になるには武道のたしなみが必要なんですよ、ねえ、カロル様」

「そなたは、従者の従者……下働きの従者見習いという形でつれていく。食卓は一緒だが、今後ジヨンとチヤハンの言いつけには従うこと……そなたは、ときどき、従順という言葉をどこぞへおいてきたように見うけられる。従順、誠実、正義、は騎士団の核となるものだ。心して従うように」

エヤアルは小さくはい、と返事をして、うなだれた。それほど反抗心があるわけではない、と自分では思っていた。ただ、どうしても受け容れがたいことは受け容れられない、というだけのことなのだが。

王弟はカモ肉と杏の煮こごりを一口頬ばってから、にやりとした。

「なに、それほど深刻にならずともよい。従者になって三日めで、ジョンはわたしのシオルを泥だらけにしたし、チヤハンは物かげでめそめそしていたぞ」

二人の従者はぱっと顔をあげて、カロル様、と異口同音に訴えた。カロルはわははは、と笑いとばし、

「かく言うわたしも、従者のときにはさまざまな失敗をくりかえしたものぞ。主人の剣をなくしかけたり、金をだましとられたり。失敗して叱られて、覚えていけばいいのだ」

ぜいたくな食事を終えると、エヤアルには扉わきの一隅が与えられた。藁布団と毛布をしつらえると、反物倉庫よりはまともな寝床となった。昨夜はあまり眠れなかったのと、はじめて濃い麦酒をのんだことでたちまち眠りにおちた。

翌払暁、目をこすって起きあがったところへ、チヤハンから火口と蠟燭を押しつけられた。まだ半ば朦朧《もうろう》としたままに燭台を整えていくうちに、カロルが豪華な寝台から起きてきた。身支度の世話を二人の従者がするあいだ、エヤアルは水盆と食卓の準備を任された。

昨夜とは全くちがった貧しい食事を手早くすませていると、エヤアルの荷物が大きな袋二つにつめられて届いた。彼女はその中から旅の衣服をとりだした。上等のリネンのシャツに赤茶の胴着をかぶる。腰には牛革の帯をまき、短剣と肉用ナイフと小物袋をつ

るす。短袴の上には編みあげの長靴をはく。胴着とおそろいの赤茶のシオルを真鍮の留具《フィブラ》でとめ、波うつ髪をその後ろで結べば、従者見習いの小僧ができあがった。

カロルが口元に拳をあてて笑いをこらえ、咳ばらいをしてから言った。

「口はきくな。なるべくな。どうしてもしゃべらねばならないときは、周りにわたしたちしかいないことを確かめてからにするか、低い男のような声を作って話すことだな」

「どっから見ても、生意気な小僧っ子だぜ」

とジヨンが言い、チヤハンも嘲《あざけ》った。

「女にはとっても見えないね」

残りの荷物を背負い、カロルやジヨン、チヤハンの持ち物も袈裟懸けにし、残りを両手にぶらさげたエヤアルは、従者たちも同様の姿であれば、自分ばかりに押しつけられたとは言えないと自分をなだめつつ、よろめきながら階下へと三人のあとを追った。

城の中庭には、四頭の馬がすでにひきだされ、その両側に旅装の町人が三人、たたずんでいた。いずれも四十代半ばの商人と職人で、巡礼の旅に出るのだ。カロルたちは、戻るついでに〈太陽帝国〉の首都ブランティアまで彼等を護衛していくということだった。

背負ってきた荷物は予備の馬に肩代わりしてもらい、エヤアルは小ぶりの雌馬にまたがった。

曙光が雲をおしわけるようにして射してきた。一行を見送るのは、仕事の手を休めた下働きの人々ばかりだった。王はまだ私室でまどろんでいるのだろうか、とエヤアルはちょっと不思議に思った。弟君を見送りもしないとは、おかしなこともあるものだ。

するとと彼女の思いを聞いていたかのように、カロルがそばに馬を寄せてきた。懐から短剣をとりだして、兄上からだ、と言った。決して派手なつくりではないが、その鞘に象嵌《ぞうがん》された意匠を一目見て、ひどく高価なものだとわかった。葡萄の蔓《つる》とノイチゴの葉がからまりあって、その陰にはノイチゴと葡萄の実がのぞいている。葡萄は豊穣のしるし、物事の成就の証だ。

カロルは行く手に目をやりながらつぶやくように言った。

「春の日の、ノイチゴはうまかったと、これはそのときにひきかえた短剣の代わりだと、陛下はおおせられた」

エヤアルにはとっさの言葉がなかった。ただ黙って短剣を受け取り、そっとなでてから帯にさげた。あの、やたら酸っぱい味や、春の日のうらうらと心地良い陽射しや、風と光が淡い金と緑と水色のモザイクを散らしていた草原がよみがえってきた。

町中の大通りはまだ人影もまばらだった。一行の馬蹄に驚いた野良犬がひとしきり吠えてから物陰に逃げこみ、居酒屋の軒下で襤褸《ぼろ》にくるまっていた物乞いは、つきだそうとした手をひっこめて襤褸の中にさらに小さくなった。

朝の湿気を含んだ風が一陣、首の横をとおりすぎていったとき、エヤアルは不意に、この旅の一行が見た目どおりのものではないのだと悟った。三人の町人は、軽々と騎乗し、荷物も少なくまとまっている。巡礼に出るくらいの商人であれば、もっと着飾ってもいいだろうに、質素な茶褐色のシオルをまとって、はじめて長旅に出る者、というよりは旅なれた者の臭いがする。そうだ。それから……。カロルとの初対面の場で、王はなんとおおせられた?——どのように身をやつしても、この娘には一目で看破されよう。諜報活動も難しくなろうというものだ……。

——間諜。

エヤアルは前を行く三人をじっと観察した。身のこなしやしゃべる内容は、いかにも家具職人、いかにも豪商らしかったが、ほんの一瞬、あたりをうかがう目つき、あるいは何気なく頭をめぐらせる視線の鋭さには、危険をいち早く察知しようとする気構えが見てとれた。それはカロルも同様か。

どうやらこの一行は、見た目どおりの一行ではない、と彼女は判断を下した。なぜ、という疑問が浮かんできたが、「でしゃばるな」「目立つな」と祐筆たちの声がまた耳の付け根に響き、彼女はぐっと唇をひきしめてうつむき加減に馬を進めていくしかなかった。

5

一応巡礼であるがため、火炎神教会のある村や町では足をとめてお参りしながら進んだ。そのかわり森の中や丘を登り下りするときには、速足で馬を進めたが、にもかかわらず、たちまち秋が彼等を追いこしていった。シャーロン山脈のトント峠に登った一日は霙《みぞれ》にみまわれ、ムメンネ王国との境に建てられた山の神と森の神の合祀神殿の門扉があいていなければ凍死していたかもしれなかった。

木枠でかためられた土の階段を駆けのぼり、見事な彫刻に目もくれず、門をくぐって前庭にころがりこむと、坊さんたちがとびだしてきて、湯気をあげている馬たちを房につれていく。一行は二つ並んだ本殿のあいだにある小さな本門から、木造平屋建てのひょろ長い建物に案内された。

長方形の部屋の中央に炉が切られていたが、火の気はなく、ごく若い坊さん二人があわてて薪を運び入れ、粗朶《そだ》に火をつけるあいだ、彼等は震えながら衣服の水気をぬぐって待っていた。雪花石膏《せっかせっこう》をはめこんだ窓の外では、葉をおとしたカラマツやクリの梢を容赦なく揺らしていく風の音がしていた。

やっと炎の色が薄暗い部屋に赤い色をひらめかせ、エヤアルたちは身分の上下なく隣あって腰をおろした。しかし火の赤は、黒っぽい木肌に囲まれているせいか、いつもの花のようではなく、いけにえを焼くおどろおどろしい黒っぽい赤に見えた。

「操火魔法の持ち主がいたらなあ。それか操風魔法の誰か……」

ジヨンがぶつくさと言ったが、もうそれは日々の常套句になっていたので、誰も相手にしなかった。エヤアルの頭にはすっかり全員の名前と魔法の有無や性格、出身地ばかりか家族構成や好物までも入っていた。

しかし城から加わった巡礼三人の話はあくまで自称、であって、真実かどうかは疑わしい。ただ、魔力をもっているのはチヤハンと、家具職人を名乗っているリーズの二人だということは、わかっている。チヤハンは軽いものなら持ちあげられる操物魔法を、リーズは人を転ばせる操足魔法をもっている。街道の途中途中で、強盗や山賊が襲ってきたとき、彼の呪文で足のもつれた連中を何度かジヨンとカロルの剣が追い払った。

わからないのはカロルの魔法だ。彼はまだ、その力を見せていない。だが何かしら王家の魔力をうけついでいることは確かだった。

かじかんでいた指先に血のめぐりがわずかに戻ってきたころ、緑の長衣の裾を木の床にひきずりながら、着ぶくれした神官が大声をあげながら入ってきた。

エヤアルより小柄な森の神の神官は、渦巻く黒髪を丸い頭にはりつけた赤ら顔の男で、数人の坊さんを従えていた。旅の苦労をねぎらいながら、片手をひらりとかえすと、たちまち炉の火の勢いが増した。

「この嵐は明日までつづくと思われます。もう少し遅ければ、雪の中で道を見失ってしまわれたかもしれませぬな。よかったよかった」

とほがらかな声をあげた。そのあいだに坊さんたちは、一人一人の手に杯をおしこんだ。

その琥珀色の酒は木の杯の中で高く香り、口をつけると胸の底まで熱く一気に下っていった。めいめいに吐息をつき、天井をむき、笑いが生まれた。エヤアルが味わいながら飲み干すあいだに、カロルは三度おかわりをし、他の者たちも二回おかわりした。身体が芯からあたたまってくる。

「ただ今、お部屋を用意しておりますのでな、しばらくお待ちになってな」

「オヴィー、相変わらず森の神殿の麦芽酒《シュケブ》は最高にうまいな」

「おほめにあずかりまして、カロル様。確か、この前いらしたときは、樽一つ干されていかれましたな」

カロルの笑い声がはじけた。

「これから〈太陽帝国〉へ、冬と競争しながらの旅だ。少しわけてくれるとありがたい」

「かしこまりました。なんなりと。……わが神殿のシュケブは、あなた様のためにあるようなもので……」

「おや、ムメンネ国から買い付けにくる商人が、ひきもきらずと聞いておるぞ」

「他国の銭がわが神殿の財源になる。喜ばしいことでありますなあ」

二人そろって天井をむいて笑った。そこへ、食べ物のいい匂いが漂ってきて、エヤアルは坊さんたちが鍋をもってきたのに気がついた。椀にあつあつの鹿肉入りスープがもられて杯と同じように各人に手渡された。オヴィーは、山中のことなので大したもてなしはできないが、山中ゆえのご馳走というものも一興でしょう、と言って、皆が椀に顔をうずめるようにして食べるのをにこにこしながら見守った。

腹がくちくなったところへ、各部屋の用意ができたとのしらせが入り、彼等は細長い建物の廊下の右側につらなっている室に案内された。奥がカロル、それから巡礼たち、従者、とつづき、エヤアルは最も手前の窮屈な小部屋をあてがわれた。窓もない、棚寝台と長櫃《ながびつ》と卓と椅子を兼ねたものが一つ、空いている床に立てばそれで身動きがとれないほどだったが、外の寒さと風雪はしのげたし、温石も荷物といっしょに届けられた。

整頓がおわって寝台に腰かけ、十呼吸ほどぼんやりしていた。スープを食べながらも酒をあおったカロルは、よろめきながら奥へ行ったたし、巡礼三人も厳しい表情をやわらげて部屋にこもってしまった。明日の朝まではお呼びがかからないだろう。そして、外は薄暗いものの、まだ夕刻にもなっていないはずだった。

エヤアルは小部屋を出ると、本殿の方へぶらぶらと歩いていった。本殿は長い廊下の果ての別棟にあった。栗の木の太い柱が艶々と黒光りして林立する様は、太古の森を逍《しょう》遥《よう》するにも似ていた。天井もまた栗の木なのだろうか、闇に溶けて判然としない。神殿につきものの香は焚かれておらず、ただ自然の木の香りがかすかにするのだった。

柱のあいだをそぞろ歩くうちに、祭祀壇が見えてきた。栗の丸太のままの階《きざはし》が数段、その上に大きな虚《うろ》を抱えた黒ブナの幹が横たえてある。それが御神体であろう。年経た巨木の幹が、森の神の象徴なのだ。

この世にはさまざまな神がいる。神に上下の差はなく、信仰する側もわけへだてはしない。ハルラント聖王国やムメンネでは木材を産出するために、山の神、森の神があがめられている。火炎神はどの国に行っても熱意ある信仰の対象となっている。

エヤアルは階をそっと登ってひざまずき、虚をのぞきこんだ。両手を広げてもおいつかないほどの大きさだった。頭をかがめてのぞきこんでも、その深さは底知れず、青黒い闇がわだかまっているだけだった。

「それが地の底につづくと言われておりますなあ」

突然、神官の声が伽藍《がらん》中にとどろき、エヤアルは思わず転げそうになり、尻をついた。

神官オヴィーーは丸顔を崩しながらゆっくりと近よってきた。

「地の底から根をとおって再び枝葉へ、森の生命はめぐる生命でありますよ」

着ぶくれた長衣の袖から、節くれだった手をのぞかせて、御神体を示す。エヤアルは、あわてて立ちあがり、敬いの一揖をした。

「永遠の循環。われら人は病で、戦で、死にたえたとしても、森の木々はそしらぬ顔で綿々と静かなる生命をつないでゆくのです。これを目にするたび、人は大いなるさだめを肌に感じ、常日頃のおごりたかぶった思いを捨てて、いっとき頭を垂れるのでありますよ。壊し、滅し、消し去るおこないを省みるのでありますよ」

うんうん、と自分の言葉にうなずき、微笑むその横顔を、エヤアルはしばし呆気にとられてながめていた。すると横顔がまっすぐになり、

「何のことかと今は思うでしょうかね、もう少しおとなになって、周囲がよく見えるようになれば、ああ、あのときの森の坊主が言っていたことだ、と思いだすことでしょうよ」

また彼の手のひらがひらめいた。それで、さっき炉の火が燃えたったのがよみがえってきた。

「あの……神官様……神官様は、操火の魔法をもってらっしゃるのですか？」

ほんのいっとき、木の葉が風にかえって戻るくらいのあいだ、オヴィーの顔から笑いが消えたと見えたのは見まちがいだったのだろうか。彼はすぐにまたにこやかな表情となり、

「これはこれは……少年従者と見た方は、実は少女であった、と」

エヤアルははっとして両手で口をおおった。しゃべるな、口をきくな、と言われていたのに。オヴィーはほがらかな笑い声をあげた。

「はっはっは！　カロル殿下のおつきの方だ、見た目どおりのはずがない！……ああ、それで、わたしが操火魔法をもっているかと？　わたしがもっているのは操木魔法ですよ、お嬢さん。おや、これはいかん、つい正体をしゃべってしもうた。お名前を教えていただけると、失言はしなくてすみそうですな」

そこでエヤアルが名乗ると、

「ではでは、エヤアルさん。わたしは山の木々に、とおることのできる道を聞くことが

できます。木々が何を望んでいるかもわかります。炉にくべられた粗朶にわたしたちを暖めてはくれないかと頼むことも、ね。おや、がっかりしましたか」

肩をおとしたのを目ざとく気づいた。エヤアルは首をふった。

「いいえ、そうではないのです、神官様。操火魔法の持ち主ならば、その力や炎の鳥についても何か教えていただけるのかと考えただけです。……わたしも、昔、火と水の魔力をもっていたので」

「それはそれは……。で？　今はもう、力を失った、と言われる？」

「わたし……あの、森の神官様の前でこんなこと白状しなくちゃならないなんて……」

大きく息を吸い、心を決めてから彼女は告白した。

「小さいころ、わたし、森と山をまるまる一つ、焼いてしまったことがあるのです。……ごめんなさい……」

するとおどろいたことにオヴィーは即座にうなずいた。

「おお、その話はきいたことがあります。水と火を合わせた力がどれほどすさまじい破壊力をもたらすか、しばし山の神の神官たちとも論議がなされましたよ。あれはおもしろい議題でありました」

うなだれているエヤアルにちらりと視線をむけた彼は、小金を拾った物乞いのようにほくほくと笑った。

「あやまることはありません。幼子のあやまちなど、誰も責めはしませんよ」

「そうではないんです」

とエヤアルはつぶやいた。オヴィーのいぶかしげな目の奥ではおもしろそうな光がまたたいている。

「そうではない、とは？」

「ずっと思っていました……森と山を焼いてしまって……たくさんの木や花や草や……動物たち……」

「ああ……！　そう……！」

火中の栗の実のように、オヴィーの声がはじけた。火の粉のとぶ様を見たような気がして思わず見かえすと、彼の笑顔に何か別のものがまざっているのがわかった。純粋な喜びやおもしろさとは別種のもの、好奇心とそれから――三年前のドングリの隠し場所を偶然見つけたリスのような、謎かけの答えがひらめいた予言者のような……。

「それをあなたは気に病んでいた、と。破壊し、消滅し、死においやった、もの言わぬ生命のことを？」

「大変なことをしてしまったのだと思いました。そのときから重いものを抱いたような気がしていましたけれど――戦で家族が次々にいなくなっていくにつれて、もっともっと重くなっていきました。うちには三十人もの家族がいたのに、今ではたった三人――いいえ、わたしもいなくなってしまったから、二人っきりです。わたしは〈空っぽの者〉ですが、わたしの家も空っぽで……それを考えると、小さいときに山と森を焼いて、それこそたくさんの生命を殺してしまったことは、とても許されることではない、と思うのです」

オヴイーはじっと彼女の顔を見つめた。屋根の上を突風がすぎていき、御神体の虚からはそのこだまが寒々と響いてきた。突風の尾の端がひらめいて消えたと思われたとき、オヴイーはようやく口をひらいた。

「幼いときに背負ったものを、そのように覚えている子どもは、生まれながらに誠実さを持っているとわたしは考えますがね。しかしそれを言っても、あなたには何のなぐさめにもならんのでしょう」

エヤアルははっと顔をあげ、かすかに微笑んだ。

「ありがとうございます、神官様」

「それで……どうして力を失ったのですか？　魔力を自分で捨てた男の昔話は地方地方に伝わっておりますが……」

オヴイーは低めた声で尋ねたが、その目の中にはすでに答えを得たとでも言いたげな緑の森の知恵がちかりとまたたいた。エヤアルは静かに息を吸ってから、同じように低い声で答えた。

「炎の鳥が火のついた森から突然あらわれて、わたしの魔力をひきちぎっていったのです」

するとオヴイーは背中をすっとのばして何かを思いあてたかのように栗の木の柱の上

方を一瞥した。

「炎の鳥が……！」

と彼はささやいた。そのささやきそれ自体が、小さな炎の鳥となって木々のあいだを飛びまわった。すきま風が吹いてきて、すぐにそれは闇に散り散りとなっていった。ああ、と彼は神々の姿を目のあたりにしたかのような大きな嘆息をもらしたが、その目は幻の鳥ではなく、過去に埋もれた何かを見さだめようとしているのだった。

彼は突然、エヤアルの肘をとると、祭壇のわきの方にひっぱっていった。その手は痛くはないが力強く、まるで木の枝にからめとられているようだった。彼は早口で語りながら歩いて行く。

「そのことはもうよろしいのですよ、エヤアル。申したでしょう？　森は死なない、と。永遠の循環がつづくのです。ときには森の神が手を下すこともあるのです。雷や野火が、山野を焼きつくす……それこそ、山一つどころではなく、何日も何日も。古い森はいっとき死にますが、やがて新しい森となってよみがえるのです。それこそが永遠のめぐり、くりかえし、神の御手のなせるわざ。それで自分を責めるようなことはもうよしなさい。もう自分を赦していいのですよ」

二人は祭壇の裏側にある物置きめいた部屋に足を踏みいれた。オヴィーはつきあたりの板戸をあけた。寒気とともに光が入ってきて、棚の上にのっている布包みや神具と埃をうきあがらせた。オヴィーは雑多につまれた棚の一つに手をのばし、何やらごそごそとやっていたが、やがて片手に薄い何かをもってエヤアルのところに戻ってきた。

「今、ようやっとわかりましたよ！　あれがよりによって森の神の神殿にもたらされたわけが。これはあなたを待っていたのですよ！」

ふるえる手のひらの上で布包みをひらくと、白銀の木片があらわれた。自然のものらしく、両端はそそけだっている。青ブナの樹皮だ。オヴイーはていねいにひっくりかえした。エヤアルは青灰色の皮肌に、見たことのない文字が黒々とびっしりつらなっているのを見た。

「ブラン語です。およそ東方世界とアフラン王国共通の言語で書かれています。わたしには読めませんがね。こちら側――西側諸国で読める者はおらんでしょう」

「一つ一つが踊り子のよう……踊り子が手をつないでいるみたい」

オヴイーはそれをそっと彼女の手のひらに載せた。

「よく御覧なさい。それが、人の手によって書かれたものではないことがわかるはず」

目を近づけてみればなるほど、オヴイーがそう言ったわけがわかった。

文字は黒々と、黒インクで書かれているようだったが、注意深く眺めた者には、文字の輪郭を茶色い焦げ跡が縁どっているのがわかるだろう。

「これは、書いたわけではなく……焼いて記した……？」

「そうです。それは、一文字一文字、焼かれて記されたのです」

「信じられない。こんな魔法、誰が……」

一文字はカラン麦の一粒に匹敵するほどに小さい。それを焼いて記すのは、いかに魔法といえども――。

「申したでしょう、人の手ではない、と」

「人ではないのなら、まさか、森の神が？」

オヴィーはかすかに笑って首をふった。

「森や山の神々は自らをあらわしたりはしませんよ。神々は薄明のかげや奈落の底、あるいは雲の中にすまわれて、耳を傾ける者に語るのみ。これはね、火炎神、炎の鳥の仕業です」

「炎の鳥が、ここにも来たのですか？」

「この木片は、カンカ砦の西からやってきた巡礼がおさめていきました。そう、三、四年前になるでしょうかね。火災あとの森のはずれを歩いていたとき、倒れた青ブナの幹皮がめくれて、この文字を見つけたのだと。彼は森の神からの贈り物だと思い、巡礼となってここまでやって来たのでしたよ。その話を聞いたとき、これは炎の鳥からの助言、あるいは予言、あるいは伝言、そのようなものだと直感しました。だが、この国の者は誰もブラン語を読めない。カロル殿下でさえ、話す聞くは流暢にしますが、読み書きはなさらない。それは――そんなことは、祐筆の仕事だ、と蔑《さげす》んでおられる――」

「でも、誰か、いますよね！　これを読める人が！」

オヴィーは話をさえぎられても怒る様子もなく首をふった。

「この国にはいませんよ、エヤアル。自国語のブロル語でさえ、読み書きできる者は少ないというのに」

「じゃ、じゃあ、これは……」

「東方諸国へ行けば、そう、ブランティアへ行けば、誰か読めるでしょう。持っておきなさい。それはあなたのものです」

エヤアルは思わず顔をあげた。オヴィーはもう最初のときの笑顔に戻っていた。

「これをあなたは偶然、と言いますか？　わたしにはこれこそが炎の鳥の意図だったと確信できますよ。これこそが真の魔法です。わたしたちが使う魔法など、とるに足らぬ炉辺の火の粉でしょう」

しばらく彼の屈託がない（ようにみえる）丸顔をながめてから、

「なぜ……」

とつぶやいた。するとオヴィーは、祭壇表の方に戻りながら肩ごしに、

「あなたが山林を焼いたことを悔いていたからですよ。あなたが失った力を欲するよりも、森の木々に悪いことをしたと話したからですよ。そうでなければ、これを渡そうとは思いませんでした」

二人は再び巨木の虚の前に立った。オヴィーは御覧なさい、と虚を示した。

「めぐる生命、とはいっても、それと同じ生命は二度とないのです。それゆえ森の神は生命を大切にします。決して無為に滅ぼされていいわけではありません。あなたがもし、

また、水と火の力を手に入れることができたのなら、このことを覚えておきなさい。わたしとしては、あなたのその空っぽの虚は、火と水の力以外のもので満たしてほしいと願いますがね」

エヤアルは炎の鳥の書簡を、もとのように布に包んだ。

「読んでもらうにしても、人を選びなさい。注意深くなりなさい」

オヴィーは彼女がそれを懐におしこむのを見ていたが、その表情にかすかな躊躇が生まれ、やがてそれは石像さながらに厳しいものにかわった。

心なし身体をよせ、声をひそめて、

「あなたがどういういきさつであの人たちと旅をはじめたのか詮索はしませんがね、あの人たちには注意しなさい」

思わず見かえすと、オヴィーの眉間に憂いの皺がよっていた。

「あの人たち全員が、見た目どおりの人たちではありませんよ。特に注意すべきは、カロル殿下……あの方に心を許してはなりません」

相手がオヴィーでなければ、彼等の正体はとっくに把握しています、と言いかえしていたかもしれない。しかし、朗らかな森の神官の眉が曇っているのを目にして、それだけではないのだと不意に確信がわいた。息をのんだ彼女に、オヴィーはうなずいた。

「ペリフェ国王の本意が奈辺にあるのか、聞いてごらんなさい。王族には——この国のみならず、王族にはことに注意するのです。彼等は神々のように民草を思いやることは少ない。わたしごとき森の神官にわかることはほんの些少ですが、男の形《なり》をさせてまであなたをどこにつれていこうとしているのか、またそれがなぜか、考えなければなりませんよ。あなたも森から生まれた生命の一つなのですから、利用されておしまい、ということにならないよう、用心して気を配って、知識と知恵を貯えて、自分とその善良なる心を護らねばなりませんよ」

　エヤアルはうなずくことも、彼の言葉を否定することもできず、オヴイーがそっと立ち去ったあともしばらくのあいだ、呆然と立ちつくしていた。

6

　トント峠を半日で下ると、地平線まで平坦な草原が広がっていた。シャーロン山脈にぶつかってから吹きおろしてくる風には、ハルラントに吹くほどの凶暴さは微塵もなく、ただ乾いていて冷たかった。山道をおりきればもうそこは、東の隣国ムメンネとなる。彼らは隊列をくみなおして草原を横断していった。

　オヴイーの言葉が山肌から山肌へと往復するこだまのように胸にとどろいて消えることがなかった。神殿から出立した直後から、前にもまして周囲に注意をはらっていた。

「先頭はチヤハン。それからジヨン。巡礼の方々は中央へ。エヤアル、おまえはそのうしろだ」

とカロル王弟は指示をして、自分は最後尾についたが、巡礼を護る隊列と見れば見えなくもないその順序は、最も安全な場所にエヤアルがおかれているようにも思われるのだった。

背中に吹きつけてくる冷たい風に追いたてられて、まる一日かけて平原をわたったあと、小さな巡礼宿に一泊した。このように秋も遅くなってからの訪問者に、宿の主人は驚き呆れ、しまいかけていた旅人用の寝具や食器を出すのに大わらわだった。

「悪いことは言わねえ。どっか近くの村か町で春まで待ちなせえ。神殿騎士様にはよくよくわかっておられるとは思いますが、あえてお節介を言わせてもらいやす。吹きおろしの風は、雪こそもってこねえが、氷の風となりやすぜ。忠告をきかねえでこの時期旅した者が、納屋の戸口や農家の庭先で凍死したこともありやす」

「おぬしにしろ、巡礼用の宿泊用具をしまいこんでいたのだ、他の家が泊めてくれるとは思えんがな」

とカロルは豪放に言いはなつと、翌日再び暁闇《ぎょうあん》の中に出立したのだった。

吹きっさらしの草原に見えかくれする街道は、何度か方角を変えながらつづき、大蛇がのたくるのにも似て、彼らを一体どこへつれていこうとしているのかという不安をエヤアルにもたらした。冷たい風は背中にぴたりとはりつき、耳元で病床にある者のような呻きをあげた。それをふりきるようにチヤパンは速度をあげ、雲の陰の陽が落ちてかなりたったころに、セナの町の門に飛びこんだ。カロル王弟のシオルの端で、樫の門は重々しく閉じ、エヤアルは前の職人にぶつかりそうになってあわてて手綱を引いた。門番が、この無謀な一行になにやら悪態をついていた。それにはかまわず、チヤハンは再び馬をすすめ、広場をへだてた町並の方にむかっていった。

王都ハルラントの町並の灯りをはじめて見たとき、まるでそこここに炎の鳥の分身がいるようだと思ったエヤアルだったが、このセナの光は分身がお祭り騒ぎをしているように見えた。のけぞってさらに首筋をのばしてはじめて、高く黒々とした尖塔の端に灯る光がみえた。尖塔は一つのみならず、筍《たけのこ》のように背後にも横にも生えている。塔の足元の家々も、卑しげにうずくまったりはしていない。大儲けした毛織物商人のように横幅広く、顎をあげて仁王立ちになっている。

彼らを追いかけてきた風の名残が一陣、塔を鳴らしながら吹きわたっていった。灯影が次々にゆらめき、直後にばたばたと板戸を鳴らして窓や戸口がしめられ、たちまち街路は闇に包まれた。

まっ暗になる前に見定めていたのだろう、チヤハンは小路に踏みこみ、間もなく小さなカンテラが心許なくゆれている宿屋の看板下に一行を導いた。隣の納屋から厩番の少年たちが腕をさすりながら出てきたのへ、多めの銅貨を払ったので、少年たちは相争いながら手綱をうけとった。

夜も遅いはずだったが、がたつく扉をあけると酒気と熱気と光と歌に満ちた食堂があらわれた。いくつもの卓のあいだをぬけて、宿の主人が指し示した階段裏の一室に突進した。

階段裏とはいえ広い一室で、七人分の寝台と大卓と長櫃がいくつかあったが、それでもまだあと五人は寝られそうだった。カロルは奥まった方を衝立《ついたて》で囲わせて、エヤアル専用の空間を確保してくれた。

カモ肉や香草スープ、蜂蜜とバターをたっぷりかけたパンという温かい食事をがっついた七人は、ようやく芯からの冷えを追いはらい、温石を入れた藁布団で夢も見ずに眠った。

翌朝大部屋から這いだしたときには、秋の陽もすでに高く、宿には他の客は一人もいなくなって、足音一つでも雲の上の雷鳴かと思うほど森閑としていた。一行はすっかり掃除された食堂の大卓で朝食をしたためた。窓から射しこむ細い光に、掃き忘れられたらしい素焼きの欠片が床の上で照らされているのを見て、エヤアルはそれのもともとの形が何であったのかを想像しようとした。

「おい、こぼしてるぞ」

チヤハンが肘でつつき、我にかえる。

「なるべく速くコーリンまで南下したいのだが、火炎神殿を素通りしたら人目をひく。巡礼殿、仕方がないので一通りの儀礼はすましていこう」

襟元の食べこぼしを手の甲でふきながら、カロルが三人に話していた。カロルはエヤアルが三人の素性を看破していることにすでに気がついているようだった。だが、王弟殿下は従者見習いの思考など意に介したりはしない。

宿に荷物をおいたまま、一行は町中からゆるやかにたちあがった丘の上にむかった。エヤアルは馬をゆっくりすすめていく、いかにも巡礼とその護衛の一団というふうな列の後尾にいて、背後にカロルの大きな存在を感じていた。しかしすぐに、町中の様子や家並に目を奪われてきょろきょろと頭をめぐらせはじめた。

昨夜目にした尖塔は、いまやエヤアルの頭の上におおいかぶさってくるかのようだった。その下に堂々と広がる三角屋根の家々も、大きな翼を広げた鷲さながらだった。垣間見える空は定まらぬ形に切りとられていた。人々の言葉はブロル語ではなく、聞きなれない流れるような言語となって、エヤアルの周囲を蝶々のようにひらひらととびかっている。塔と塔のあいだを吹きぬける風が、それらをかきまぜては散らしていく。

風が弱まったと思えば、町並をぬけて丘の端に至っていた。草木一本も生えていない丘は、岩をつみあげた人工の小山で、礼拝者が何百年も歩いたあとがなめらかなくぼみの道に変じていた。秋の終わりであればさすがに人影はまばらだ。彼らは急ぎ気味に馬をすすめ、神殿の足元で下馬した。

道の両側には荷物や馬の預り所や、捧げ物のカシワ木の枝を売る露店がたち並んでいた。そのうちの一つに馬を預け、岩に刻まれた段を昇った。石でできた何の飾りもない神殿の門のそばにもまた、露店が二つ三つひらいており、ブラン文字で記された巻物や薄い書物を売っていた。彼らの前をあるいていた老夫婦が、それぞれ一つずつ買うのを見て、エヤアルは二人ともに文字が読めることに内心驚いていた。

——文字を記すなど、祐筆に任せておけばいいのだ。

ペリフェ王が吐きだすように言った言葉が蘇ってきた。文字を記したり、読んだりするのは、下賤な者のなすことだとはハルラント聖王国の常識であったが、ここでは普通の老夫婦でも平然と書に親しんでいるようだった。エヤアルは何かで眉間を軽く打たれたかのように立ちどまり、その小さな衝撃が目蓋の裏に炎となって散るのを感じた。

背後でカロルがどうした、と声をあげ、エヤアルは前を行く仲間との間隔があいたのに気づいて大急ぎでつめた。

神殿の門をくぐると、岩壇の上にごうごうと燃え盛る火が目に入ってきた。炎の背後には人の背丈十人分ほどの高さまである壁がそびえていたが屋根はなく、炎は風にあおられて大きく左右にゆれては火の粉を噴きあげていた。ちょうどその様は、炎の鳥の翼を思わせた。

岩壇のそばには、カロルと同じ神殿騎士団の服を着た若者五人が、あの老夫婦の手をひいたり、他の数組の礼拝者の世話をやいたりしていた。

「どうした。そうか。火炎神殿ははじめてか」

隣に立ったカロルはあたりに目を配りながら言う。

「はい。それに、こんなに大きな火の祭壇ははじめてです。ハルラントではこの半分もありませんでした」

ハルラント聖王国内に、教会堂はあっても火炎神殿はなかった。

エヤアルは内心、炎の鳥がまたあらわれて彼女の心を喰いあらすのではないかという根拠のない不安におののいていたものの、辛うじて表情を保ったまま答えた。

「ここの火は、アフランのクシア山から分けた火なのだ。これは世界でたった三ヶ所にしか許されていないことでな。この町はその名声で成っているようなものなのだ」

カロルはふと口をつぐんで、騎士が家族五人の組にブラン語で説明しているのを聞いていた。やがて、

「そなたにはブラン語を覚えてもらわねばならん。わたしには祐筆もいないゆえ、祐筆の代わりもつとめられるよう、読み書きもできるようにならねばなるまい」

と、およそ関連のないと思われることを言いだした。その真意を確かめようとふりむきかけたエヤアルの目の端に、あの老夫婦が火のそばへ近よっていく姿が映った。二人はさきほど買い求めた書物を捧げてじりじりと進んでいったかと思うや、炎の中に投げ入れた。

見たことが信じられず、棒立ちとなった彼女の耳に、勝ち誇った響きをもって騎士が何かを高らかに叫んだ。すると、周囲の人々は皆、感嘆の声をあげて老夫婦を讃え、老夫婦はさもうれしそうに微笑みをかわした。

「あのように高価な書物を火炎神におかえしすることで、祝福されるのだ。無益な知識

を捨て去ることで、神への従順を示し、確たる信仰の証をたてたとみなされる」

「ハルラントではあのようなこと……！」

「この町特有の習慣ではあるが、ハルラントではそもそも書物など多くあるまい？　市井に出まわる物など一つもないはずだ。それにブラン語など、誰も読めぬ」

はっはっは、とカロルは声をあげて笑った。

「あの本一冊に……どれだけの知恵が、知識がつめこまれていたことか……！」

「だからだよ、エヤアル。だからこそ信仰篤きほまれを身にうけることができる」

エヤアルの目には、燃える羊皮紙の黒くめくれあがる様が、自分が焼いた森の木々の像と重なった。先ほどの怖れもどこへやら、思わず火壇のそばまで駆けより、炎の中に手をのばそうとした。肩をカロルの大きな手がつかんでひき戻すまでのほんの一呼吸のあいだに、彼女は業火さながらに燃えあがる朱色の色の底の底で、老夫婦の誇りも人々の賛辞も騎士団の確信も、捧げ物にされた知識や書物も、すべて焼き尽くして意にも介さない大いなる力を感じた。

その熱気を思わず吸いこんでしまい、こんなのまちがっている、と抗おうとした叫びさえもが焼かれて、カロルの胸に肩をぶつけながら激しく咳きこんだ。喉から鼻を抜けて目の奥で火の粉がはぜ、炎の鳥がけたたましく嘲笑った。何が正しくて何があやまちか、どうしてそなたが知りえようか。火炎と水柱、赤蓮華と夜光草。紅玉と青玉。そなたには知りえようがない。何も知らぬ。何もわかってはおらぬ。

抱きとめてくれたカロルをおしのけ、腕をつっぱってなおも咳きこみながらしゃがみこみ、涙にぬれた顔をぬぐった。炎の鳥の声は激流にさらわれていくこだまのようにかすかなものになっていった。

かかえられるようにして坂道を下るときには、エヤアルはカロルをこばまなかった。頭の中ではいまだに炎の鳥の嘲笑が渦をまき、胸の空っぽな場所では泡だつ水がとめどなく流れていった。馬に乗せられ、ジヨンが後鞍にまたがったときも、宿へ戻って食堂の椅子にすわらされたときも、彼女の目は火の粉をみつめ、胸は限りのない川に洗われているのだった。

あたためた葡萄酒の杯が手におしこまれても、それすら意識の外にある様子を見て、カロルが嘆息をついた。

「これでは今日は出発できぬな」

彼は隣に腰をおろし、片手をあげて亭主に合図した。他の者もしぶしぶ卓を囲み、チヤハンが身をのりだしてささやいた。

「殿下、どうしてこいつなんです？　多少記憶力のいい者や腕のいい間諜などわんさといます。こいつはここにおいて、先を急げばいいではないですか」

「こやつは類まれな能力を持っている」

カロルも前かがみになって早口でささやいた。

「多少記憶力がいい、などという段階の話ではない。こやつをブランティアにつれていき、ブラン語の読み書きを学ばせたらどうなるか」

「たかが祐筆にすぎないじゃないですか」

カロルが何かを言おうとしたとき、亭主が豚肉の上に玉葱とソースをかけた大皿と麦酒の水差しをおいたので、会話は一時中断となった。男たちはしばらく無言で酒をあおり、料理を口につめこんだ。少女がパン籠とバターを持ってきた。溶けるバターのかすかな香りがエヤアルの何かをゆり動かした。草の匂いや陽光に照らされた羊たちの背中がふっと思いだされた。

「……ムージィ」

老犬のあたたまった毛の先が、そよ風で金に透けている。

「トリル……」

椅子を鳴らして立ちあがったエヤアルは一瞬前歯を嚙みあわせ、仰天して見あげる男たちを一瞥した。

「わたしは、家に、帰るんです」

「だめだ」

カロルは彼女の腕をおさえた。彼女は尻もちをつくようなかっこうで椅子に戻された。それでも背筋をぴんとのばして、家に帰る、とくりかえした。

「そなたはブランティアへ行くのだ。王がそう命じたとき、そなたはやはり嫌だと言ったが、結局従わざるをえなかったであろう。頑《かたく》なな娘だ。王命に逆らうことはできない。

無理なのだよ。あきらめよ。あきらめて先へ進むのだ」

　王城の庭の井戸の前で立往生したことを思いだした。もう一年も前のことのように思われた。何も知らぬ、とたった一つの火の粉が躍り、忘れるな、とせせらぎほどに今は落ちついた流れが謳った。

　エヤアルは手の中の杯をはじめて目にしたかのようにまじまじと凝視してから、喉を鳴らして一気に呑み干した。熱く、渋く、苦いものが身体を縦断していった。杯を卓上に音をたてておき、しかし手ははなさずに周りを睥睨《へいげい》した。

「ならば、本当のことを話してください。従者見習いにはすぎた言い分かもしれませんが、わけもわからず『とってこい』をやらされる犬よりは、わたしの頭は賢いんです」

　厳しくしまっていたカロルの唇の端がわずかにもちあがった。右の目尻が左よりさらに下がった。

「犬よりは、賢いって……？」

　そう問いかえす声は、笑いだすのをこらえたために震えていた。エヤアルが水差しをとるために立ちあがり、自分で麦酒を注ぐのを、他の男たちは子豚が山犬に変身したのを目撃したとでもいうかのような顔で見つめていた。

　エヤアルはその杯をさらに空にすると、どすんと腰をおろした。

「犬よりは賢い」

とつぶやいてまたまわりを見わたし、

「わたしは知らなきゃならない。そうでしょ？　だって、王様はおっしゃったもの。『その目で見聞きしたことを書簡に詳しくしたためて』と。それには知ることが先。『詳細は道々、カロルに聞くが良い』とも。『とってこい』の犬より賢いんだから、なんでそれをしなきゃならないのか、本当のことを教えてもらうべきです」

葡萄酒が先触れをつとめた血管を、麦酒の酒精がめぐっていく。身体があたたまるのといっしょに、何やら良い心地となってきた。エヤアルは無礼を承知しながらも、巡礼の三人に指先をむけた。

「あなたがたは巡礼じゃありません。家具職人でも商人でもありません。それから殿下。殿下はわたしを従者見習いと口では言いながら、道中ではまるで布でくるんでとっておく珍品のように扱われる。そのへんをわたしがおかしく思わないと？」

「無礼がすぎるぞ、エヤアル！」

チヤハンが歯をむき、ジヨンも、

「殿下にむかって何てことを――」

と絶句する。それにはかまわず、エヤアルは抑えこんでいたものを解放するかのようにまくしたてた。

「そりゃあね、わたしは山出しの小娘で、身分の高い方々とは全然ちがいますよ。だったらチヤハンのように、まっすぐにそう扱って下さればいいじゃない。洗濯女なら洗濯女でいいんです。わたしは……わたしは一体、何者なんですか。何者にならなきゃならないと、殿下は考えていらっしゃるんですか。ああ、無礼だと思われるんなら、そのように罰してください。その方がよっぽどはっきりしていいですよ」

カロル殿下の目尻がますます下がったかと思うや、もうたまらんと叫んで、彼はげらげらと笑いだした。

「わら……笑いごとじゃ、ありません！」

「いい加減にしろ、エヤアル」

とチヤハン。

「分をわきまえろよ、エヤアル」

とジヨン。

エヤアルが酔眼で言いかえそうとしたとき、扉が音をたててあき、常連客が寒風といっしょにぞろぞろと入ってきた。それで少し頭が冷えた。まだカロルは笑いつづけつつも、手をひらひらさせて、

「そなたの言い分はわかった。もっともだと思う」

「殿下！　そのようなことを！」

「そうですよ。ますますつけあがりますよ！」

従者二人が怒った鶏のように首をつきだした。

「王にむかっても同じような態度をとっていたぞ」

カロルの暴露に目をむいたのは二人ばかりではなかった。今度はさすがにエヤアルも

あわてた。

「殿下……」

「王はそなたを玉髄《ぎょくずい》に例えておられたぞ」

「玉髄……？」

「外側は何の変哲もない石ころ、割ってみると先の尖った水晶の結晶がびっしり生えている、とな。それゆえ無礼を許されたのだ」

意味もわからないその言葉を呑みくだそうと皆がおし黙った。常連客がさらに増えてあたりもにぎやかになってきた。カロルはシオルの肩留めを留めなおして立ちあがった。

「ここはうるさくなったな。ついてくるがいい」

そう言うと、さっさと先に立って宿を出ていった。

あわてて追いかけると、カロルは家々がくっつかんばかりに建つ狭い小路をぬけ、土埃を舞いあげ、たむろっていた猫たちを追い払い、裏口でびっくりしている少年の前を走るようにとおりすぎていく。やがて庇《ひさし》や柱が傾いた家々の中の、漆喰壁の小さな建物の前で立ちどまった。エヤアルは、ジヨンとチヤハンの二人がついてきて、巡礼三人は宿に残ったことにここでようやく気がついた。

カロルはふりかえりながらゆっくりと扉をあけたところで、外出しようと出てきた人物と鉢合わせした。二人は互いに軽い驚きの声をあげたあと、旧知の間柄らしい抱擁を交わした。

招じ入れられたのは、居間と仕事部屋を兼ねた部屋で、床には絨毯が、壁にはタペストリーがかけられていた。灯りとりの窓には雪花石膏《アラバスター》がはめこまれ、小さな暖炉に躍る火が心地良く部屋を温めていた。暖炉のそばの半円形の長椅子はふかふかで、四人が腰をおろしてもあと三人はすわれそうだった。

「彼はリッカール、王とわたしの従弟だ」

家の主人が香草茶を準備しているあいだ、エヤアルはきょろきょろとあたりを見まわしていた。

タペストリーでは炎の鳥が世界の上に翼を広げている。燭台でも炎の鳥が蠟燭を背負っているし、家具調度品も贅沢なこしらえではないが、あちこちに炎の鳥が彫刻されている。部屋の中央の卓には、羊皮紙がつみ重なり、そのあいだから分厚い本の背表紙が見える。それは火炎神の神官が必ず持っている本だった。

しかし、香草茶の杯をのせた盆をさしだしたリッカールの服装は、町の職人か番頭といった風情で、神官をうかがわせるものは何一つ身につけていない。彼もまた、王の間諜なのだ、と直感がささやいた。

従弟、と言ったが、下がりぎみの目尻以外に似たところはなかった。カロルより一まわり小さい身体は少し太りぎみで、丸い頭には髪の毛が一本もない。目の中の光はやわらかくやさしげだった。

「どこかへ出かけようとしていたのではなかったのか」

カロルが干しイチジクをつまみながら尋ねると、

「そなたに会いに行くところだった。昨日ついたと聞いたのでね」

とリッカールは答えたが、その声はカロルよりずっとやわらかく、何となく栗を連想させる。

「会えてよかったよ。今日中に発つつもりであったのだ。しかしこの――エヤアルが知るべきことを教えろとせがむのでな。これはそなたに説明してもらう方が良いかと。理屈だてて話すのは、そなたが適任ゆえ」

リッカールは唇の端を片方だけもちあげた。もう一つの幅のある椅子に腰をおろすと、

「めんどうなことはすべてわたしにおしつけるのだよ、この王弟殿下は」

とやわらかい口調で揶揄し、カロルに目を戻した。

「ヒッテン国からの報せが一昨日届いた。……賛同するそうだ。東の六王国のうち、態度を明確にしていないのはサッファーのみとなった」

「それではようやく次の段階にすすめそうだな」

カロルは香草茶をかみつくように一口飲み、満足気な吐息をついた。

「長かったな。……十年か？」

「ああ、そうだ。だがこれからも長いかもしれぬ」

カロルは目をぱちくりしている従者たちに首を傾げた。

「この三人にもわかるように話してやってくれ」

リッカールは下火になっていた暖炉の火をかきたてて二本の太い薪をくべると、身をおこした。

「それはすべて語れ、ということか？」

「これから長い旅をするのだ。秘密は全員が知っている方がいい」

承知した、と言ってすわりなおしたリッカールの顔が、突然カロルそっくりになった。目の中の光に力強く鋭い何かが加わり、頰のあたりのゆるみが上にひっぱられてひきしまった感じになった。

「カロル王弟殿下があのように仰せられた。それゆえ、そなたたちも覚悟をもって聞くように。覚悟、というのは秘密を護る覚悟ぞ。敵にとらえられ、拷問されても語らぬ決意ぞ。……できるかな？」

三人が青ざめて顎をひきしめるのを見て、リッカールはにやっとした。

「はっは……！　脅してみただけだ！　なに、大した秘密ではない。そのうち自然に顕《あらわ》れることだ」

従者二人は何だそうか、と身をゆるめたが、エヤアルはリッカールの目の中に、ペリフェ王と同じものがひそんでいるのを見てとっていた。秘密が顕れるのはそう遠くない未来で、しかもそれが明らかになったときにはもうすでに遅い――そうした考えが浮かんできて、こめかみがひきつっていた。何が遅いのか、まだわかってもいなかったが。

「順を追って話さねばならんようだな。ええ……ハルラント聖王国の首都ハルラントにて、わが尊敬すべき従兄殿が即位したのは、さよう十二年前になるか。国中の貴族、近隣諸国の王族が玉座のまわりに集ったのは春の季節であったな。祝いの品が山高く積まれ、その中には長らく戦相手であった〈暁女王国〉の使いがもってきた毛足の長いアカツキ羊の毛で織った絨毯やタペストリーもそろっていたな」

「リッカール……」

カロルは、些事はとばして先へ行け、というように首をふった。リッカールは指を一本立ててそれに答え、

「そのときは、女王国とも一応短い和平が保たれていたのだ。そして、賓客の中にアフランの予言者もいた。ええ……名前は何といったっけか？」

「ニバーだ」

とカロルが膝をゆすりながら言った。

「予言者ニバー、アフラン火炎本神殿の神官長にしてクシア山の護り手、火炎神殿騎士団の副総長」

リッカールはわっはっは、とカロルそっくりの豪快な笑いをとどろかせた。

「自らそうと名乗らねば、どこの浮浪者か、さすらい人かと思われる格好でな。あやつ、姿変えの魔法も持っておるぞ。そのときどきで姿が違う」

「リッカール」

「おお、そうだった、そうだった。この話はまたの機会に、な。ええ……それで、と

……その予言者にして高貴なニバーが、ペリフェ三世が戴冠しおえて玉座にお座りになったまさにそのときに、喇叭のかわりに高らかに宣言したのだよ。『何にもまさる世界の宝、そを封ぜし器《うつわ》持てる王、ここに即位したり！』とな」

「せ……世界の宝……？」

「器持てる王、ですか？」

従者二人は珍妙な臭いのする物を食べろ、と鼻先につきつけられたかのように顔を見あわせた。

「いきなり、何を……」

「左様、左様。われらも、この予言者はいきなり何を言いだすのかと、彼を凝視したものだ。まったく、予言者なぞというものは、役に立つようで立つものではない。未来がわかってどうだというのだ？　それをくつがえす力があるのならそれは大したものであろうが――」

カロルが再度、リッカール、とたしなめたので、丸顔の神官は膝をうってまた話を戻した。

「真意を質さんとペリフェ王が片手をふったときにはもう、ニバーの姿はどこにも見あたらず――あやつは他にも魔力を有しているのではないかとわたしは思うのだが――予言だけが残った」

「世界の宝を手に入れられる、と」

ジョンがうっとりした口調でつぶやいた。エヤアルは思わず、

「『何にもまさる世界の宝』よ」

と言い直した。

「それに、手に入れられるのではなく、宝を入れた器を持っている、と言ったのよ」

「どっちでも同じことだろうが」

「同じじゃありません。その器が何なのか、王は知っておられたのでしょうか」

後半はリッカールにむけた質問だった。

「そなたの言うとおりだ。王は器を持っておられる、と断言された。しかし、王御自身も、会席していた者全員、それがどのようなものなのか、誰一人として知らなかったのだよ。解釈はいかようにもできるが、即位なされた途端にニバーが声をあげた、そのことを熟慮して、われらは一つの結論を導きだした。王が持たれておる、というのは、身につけている道具類のことではなく、王御自身の存在、あるいはこれからなされることではないのか、とね」

「王御自身が……」

「ハルラントの来し方はそなたたち、知っておろう？　今や〈歌〉はカンカ砦から国中に広まり、旋律は無茶苦茶で〈歌い手〉泣かせではあるが、列代の王たちの足跡はほとんど皆がそらで言えるであろうからな」

リッカールはそうにこやかに言って、エヤアルにだけわかるように、そっと片目をつ

ぶってみせた。

「ペリフェ、デフォン、ペリフェ二世、とハルラント聖王国を三人の王たちが広げてきて、貴族たちをまとめあげ、今の王国にしたのだよ。それはわかっておるな？」

若者三人はそろってうなずいた。

「ではペリフェ三世がなすべきことは？　王国の維持と、それから？」

考えたこともない問題を出されて三人とも言葉を失った。

「チヤハン、どうかな？　そなたはやがて騎士になるのであろう？　貴族の一人として、そうしたことを考えるのはそなたたちの勤めとなるだろう」

そう言われてチヤハンは、たちまち顔を赤くして両こぶしを膝の上で握りしめ、必死に考えた末に、

「……国の繁栄、でしょうか？」

と自信なさそうに低い声で答えた。リッカールはたたみかけた。

「国の繁栄をもたらすために何をする？」

「ええっと……さ、産業の振興、街道や水道の整備、税収の確保」

「ハルラントで産業は今以上には望めないよ、チヤハン。山森と草原、材木と羊、少しの鉱物。国内だけで循環する富だけでは、繁栄は小規模にとどまろう。われわれは、ペリフェ一世の血筋のわれらはもっと大きな豊かさを求めようと思っておるのだ」

「もっと、大きな富……」

「〈暁女王国〉がなぜあれほど執拗に、わが国を侵そうとしたか、わかるか、チヤハン」とカロルが口をはさんだ。チヤハンの顔は赤くなったり青くなったりとめまぐるしく変化した。今や彼は、騎士の試験でもうけているかのように冷や汗びっしょりになっていた。

「〈暁女王国〉は慢性の食糧不足をかかえて、しかも年を追うごとにそれが深刻となり……」

そのとおり、と音をたててリッカールが膝を叩いた。

「戦のはじまりは、食糧を求めての極地的な侵攻であったのだ。本当に長いあいだつづいたことは知っておるな？　そこでだ、王の即位のときの予言が尾鰭《おひれ》をつけて女王国に泳いでいき、女王の耳に届いたときにはフナであったものが卵をはらんだ大きなマスに変身をとげていた。『ペリフェ三世は、世界中の富を約束された』とね。それで戦は再開されて本格的になり、十年にわたってつづいたのだ。女王国の兵士がいなくなるほどに」

「いずれの国も、国王も、より多くの富を求める。繁栄を求める。ではハルラント聖王国にない富は、どこにある？」

カロルがチヤハンをのぞきこむように問い、チヤハンは今度は瞬時に顔をあげて叫ぶように言った。

「東です！　ブランティア。ないものはないと言われる〈太陽帝国〉の首都」

そのとおり、と今度は王弟と王の徒弟二人して膝を打った。

「ブ……ブランティアを、どうするんですか？」

のみこめないジヨンが遠慮がちに尋ねたが、それはエヤアルの抱いた疑問と同じだった。

「ブランティアの富をわがものにする、それがペリフェ三世とわれらが至った結論だ。予言を成就させようというのだよ」

三人の頭にその言葉がしみてくるのにしばらく時間がかかった。やがてジヨンとチヤハンは顎を下げ、異口同音にささやいた。

「ほ……本当に……？」

一方エヤアルには、ブランティアがどれほどの都なのかも〈太陽帝国〉がどんな国であるのかも、想像すらできない。それゆえに、二人の声も出ない驚愕も薄布一枚へだてたむこう側でのことのように思われた。

「む……無茶な……」

「そうでもないよ、チヤハン。ハルラント聖王国一国で〈太陽帝国〉にかかろうっていう無謀はしない。それを心配することはないのだよ」

「ヒッテンなど東の六国、ここムメンネ、スウェッセ、タッゴ、ルッシンといったヴェリラン海北岸の国々、みな賛同するそうだ」

カロルが杯に口をつけて空であったと気がつき、自らポットをとりに立ちあがった。

「態度を明らかにしないサッファーを口説きおとす必要はない。国々がこぞってブランティアに攻め入れば、渋々でも味方のふりくらいはするであろう」

「また、戦になるのですか？」

エヤアルにわかるのはそのくらいだった。

「そんな余裕、国にはないはずです……！　食糧庫は……一応いっぱいになりましたけれど、国民はやっと平和を手にしてほっとしたところなのに。それに、魔法兵士も兵士も数は少ない……さきの戦の生き残りしか――」

彼女の袖をジヨンが強くひっぱった。

「分をわきまえろ、エヤアル！」

「そなたが心配するのも無理はない。それゆえ国々の共闘態勢でブランティアをいただくのだよ。ブランティアは、アフラン火炎国への巡礼の中継地として繁栄した。もともとその富は巡礼や各国王の寄進によるもの――すなわち、もとはわれらのものなのだ」

エヤアルはその理屈に呆れて、とっさに言いかえすことができなかった。

「そんなことは表だっては言えないがね。しかし、一ヶ所に富が集中するのは、あんまりいただけない事象ではあるまいか？　そなたはまだブランティアを見ていないから、そうは思えないであろうが、一度あの都の土を踏み、大気を吸いこみ、肌で風を感じれば、必ずそう思うはずだ」

「他の国を侵略するなど……！　〈暁女王国〉が〈ペリフェの壁〉をおびやかしてきた

あの日々を、ブランティアに味わわせようとなさる、と？」

今度はチヤハンが反対側の袖をひっぱったが、彼女は肩を怒らせて、二人の王族を交互ににらみつけた。するとカロルが新しい香草茶を一口すすって静かな吐息をついた。

「われらは……ペリフェとわたしとこのリッカールは、兄弟同然に育った。リッカールの両親は彼が二歳のときに、〈暁女王国〉との戦で亡くなったのだ。わが母シトローナが彼を引き取ってわれらは一緒に育った」

「やさしく厳しく、いつも背筋をのばしておられる方だったよ」

とリッカールが懐かしげにあとを継いだ。

「わたしを実の子とわけへだてなく慈しんでくださった」

「母は、敵国の人々のことさえ思いやる人だった。分け与える食糧がありさえすれば、戦などしなくてすむはずなのに、と口癖のように申しておった。その母が、流行病にかかってな。名医と謳われる名医、最高の薬師といわれる薬師、強力な癒しの魔力をもつ者全てを招集して介護させたが、甲斐もなく亡くなった」

「わたしが十一、カロルは十三、ペリフェは十五であったよ。まるで太陽と月がいっぺんに墜ちたような衝撃であった」

「葬儀が終わって一月もたった頃、誰もいない小部屋にペリフェがわたしたち二人を呼びつけた。『富さえあれば、母上は死なずにすんだ』と彼は言った。『ただ一人が豊かであっても意味はない。国中、いや、世界中が富んでいなければ。皆が良い暮らしをすることではじめて、高名な薬師や医師を、強い魔力を有する者の真価を発揮させることができ、母上のように死ぬものがいなくなる』と。彼はそのためにならどのような代償も払う覚悟があると」

「たった一月で、十も年をとったような顔をしておったよ」

「『この夢の実現のために、そなたち二人の力がいる』と兄は言った」

「何の異論があろうかね。わたしたちは誓ったのだ。ハルラント聖王国を支えている山の神、森の神、川の神に誓って、ハルラント聖王国を豊かな国にする。家の壁には色彩豊かなタペストリーがいくつもかかり、名医を呼べばはるか百テンバー彼方からも即座に駆けつけてくる、そのような国に。街道を大工や仕立て屋同様に、高名な治療魔法師が闊歩しているような国に」

「そう、われらはその誓いを果たすべく努力をつづけてきたのだ。ペリフェが晴れて王となってからは、二人ともに秘密の使者として周辺諸国に働きかけ、長い時間をかけて地固めをしてきたのだ」

「ブランティアを手に入れれば、豊かになるのだよ、エヤアル」

リッカールは、にこやかに言った。カロルも身を乗りだした。

「整備されて安全な街道、往き交う物資や人、それらが大きなひとくくりの中で生き生きと活動する、そうした大帝国をつくりあげるのだ。それはアフランまでつながる！富はアフランからブランティアを経由して、世界中に分散していく。戦も対立もなくなり、平和と安逸と繁栄が——一国の話ではないぞ、全世界だ——輝きわたる！」

「考えてごらん。そなたたち、セナへ至るまでの草原のすさんだ道をとおってきただろう？　世界が一つにまとまれば、あの道の両側にたくさんの家が建ち、冬を迎えるに軒下で凍死する旅人など出なくなるに違いないのだ。東や南の食べ物が街道をうるおし、ハルラントのすみずみまで行きわたり、春先の飢えで死ぬ者もいなくなろう。ハルラントの木材はブランティアのはるか東、〈陽《ひ》ノ海〉の海辺まで運ばれて、そこの領主や人々の海草でつくった小屋のかわりに、しっかりした木造の家々が建ちならぶだろう。彫刻つきで、ね。考えてごらん、アフランの火炎神殿にのみ使われていた火炎金が、ハルラントの玉座の間に飾られる。それを仰ぐ人々の首や腕や腰を飾るのも火炎金の輝きだよ」

　ジヨンとチヤハンはそれを聞いて、ほうっと嘆息をついた。目が、まだ見ぬ黄金の色を求めてうるんでいた。しかし、世界の広さもブランティアの繁栄も、アフランの黄金も見たことのないエヤアルには、リッカールの魅惑に満ちた言葉も、路傍の小石に等しく感じられた。わたしは戦で家族をなくしたんです。三十人もいた〈西ノ庄〉には、今やもう、たった二人しか残っていないんです、と言おうとして口をひらきかけた。

　すると、リッカールの左手がすっとのびて、彼女の眉間にその指先がふれた。

「豊かになるのだよ、エヤアル。誰も飢えることのない大きな帝国ができるのだ。ハルラント神聖帝国、火炎神の守護を約束された大きな帝国ができるのだ。そなたはその建国の一端をになう誉れある一人となるだろう」
リッカールの言葉と一緒に、紫と黒に輝く稲光が眉間に注ぎこまれた。それは、漁師
の投げこんだ漁網のように、エヤアルの頭の中に広がっていき、疑念や不信や思いわず
らいといった小魚をからめとっていった。
網目に小魚の頭を捕らえたそれは、エヤアルの空っぽの魔法空間で広がり、トリモチ
さながらに粘ついて、心の壁にいやらしく貼りついていったのだった。

7

セナの町を出てコーリンへと南下するにつれて、冬を遠く背後におき去りにしたよう
に色彩をとりもどしはじめた。荒れはてた草原は次第に息を吹きかえして緑の濃さをま
し、木々はクヌギやケヤキ、ミズキなどの広葉樹がまだ枝に葉をつけ、鮮やかに色づい
ているのだった。
一行は小さな町から町へと点をおくようにして移動していった。ムメンネ国の首都コ
ーリンへ近づくにつれて、町は次第に大きくなっていき、だらしなくねそべる牛さなが
らに広がっていった。
エヤアルはリッカールにふれられて以来、頭が靄のかかったような状態で、従者見習

いの仕事をするにも支障をきたしていた。チヤハンからは愚図だの、のろまだのと罵られ、ジヨンからは一挙手一投足に小言をあびせられた。

「どうしたんだ、あれほど目端のきいたおまえが」

「おまえから下働きをとったら、ただのお荷物じゃねえか」

二人は口をそろえて批難し、エヤアルは自分でもどうすればいいのかわからずに、唇をかんでうつむくことしかできなかった。

リッカールが魔法を使ったのだ、とはわかっていた。眉間にふれた指先を思いかえして、自分でもそっと中指でおさえてみる。痛くも痒くもないし、あの漁網のように広がった紫電は、べったりとはりついたままだった。それをはがすことができるのなら、このぼんやりした霧は晴れるのだろうか。しかし、まともな思考ができないので、解決策をさがす力も出ないのだ。

大昔の建造物が、虫歯のようにあちこちに残っているコーリンの町で二泊した。体力を回復してから、さらに南下していく。冬の雨ではあるけれども心なし暖かい雨がしとしととふる平らな道を延々と進んだ。

道中ずっとしかめっつらをしているエヤアルに、カロルがやさしく言った。

「リッカールの幻惑の力は、時間がたつにつれて薄まっていく。そなたにかけたのは結構強力だったようだが、なに、ブランティアへつくころにはほとんど薄れているだろう。そなたの観察して記憶する能力は、そのころにはちゃんと元どおりになって、王のための仕事もきちんとこなせるようになる」

カロルのやさしさの中には哀れみもまざっていて、エヤアルはかえって腹が立った。

雨は翌日の午後にやみ、冬の青空が広がった。一羽のタカが空中を矢のように横切っていき、南の空の青は水色より少し濃いめだとぼんやり思っていると、ジョンが何気なくふりかえって歓声をあげた。つられて肩越しに見ると、地平線に大きく太い虹がアーチをかけていた。一行はしばし足を止め、その完璧な半円をながめた。

「これぞ夢、これぞ荘厳」

とカロルが嘆息をついた。エヤアルは不意に望郷の念にとらわれ、馬首をかえしかけたが、その手綱をカロルの大きな手ががっしりとつかんだ。

「家に帰して。わたしの虹は家にあるの。家の建つ丘に。〈西ノ庄〉に。帰してください」

カロルはまたあの哀れむようなやさしい笑みをうかべて首をふった。

「ごねるな、エヤアル。できないのはわかっておろうが」

「おまえって本っ当に強情だよな」

前方でチヤハンが怒鳴った。

「あきらめの悪いやつ。世の中にはな、思いどおりにはならないことが山と待ってるんだ。いい加減、わかれよ」

そんなことはとうに知っている、と心の中で言いかえしながら、エヤアルは唇をかみ、渋々馬首を南に戻した。

　それからしばらくして、突然行く手に幅の広い川があらわれた。渇水期にもかかわらず、満々と水をたたえて音もなく流れていく。

「これがコーリン川、背後の丘から生まれて〈央《おう》ノ海〉に注ぐ、この道行きの最初の難関だ」

　すべりやすい土堤を慎重におりていくと、番小屋らしい小さな建物があった。半ば傾きかけた軒先に渡し船が三艘ひきあげられ、船頭たちは短い冬の日の勤めをおえて家路についたあとらしかった。まだ乾ききっていない長い艪《ろ》から、滴がひとつ、弱い西陽にきらりと反射した。

　土堤の上にひきかえした一行は、川の反対側におりて、野営の準備をはじめた。

「あの川は表面はおとなしそうに見えるだろ？　でも実際にわたろうとすると水の勢いがすごいんだ。操水魔法師がいなけりゃ、渡りきるのはむりだ」

　チヤハンが竈に柴を加えながら説明した。ジヨンも干し肉をあぶりながらうなずいた。

「操水魔法師がいなけりゃ、すぐに〈央ノ海〉に流されちまうぜ」

　あぶった干し肉と香草茶の簡単な夕食はあっというまにおわり、エヤアルはシオルを身体にまきつけて背中を堤に預けた。竈の火が小さくなっていき、空にかかっていた〈走るリス〉と〈三つ叉〉が〈炎の鳥〉と交替するころ、ようやく眠りが訪れた。眠りの中では、〈走るリス〉が蜘蛛の巣を一所懸命かじって切ろうとし、ムージィがめえめえ鳴いて自分の毛を刈ってくれと要求し、老犬トリルが火炎をちらしつつ炎の犬になって空を駆け、ばあばあ様が機《はた》の前にすわって織ったものを指さしていた。

——ごらん、エヤアル。蜘蛛の巣から、こんなものが織れたよ。

のぞきこんだが、白と黒のぼんやりした模様しか見えなかった。もっと目を近づけようとしたとたん、金属のたてる鋭い音がして織物を機ごと切り裂き、エヤアルはとび起きた。

竈の火はすでに尽き、あたりの草は露にぬれて大気は湿っぽく、斜めに長い影をつくって朝陽が半分顔を出していた。カロルと三人の巡礼はすでに立ちあがって音のした方に油断なく身構えている。チヤハンとジヨンは中腰になりながら短剣を手さぐりしている。そろそろと立ちあがったエヤアルは、近づいてくる一団を目にした。彼らと同じような巡礼だった。数人の男女を、一組の騎士団が護っている。さっきの金属音は、神殿騎士の身につけた武具のきしみだったようだ。

チヤハン、ジヨン、エヤアルは止めていた息を吐いた。カロルを囲むようにしていた巡礼の男三人も、静かに退いた。しかしカロルは剣の柄に手をかけたまま、仁王立ちで待っていた。

やってきた神殿騎士もカロルを認めたようだった。馬からおりて従者に手綱をわたし、大股に歩みよってきた。

「これはこれは。ハルラントのカロル。ここでまた会うとは」

「ここでまた会うとは、オクアクシアのレヴィルーダン」

間合いをつめながらレヴィルーダンと呼ばれた騎士は、剣を鞘走らせた。カロルもほとんど同時に剣をぬいたかと思うや、直後には刃と刃がぶつかりあう音が響いた。

エヤアルは身をすくませた。二人の騎士は二合、三合と刀を合わせたあと、鍔《つば》ぜりあいになって互いに歯を剥きだし、にらみあった。二呼吸ののち、カロルの力が勝ったのだろう、相手の剣がはねあがった。同時にレヴィルーダンは大きくとびのき、剣を握りなおすと、追い迫るカロルの一撃をがっしりとうけとめた。

騎士二人の戦いには、従者といえども手を出すことはできない。どちらかが参ったと宣言しない以上、戦いは終わらない。そして騎士が敗北を認めるのは、よほどの手傷を負わない限り、ありえないことだ。それでもエヤアルは、助けを求めるように目をさまよわせたが、そのうち奇妙なことに気がついた。周りの男たちは皆――相手の従者たちも――腕をくんだり、片足をゆるめて立ったりと、くつろいでいる。巡礼を装っている三人は笑みこそうかべないものの、今にもにやつきそうだったし、従者たちは騎士の剣技に見とれているようだった。

剣戟はそれから十数呼吸もつづいただろうか。どちらも譲らず、どちらも傷を負わず、そして突然、静寂が訪れた。二人は呼吸を荒くしながらしばらくにらみあい、直後に剣を投げだすや、笑い声をあげながらがっしりと抱きあった。

肩を組んだ騎士二人は、互いの技についてどうのこうのと感想を述べあいながら、竈

のそばにやってきた。丸太に腰をおろした新参の騎士は、いまだにシオルをにぎりしめて凍りついているエヤアルに目をとめると、

「おや、新顔か?」

と破顔した。遠目で見たよりもはるかに若い彼は、王宮のタペストリーから抜けだしてきた炎の鳥の神殿騎士そのもののようだった。カロルが火を起こしながらエヤアルとレヴィルーダンをひきあわせた。

「みんな、ダンと呼ぶよ。よろしくな」

と気さくに腕をさしのべて、彼女の腕にふれた。それはアフランのごく普通のあいさつだったが、彼の手のひらからエヤアルの腕、腕から心臓、心の臓から喉元、鼻のつけ根へと何か炎めいたものが熱くかけあがってきたかと思うや、目蓋のうらで音をたててはじけた。しゃぼんがはじけるほどの、小さな小さな音だった。それでもエヤアルは一瞬くらりとして喉がつまり、息ができなくなった。

そしてその小さな火の粉が、胸にへばりついていたリッカールのトリモチに燃え移った。まばたき一つするあいだに燃え広がって、彼の魔法をわずかな煤に変えていった。

炎はリッカールの魔法を焼き尽くすと、縦に細くのびていった。真紅とやさしい紅色に段染めされた毛糸があらわれた。それにエヤアルの中にたまっていたさまざまな経験や感情がからまってぐちゃぐちゃの毛糸玉になった。エヤアルは吐きだそうとえずいたが、それは堅くしまって小さくなり、空っぽの魔法空間に転がった。

カロルが遠くで笑い声をあげるのが聞こえた。

「どうやら随分びっくりさせたらしい」

「あれはお遊びなんだ、ぼくらの。会えば必ず腕だめしだ」

レヴィルーダンの率いる巡礼の一行も、ぞろぞろと竈の周りに集まってきた。彼らの後ろから、船頭たちが大声で冗談を交わしながらやってきて土堤を登っていった。

船の用意ができるのを待つあいだにあらためて香草茶がふるまわれたが、エヤアルがようやく身じろぎしたのは、騎士二人が軽口をたたきあいながらお茶の一口をすったあとだった。

「おまえ、驚きすぎ」

とジヨンがこづきながら耳元でささやいた。

「今回だけだからな」

と恩にきせるように言ったのは、茶の準備をすべてチヤハンと二人でこなしたことについてだった。手におしこまれた一切れのパンをかじりながら、立てた膝のあいだからそっとレヴィルーダンを観察した。カロルと剣の「遊び」をしていたときはわからなかったが、カロルより肉づきは悪い。太い骨格に筋肉がかろうじてはりついている、といった身体つきだ。身の丈もエヤアルより十分の一スタド高いだけ、騎士としては小柄な方なのかもしれない。広い額、太い眉、何かを求めたら決して途中放棄などしないだろうと思わせる顔つきをしている。髪は茶色がかった黒で、同じ色をした両目は油断のない視線を常に周囲にめぐらせている。しかしカロルと笑いあうときには油断のなさも一途さも漆喰のようにこぼれおちて、無垢な若さがあらわれる。おそらくは、二十歳になったかならないかだろう。

カロルとダンは、それぞれの旅について語っていた。どうやらダンは、火炎鳥の島アフランの都オクアクシア出身の騎士で、火炎神殿本社《やしろ》直属の誉れ高い神殿騎士らしい。〈太陽帝国〉ブランティア神殿付きのカロルとは所属が違うはずなのだが、炎の鳥の棲むクシア山までヒッテンからの巡礼たちを護衛していくのだと言う。

「ではブランティアまでは一緒に行こう」

とカロルが提案するとダンはにこやかに応じ、

「それは願ってもないこと。カロル兄上が一緒とは、心強い」

とカロルを慕ってやまないふうであった。

「ブランティアからアフランまで一月ほどかかるか」

「オクアクシアにつくころには、春の終わりになっているかな」

「今度はしばらく、むこうでゆっくりするのだな」

「特に何か命じられれば別だが、少し休ませてもらうよ。なにせアフランを出てから二年だ。半年くらいは本神殿の仕事もしないと。それでなくても、本社づきなのか、ブランティアづきなのかと、非難されている」

「やっかむやつは多いからな。おぬしのように若くて腕がたち、身分もいいとなれば」

「むこうについたら一、二年は、おとなしくしていよう」

「ふふん。それがいい。しばらくアフランにとどまって、親孝行するのだな、オクアクシアのレヴィルーダン。婚約者も首を長くして待っていることだろう」

ダンは顔色を変えこそしなかったものの、――神殿騎士の常で、騎士たちは例外なく黒く陽に焼けていて、顔色をよみとるのはむずかしかった――婚約者、という言葉に喉がつまったような声をだした。

「そうはっきりとした契約ではないから……。それに、ぼくはまだ返事していない」

「何と！」

カロルは弟分の背中をどやしつけた。

「おまえは馬鹿か？　是と言わずに国を出て、それっきりか？」

うしろめたそうで自嘲もまじったかすかな笑いが、ダンの口元に生まれてすぐ消えた。

カロルはその肩をゆすりながら嘆息をついた。

「やれやれ。それでは、そのおなごは、とうに別の誰かの嫁になっていることだろう」

「多分ね。親の言うままに、ね」

ほっとしたような響きが感じとられて、エヤアルはそっと彼を見直した。婚約者、と耳にしたときには、あばら骨が一ぺんに内側にちぢまったような気がした。心の臓はいつもより速く鼓動を刻んでいる。相手が結婚してしまっただろうというカロルの言で、あばら骨は少しゆるんだが、首筋に昇ってきた熱さはそこにとどまっている。

「実を言うと、あまり気がすすまなかった縁談だったんだよ、カロル。ぼくはまだ十六で、従者から騎士になろうとしていたし。結婚なんかしたら、騎士団からは除名されるじゃないか」

カロルは含み笑いをした。

「だから騎士になったとたん、国をとび出したというわけか」

神殿騎士は貞節も誓っている。三十五歳になってからでなければ結婚も認められていない。エヤアルはひそかに息を吐きだした。首筋の熱も同時に胸のあたりに戻ったようだったが、小さな痛みがそのあたりで生じた。それは空っぽの魔法空間に小波のように伝わっていき、紅色の毛糸玉にふれた。毛糸玉は二、三度ゆっくりと回転してとまったが、とまったときにはまた少し大きくなって冬の針葉樹の色を含み、さらにからみあってしまったのがわかった。

どうやらあっというまに失恋したらしい、と本能で悟った。ダンには恋愛は邪魔なだけなのだ。

エヤアルは膝の上に額をつけた。二呼吸もしないうちに、隣でジヨンが、おいどうした、加減が悪いのか、と聞いた。心配してくれているのはわかったが、今日はそれがうっとうしかった。大勢で旅をするのは、かつて三十人もいた家族の一部をとり戻したようで苦ではなかったが、羊と犬を相手にした数年間は、一人でいることの充実感めいたものもエヤアルの中に育んでおり、孤独になりたくなるときもごく稀にあった。

ジヨンの干渉をたちきるようにエヤアルのあげた視線に、なぜかダンの姿だけが矢のように飛びこんでくる。瞬時に失恋して、瞬時にあきらめたつもりだが、脳味噌と心臓は言うことをきいてくれない。毛糸玉が転がった。どうしよう。どうすればいい？

「おい、片づけるぞ」

チヤハンのいらだたしげな呼びかけで、エヤアルは我にかえった。船頭が、舟の用意ができたことを土堤の上から叫んでいる。あわてて立ちあがると、見習い従者らしく、チヤハンとジヨンに怒鳴りつけられながら荷物をまとめた。


波頭のほとんどたたない川は、苔をとかしたような緑色だったが、ただ舟を浮かべてこげばいいわけではなかった。ジヨンと三頭の馬と一緒に乗ったエヤアルは、昨日教えられたように、川の流れが実際はひどく急であることを知った。操水魔法師の船頭は、ともすればどんどん下流におし流して〈央ノ海〉までたたきこんでしまおうとする流れを、船歌を歌ってなだめて、舟を対岸まで導くのだった。歌はのんびりとした拍子と旋律で、つややかな声は〈歌い手〉に匹敵すると思われた。その中に、エヤアルの感じることのできない強力な魔法が脈うっているのだろうと考えて、老船頭の皺の刻まれた顔をほれぼれと見あげた。

対岸について、ちゃんとした地面を足が感じたときにはじめて、エヤアルは冷汗をかいているのに気がついた。手の甲で額の生え際をひとぬぐいすると、それまでおおいかぶさるようだった頭の靄が取り払われていった。突然、川面の流れがはっきりと映った。川の上空を南へむかって飛んでいくヒヨドリの群れに気がつき、岸辺を洗う小石の模様が一つ一つ違うのを目にした。川風は湿っぽく、かすかに生臭さがあった。すねまで茂る草は青々としていたものの、夏ほどの生気はなく、葉を落としかけているやぶの根本では、カマキリの白い泡卵が半ば干からびていた。

先にわたりおえていたカロルと巡礼たちが土堤の上から川を見おろしていた。ひきしまったその口元に、かすかな憂慮がうかんでいる。エヤアルは川の方にふりむき、次々にわたってこようとしている舟の上で、本物の巡礼者たちがしがみついているのを見てとった。

若い自分でさえ、びっしょりと冷汗をかいたのだ、あの御婦人はどれだけ怖ろしかろう、あの初老の農夫は生きた心地もしていないだろう、生命がけの覚悟をして巡礼に旅だったにせよ、困難を泰然とやりすごすことなど、森の神の坊さんたちでさえできやしない。

一艘が無事に岸辺に到着した。エヤアルは駆けよると、ゆれる舳先で足元もおぼつかない太ったおかみさんに手をさしのべた。足首に水をはねかしながらぶるぶるふるえる彼女を支え、低い声でなだめつつ草地までつれていった。次の一艘には目のよく見えないらしい青年が乗っていた。エヤアルは彼の杖を拾いあげ、肩をかして下船を手伝った。

ダンが最後の舟で馬をひいておりてくるのを見守っていると、カロルが笑いを大きく響かせた。

「どうやらリッカールの魔法は消え去ったようだな。すっかりもとのエヤアルだ」

やれやれ、とチヤハンが主人の隣へと登りながら叫んだ。

「やっと気のきかない従者見習いから解放されますよ！」

「そもそもおまえが強情をはったからだぞ！　少しは懲りろ！」

とジヨン。

エヤアルも胸のつかえがとれて、晴れ晴れとした顔になった。考えなければならないことは多々あるにせよ、ちゃんと物を認識し、じっくり思考をめぐらす力が戻ってきたのだ。一生とけない呪いをかけられたかと悩んでいたが、それもおわった。

彼女はカロルに負けないくらいに、響きわたる笑い声をあげた。

「わたしからものを考えることをとったら、何にも残りませんでしたね！　それって、皆さんの重荷になることだって、わかっちゃったでしょ？　カロル殿下、もう二度と、リッカールにあんなことさせないでくださいね！」

「こら、言いすぎだ、エヤアル！　殿下にむかってなれなれしく！」

家具職人が渋い顔でたしなめ、ジヨンの拳骨もふってきたが、それは本気ではなく、頭の横をかすめただけだった。

エヤアルはまるで世界を丸呑みしたかのような勢いで土堤の上に立ち、カロルをまねて両足をひらき、腰に手をあてて、あたりを睥睨した。と、驚いた顔をしたダンの姿が飛びこんできた。彼は船頭に銀貨を払おうと、巾着財布に手をつっこんだまま、しばらくエヤアルと目をあわせていた。おさまったと思った動悸がまた激しくうちはじめ、耳の上まで熱があがってきて、先に目を伏せたのはエヤアルの方だった。

自分で抑制できないものが、転がる毛糸玉にからみついた。消すこともできない。毛糸玉はいまや、紅と緑ばかりではなく、夏の木の葉の妖しげな鮮緑をまとっている。

エヤアルは踵をかえし、逃げるように馬たちの方へ駆けよった。ゆるんでもいない馬具を点検するふりをしながら動悸がおさまるのを待った。彼女をずっと乗せてきた雌馬が、鼻面を胸におしつけてきた。その長い眉間に額を預けるようにして抱きしめ、馬のぬくもりを感じていると、いつか母に言った自分の言葉がよみがえってきた。

——起きてしまったものは仕方がない……あきらめも肝心。

この思いをふり払うことも消すこともできないのなら、と目をつぶりながら馬にそっと語りかけた。ふり払うことや消すことをあきらめることだわ。だとすれば——。

だとすれば、と目をあけて泣きそうな顔をして馬をなでた。もの言わぬ獣たちと同じように、そっと心のうちにおさめておくことしかできないではないの。

それでも、そうはっきりと思い定めると、毛糸玉はぴたりと動かなくなった。妖しい緑に、北の国の冬の空のような水色がからまった。

「皆無事にわたったな。では出発しよう。今夜はウィルの巡礼宿に泊まれるぞ」

カロルの号令が響きわたり、エヤアルは馬たちの手綱を主人に渡すべくひっぱっていった。土堤にあがって一息ついたダンが、もの問いたげに自分を見ているのを感じながら、エヤアルは気づかぬふうを装って、馬にまたがった。

8

遠くに故郷を思わせる峨々たる山並を仰いだり、霜のように白い斑のごつごつした岩山のあいだをとおりぬけたり、朝霧を薬缶《やかん》の湯気さながらに吐きだす川に腰までつかりながらわたったり。枯れ野原をえんえん三日かけて横切り、沼地のサギを驚かし、斜面の上にうかぶ彩雲に息をのむ。丸い腹をみせて不器用に飛びたつカモに笑い、季節はずれの薄桃色の花を咲かせる山間を踏破し、波状に削られた岩板が崖道となっている隘路《あいろ》に肝を冷やした。そしてある日、巨大な岩と岩が合わさって濃い影のわだかまる隧道《ずいどう》をくぐった。それははじめ、はるかむこうに、出口が白い小さな穴と見えたが、半日たってようやくそれが大きくなり、隧道から塵芥《ちりあくた》同然に吐きだされると、全く見たことのない景色が広がっていた。

生ぬるい大気が埃をまぶしてあたりを包んでいた。エヤアルにははじめのうち、茶色い岩山と、馬車五台が横並びにとおれるほどの広い道と、そのむこうに建つ城門らしき四角い形しか見てとれなかった。そしてそれらはすべて、さわれば粉になりそうな気配でたたずんでいるのだった。

しかしゆるゆると馬をすすめるうちに、岩山の根本のあちこちには泉がわきだして、わずかながらではあるが緑を育んでいるのがわかった。夜光草の花がゆれ、泉の中には小魚の影もあった。泉はほんの束の間小川となって地上にあり、そのうちに地下へもぐるのだとチヤハンが得意気に説明した。

「地下にもぐった水は、ブランティアの地下宮殿の貯水槽に流れこむんだぜ。七万人の水をまかなってんのさ」

そう語られても、エヤアルには地下宮殿がどのようなものなのかも、七万人とはどれほどの人数なのかもよくわからなかった。ただ、ブラン山地と呼ばれる東の山々からの雪解け水、地下を流れてわきだしたという泉の水が、比類なくおいしいということだけは納得した。

さらに大道に馬を進めていくと、同じようにブランティアにむかう人々や、ブランティアから近隣の村へ帰ろうとする農夫や鉱夫に出会った。

フェルトの丸高帽をかぶる者や、色とりどりの布を頭にまきつけている者が多く、あれではむしろ雪がつもってしまうだろうと思った。彼らのほとんどが、ゆったりした上衣に帯をしめ、瓜を思わせる半ズボンをはいていた。すねが丸だしなのにもエヤアルは目を見はった。自分たちのように、シオルを羽織っている者は一人も見あたらない。横風が吹きつけたり、吹雪になったらどうするのだろうと他人事ながらも心配した。

城門のむこうに、針のように林立しているものが、細い塔であることがわかってきた。同時に、その塔の下半分にはお椀を伏せて重ねたような形のものがうずくまっている。人一人くらいしか入れないだろうと遠目に判じていた塔は、だんだん太くしっかりしたものに変化し、ずんぐりうずくまっていると半ば嘲っていた円蓋は精巧な造りの完璧な半玉になっていった。埃の舞う大気の中でも、白肌の塔壁や尖った屋根の青さと円屋根のより深みのある青さが、鮮やかにきわだっていた。

「〈千の塔をもつ都〉、〈円蓋の都市〉、ブランティアはそうも呼ばれる」

いつのまにか隣に馬を並べたダンが目を前方にうっとりとすえたまま言った。突然だったので、エヤアルはううともああともつかない唸りをあげてしまい、自分を心のなかで罵倒した。何か言わなければと焦って、

「ないものはない都、と聞きました」

と何とか返事らしきものをかえすと、ダンはにっこりした。――目は彼女を見てくれなかった。見てほしいのか、ほしくないのか、彼女自身わからなかったものの。

「猫でも本を読む、という呼び名もあるよ」

にっこりしたその顔をエヤアルにふりむけて、

「きみは本は読むの？」

エヤアルはどぎまぎしながら片方の肩をすくめた。余計なことは意に反してでも口を

ついて出るのに、ダンと会話しなければならないときには何と言ったらいいかわからなくなる。どっと冷汗がふきだしてきた。

「ブランティアには数百の図書館があるよ。ぜひ訪れて、本を読むといい」

「わたし、本は読めないんです」

ようやくまともな言葉が話せた。

「字が読めないし……この国ではブラン語をつかっているとか。ブラン語は全然わかりません」

「ブラン語、ゲイル語、イーオエン語、それにブロル語、たくさんの言葉がつかわれているな。心配ないよ。すぐにしゃべれるようになるし、読み書きも教えてくれる人がたくさんいる。なるべく早くできるようになるといいね、読み書きができなければ、軽く見られるからね。ハルラントやムメンネとは全く違うんだ」

そうなんですか、と口の中で答えると、ダンは不意に前かがみになって顔をよせてきた。

「きみはしゃべる祐筆なんだって？　それに読み書きが加われば、すごい祐筆になれるね」

頬骨が熱くなってくるのがわかった。

「ハルラントに帰るのが望みだそうだけれど、ブランティアにとどまれば、きっと大活躍だろうな」

思いもかけない言葉を耳にして思わず彼を見かえすと、茶色がかった黒い目の奥に明るく躍る光があった。その光はエヤアルをひきつけた。もっとのぞきこんでいたかったが、もう次の瞬間には、ダンはまっすぐに馬の上に背をのばして、従者に指示を出していた。

カロルが懐から菱型に光る物を取りだして、チヤハンにわたした。ダンの従者とチヤハンはそろって門へと先駆けし、衛兵に菱型の物を手わたした。衛兵が何かを高々と歌うように怒鳴ると、別の兵士たちが次々に復唱していった。くりかえされたその中に、カロルとダンの名を聞きとることができた。やがて二人の従者は光る菱型をうけとって駆け戻り、それぞれの主人にうやうやしい仕草でかえした。

「神殿鑑札だ。身分と名前が記されている通行証で、真偽見分の魔法を持つ衛兵が確認するんだぜ」

ジヨンが得意気に説明した。

「あれで、おれたち全員がまだるっこしい取調べをうけずにブランティアに入れるんだ」

彼らはぞろぞろと三列になって門の下をくぐった。エヤアルは衛兵たちの装束が彼女の知っている兵士のものと全く違っているのに目をみはった。爪先の尖った靴をはき、すねには蛇かと見間違えそうな金属をまきつけている。腿から腰にかけて金属板を鱗のように重ねた腰巻きをつけ、胴鎧の下には鎖帷子《かたびら》を着用している。耳の両側には貝殻そっくりの耳あてをしており、何かの拍子に、渦巻き模様の刻み目がきらきらと輝くのだった。兜はなく、十字にうちだされた真鍮の防具をかぶっている。十字の一つの端は眉間を護るようにのびていて、楕円に磨かれた紅や青の宝石がはめこまれていた。剣は湾曲したものを吊り、槍は背丈と同じくらいの長さのものを立てている。その面構えはこねた麦粉をぎゅっと握って乾かしたものに似ていた。

門をくぐると、さっきとおってきた街道と同じくらい広い大通りがまっすぐにのびていた。通りの両側には露店が並び、それは町の奥に行くに従ってひしめきあっている。帽子や巻いた布をかぶった男たち、ヴェールをまとった女たち、日傘というものを手にした者を従えた貴婦人や御大尽、まっ黒な足で駆けまわる子ども、髭面の浮浪者めいた男、野良犬、ひさしの上でのびをする猫、買われた牛の群れ、屠畜場に追いたてられていく羊の一団。腐肉にたかる蠅の一群の中央にとびこんでいくかのようだった。門から遠ざかるにつれて、道はそうした人々や露店にうずめられてどんどん狭くなっていき、午後の陽射しを浴びながら——太陽は土埃で茶色になっていた——エヤアルたちは馬からおりて、一つの楔《くさび》となって進んでいかなければならなかった。

人々の舞いあげる土埃と汗や汚物の臭いの中に、甘ったるい香りが漂いはじめ、何度かくしゃみがでた。

「このへんの香は安物だからな」

とチヤハンが笑った。

いつのまにか大通りは広場に変わっていた。ハルラントの王宮がまるまる入るくらいの広さに、さっきよりしっかりした造りの天幕をもった露店が、決められた区画で商売をしている。エヤアルはその呼びこみの声を聞き分けようとしたが、とうとうあきらめた。自分で打ち出した薬缶をたたく者、きらめく香水びんを持ちあげて叫ぶ少女、早口でまくしたてる八百屋。

目に入るものも次から次へとめまぐるしく、きちんとたたまれて並べられた色とりどりの布地や、板壁にぶら下がった装身具、金と青の意匠のそろいの陶器、赤や黄や緑や白の豆の入った樽、甘酸っぱい匂いを漂わせている山とつまれた果物、薬草を袋につめてならべている店など。こんなものまでと驚いたのは、焼きたての種なしパンに肉と野菜の巻いたものを売っていたからだった。

思わず立ちどまりかけたエヤアルを軽くひっぱたいて、チヤハンがさっさと進めと叱った。先を行くジヨンとのあいだが浸水するようにたちまち人で埋まっていく。エヤアルはあわてて人々をかきわけていった。

埃にまみれ、汗みずくになって広場をようやくぬけると、喧騒もたちまち背後に退き、落ちついた雰囲気で建ち並ぶ格子窓のついた家と、石畳の道があらわれた。人々はゆったりと歩き、路地から出てきたぶち猫が前を横切り、くしゃみの出ない香が漂い、二階三階の手すりでは洗濯物がはためいていた。

サンダルを鳴らして家の奥から駆けだしてきた七、八歳くらいの少年が、軒下にぶら下がっている看板を手早く一拭きして戻っていった。行く手の二階の窓からはかすかに女の歌声が聞こえてきた。

ふと気がつくと、カロルが護衛してきたはずの三人の巡礼はいつのまにかいなくなっていた。ふりむけばダンの一行の巡礼はエヤアル以上におどおどして、疲れきった顔つきでついてくる。ではあの三人は、早々に本来の仕事に戻ったのだ。市場で耳をそばだて、異国の情勢を仕入れるのだろう。そしてその量は膨大なものになるだろう。

カロルとペリフェ三世は、この富を得るために、侵略を画策しているのだと、リッカールは言った。あふれんばかりの食糧、嗜好品、うつくしい品々を西方へもたらそうというのだ。これらの品々がハルラントに運ばれるようになったら、麦と羊と木材だけに頼らなくても良くなるだろう。その見通しはとてもすばらしいことのように思われた。だが、そのために戦をするとなると、エヤアルには肯首することがどうしてもできない。リッカールの魔法にかかったときは、どうでもいいように思ったが、頭から霧が晴れた今、カンカ砦の攻防をもう一度なぞるのはたくさんだった。

ペリフェ王やカロルを何としても思いとどまらせなければ、とエヤアルは別の大通りに出ながら決意したが、直後に目にしたものでその決意はすっかりふきとんでしまった。

その大通りは、正面とその両翼に建つ火炎神殿のためのものだった。白亜に炎の朱と火の粉の金のモザイクがはめこまれた中央の本殿は、大小十二のアーチをもち、その上には玉ねぎそっくりの屋根が載っていた。

ナイフですっぱりと切りおとしたかのような直線の大通りを、カロルとダンが並んで先頭に立ち、次いで巡礼たち、それから従者という順でゆるゆると進んでいくあいだ、エヤアルは道の両側に鏡さながらに空を映しだす人造の池とそれらを縁どる濃い緑の木々を驚嘆の思いでながめていた。

ともすれば遅れがちになって我にかえり、本殿に近づいていけば、その大きさにのけぞらんばかりとなった。本殿の両側には、白いアーチ回廊を三階までめぐらせた、本殿より華奢な建物が、たくさんの尖塔にかこまれて横に広がっていた。

「左が〈太陽帝国〉神殿騎士団の本部、右が巡礼のための諸施設になってる」

馬をならべるとジヨンが、はじめてであるかのようにほれぼれと見とれながらつぶやいた。

大きなアーチの玄関扉はあけはなたれ、前を行く一行は畏れかしこまりながら中へと入っていったが、従者たちは馬をひきつれて脇の小路から厩へと移動しなければならず、神殿の中を見たいと思っていたエヤアルは内心がっかりした。

荷物と馬具をおろし、水と飼葉を与え、身体をふいてやる仕事がようやくおわったころには、性急な冬の陽は残照をおきみやげに西へと没してしまっていた。

エヤアルは、チヤハンとジヨンについて騎士団本部の裏口から狭い廊下をわたった。中庭にしつらえた石卓と石椅子で、すぐ脇の厨房からもらってきたパンと山羊の乳と少しの羊肉と少しの果物という夕食をしたためた。

やがて同じ中庭に面している従者用のひどく狭い部屋をあてがわれ、外の灯りを頼りに寝台に腰をおろした。パンと乳と羊肉はそれほどまずくなく、果物にいたっては甘くて果汁がしたたるすばらしいものだったと余韻を楽しみながら靴をぬぎ、こわばった足指を動かした。

長い長い旅が終わったのだ、と気がついたのは、戸口から夕べの風がひそやかに吹いてきたときだった。そうして、ダンとは別れの言葉もかわさなかったことにも思いいたって、心がしずんだ。部屋の中はとうに暗闇に浸っていた。寝台に腰かけたまま、エヤアルはじっと戸口の方に目をむけていた。中庭も、今や冬の灰色の宵におおわれて、かすかな光をとどめているだけになっていたが、その中に白く浮かびあがっているものがあった。それは常緑広葉樹に咲く花だった。冬のさなかにあっても咲く白い花を見て、エヤアルは急に、名前のない何かが自分の中に入ってくるのを感じた。それは、遠く〈西ノ庄〉の丘を吹く風やカンカ砦の〈本丸〉を照らす西陽の色を思いださせるものであり、同時にハルラントの都を囲んで流れていく三つの川のきらめきを思いださせるものだった。長い長い旅のあいだに見たもの聞いたものをすべて愛おしく感じさせるものだった。そしてそれはダンとの出会い、ダンの横顔、ダンの笑い声と一緒にからみあって、毛糸玉に加わった。妖しい緑と水色のまだら模様に夕暮れにうかぶ花の白が加わってかすかに輝き、幾度かまたたいたあと静かになった。

エヤアルは大きな吐息をつくと寝台に横になった。そうして、毛糸玉がどこにあるのかわからなくなったころ、ようやく深い眠りに落ちていった。

翌朝はまだ暗いうちに、チヤハンの怒鳴り声で飛び起きた。旅が終わってほっとしたせいなのだろう、身体の節々が老人のようにこわばってだるかったが、泣きごとを言うひまなどなかった。従者見習いの雑用を言いつけられるのだろうと思って彼のあとをついていくと、カロルがすでに馬具をつけた二頭の馬の手綱をひいて厩から出てくるところだった。カロルは手綱をエヤアルにおしつけると、ついてこい、と呟いて騎乗した。エヤアルはあわててあとを追った。いつになく不機嫌そうなカロルの後ろ姿をながめながら、彼は昨晩、神殿騎士のお勤めを寝ずにしたのかもしれないと思った。頰のあたりが腫れているようだったのは、旅の疲れと不眠でむくんでいるのだろう。

神殿内はすでに起きだした――あるいは不寝番の――人々のたてる物音でざわめいていたが、建物から遠ざかると静寂がそれに代わった。あたりはまだ薄暗く、大通りの両側に満たされた池の水は、並木の影を灰色に映しだしていた。足元には霧がたちこめ、かすかに潮の味がした。冷たい湿気がエヤアルのまわりをとりまいていたが、陽が昇るとそれらはたちまち乾いた埃っぽい大気に変わるのだった。

二人は大通りのつきあたりから放射状にのびる何本もの小道の一つに入った。町中はそろそろ目覚めようとしているところで、窓があけはなたれる音や――その一つ一つに、硝子や雪花石膏の板がはめこまれ、あるものには色や絵さえついていた！――猫が朝ごはんをねだる鳴き声や、家の中を歩きまわる足音などが響いてきた。赤子の泣き声、香辛料や焼きたてのパンの匂い。たちのぼる湯気の食器の音などが、斜めに射してきた冬の陽光に粉雪のようにきらめいた。

格子のはまった扉の前を幾つすぎただろう。吐く息の白さが薄れてきたころ、カロルは右に曲がって、影になっている通路に馬を乗り入れた。そこは道のつづきのように思えたが、両側には常緑樹が植えられており、しばらくすると石造りの門に行きあたった。唐草模様をあしらった木の扉を無造作にあけて、二人はさらに先へ進んだ。広い庭には、形よく刈りこまれた木々と、完璧な円をなす池が幾つもあった。その奥に、庭とは不釣り合いなこぢんまりとした館が建っていた。黒よりも明るく茶よりも暗い色の木造二階建て、小さい窓はそれでも三十ほどは並んでいる。朝陽をうけて銅が反射するかのような輝きを放ち、館全体が暗い炎をあげているかのようだった。

カロルが馬をおりたので、エヤアルもそれに倣うと、どこからあらわれたのか、老女がうやうやしく手綱をひきとり、無言で去っていった。カロルはエヤアルに声をかけることもなく玄関に到る階段を登った。両開きの扉が片方だけひとりでにあいて、二人は中に入った。

誰もいない廊下をカロルは遠慮なく進んでいく。エヤアルは小走りにあとを追う。

五つめの扉の前に立てばこの扉もやはり自分でひらいた。暖かい空気がおしよせてきた。エヤアルはそれを逃すまいとふりむいたが、扉はひらいたときと同じようにひとりでにしまった。

　ようやく、誰かの魔法なのだと気がついたのは、やはり旅の疲れが残っていてどこかぼんやりした部分があったせいだろう。

「キシヤナ師であられようか。お初にお目にかかる」

　うやうやしさの感じとれるカロルの声でむきなおれば、窓辺にすわっていた女性がちょうど立ちあがるところだった。

「ハルラントのカロル殿下であらせられますわね。このたびはお手紙を頂戴いたしまして、光栄のいたりでございます」

　応じた声はか弱く細く、絹の糸を思いおこさせた。逆光から二、三歩踏みだしてきた女は、カロルより頭二つ分、エヤアルよりも頭一つ分小柄で痩せていた。なめらかな逆三角形の輪郭の顔だちで、目は細く、唇はうすく、両方ともつりあがり気味だ。鼻は高からず低からず、色白で、挙措の上品さ、かもしだすもの静かな様子に、貴婦人めいたものが伝わってくる。年の頃は三十五、六か。えり元から足首まで一つなぎの上着は赤紫の地に銀と青の刺繡がふんだんに施されている。足元からのぞく、裾が一旦ふくらんですぼまっているズボンも同じ意匠だ。靴はなめらかな革製で、先端が彼女の顔と同じように尖っていた。

　カロルとエヤアルはすすめられた椅子に腰かけ、左手からの暖炉の暖かさにほっと身体をゆるめた。

たでしょう」

「遠く旅をしておいでですのね。神殿騎士殿のお勤めは、この冬場では大変でありまし
彼女は暖炉にかけてあった薬缶から、小さな卓上の陶器のポットに湯を注ぎながら言ったが、その声には有無を言わせぬ何かがひそんでいて、静かに話せと命じているようだった。カロルも肌でそれを感じたのか、普段とは全く違う抑制した声で応じた。

「夏の暑さ、冬の寒さ、これもわれらにとっては奉仕の喜びの一つだからな」

「このたびは幾人ほど？」

「巡礼は三人、それからこのエヤアルを護って参った」

キシヤナはもちあげかけたポットをとめ、エヤアルを横目で一瞥し、碗に茶を注いだ。マンネンロウと薄荷《はっか》の香りがたち昇る。

「わたくしには薄汚い従者に見えますけど？」

「旅をするうえで、従者の姿をさせていただけだ。こう見えて、これは女ですよ」

キシヤナは再び動きをとめ、一呼吸してから、あら、そう、とつぶやいた。それからにっこりと微笑んだが、その下むきの微笑みはわずかに歪で、作り笑いのように思われた。

やがて彼女は湯気のたった碗を盆に乗せてきて、二人に手渡した。碗は珍しい陶製で、縁と取手には金線が入り、赤い花の絵が描かれていた。エヤアルは口をつける前に、それをまじまじとながめた。ハルラントの王宮で、貴族たちの食卓に一つ二つ、このよう

なものを見たことはある。だが、自分がその貴族たちと同じように、手にできるとは考えもしなかった。

「……それで？　今さらカロル殿下がブラン語をお習いになる、と？」

「いやいや。そういったものは、祐筆に任せたいと思っている」

カロルは手をふった。

「わたしは祖国のブロル語だけ読み書きできれば、それでたくさん。しかし、このエヤアルに、それらを教えていただきたい」

当のエヤアルが熱く湯気をあげている碗の縁で思わず息をとめた。カロルはそんなことには頓着しないでつづけた。

「これは、稀に見る記憶力を火炎の神よりさずかった〈しゃべる祐筆〉として、ハルラント聖王国ペリフェ三世に仕える者だ。あとで試していただければ、すぐにそれと知れよう。ハルラント国王は、これがたくさんの国の言葉の読み書きができるようになることを願っておられる。それと、国王名代のわたしについて、どこへ行っても恥ずかしくないだけの礼儀作法を。それを教授できるのは、キシヤナ殿、ブランティア広しといえども貴女のみであろう」

「それは、大変、光栄なこと……」

「まずは祖国のブロル語、次いでブラン語。ブランティアでブラン語を話せず、読み書きもできないとなれば、猫以下の扱いですからな」

自嘲するようにカロルはにやりと笑った。

「できうれば東方六諸国のファルト語、カルナ帝国のカルナ語も、こちらは、聞いてしゃべれればそれでよろしい」

カロルは懐から小袋をとりだすと、盆の上に置いた。その音は、たくさんの銀貨を約束したものだった。キシヤナはそれには見むきもせずに、尋ねた。

「ハルラント国王は、この娘に、それだけのものを習わせて、どうしようとお考えなのか、おきかせくださいますか？」

「ブランティアの諸事情を記録して書物におこしたいと思っておいでなのだ」

「書物に？」

キシヤナの細い眉が吊りあがった。

「ブロル語とブラン語の書物をここで作らせて、本国へ送れば、王の宝庫のほまれとなるだろう。近隣諸国からそれを読まんとして、学識のある者が集まってこよう。さすればハルラント聖王国は、西のブランティアともなろう」

小さく鼻息を吐いてキシヤナは顎をあげた。

「このような娘に、それだけのものを習わせて、権力をお与えになるおつもりでしょうか？」

カロルは笑いながら立ちあがった。

「ブランティアではそうだろう。だが、わがハルラントでは祐筆の身分は物乞いの次に低いのだ。その心配はいらぬ」

　余計な口出しをするなといわんばかりの口調に、キシヤナは相手がやんごとなき身分の人であることを思い出したかのようだった。彼女は黙って一揖した。

「では、頼んだぞ」

　カロルはエヤアルには一瞥もくれずに大股で扉の前まで行き、肩ごしにふりかえって、

「半年だ、キシヤナ殿。それは前金、半年後の成果によって後金の額もかわろう」

と言うと、さっさと出ていってしまった。

　扉のしまる大きな音に、エヤアルの肩甲骨がぎゅっと寄った。カロルの足音が聞こえなくなるまで待ってからキシヤナは大きく息を吐いた。エヤアルの方にふりむいたときには、吊りあがった目はそのままだったが、唇は気難しげにひき結ばれて、カロルがいたときの顔つきとは全く違って見えた。口をひらこうとしたエヤアルに指を素早くつきつけて、か弱くも細くもない、鋭い錐を思わせる声で言った。

「黙りなさい。おまえはわたくしに託されたのですから、今より先は、わたくしに絶対服従しなさい。まず、わたくしは余計なおしゃべりは嫌いです。騒々しいのも汚いのも許しません。言うことをきかないのであれば、容赦なく打ちます。痛い思いをしたくないのであれば、言うとおりにしなさい。わかりましたか?」

　エヤアルは、彼女の豹変ぶりに言葉を失った。つきつけられた指先が、まるで短剣の先ででもあるかのように上半身をのけぞらせた。返事は、ときつい声でうながされてよ

うやく、喉の奥から声をしぼりだした。

キシヤナは立ちあがったが、エヤアルの目には貴婦人の服を着たずる賢い狐のように映った。

「ではすぐに、ブルーネのところに行きなさい。すべての準備を整えるまで、半刻あげます。準備ができたらまたこの部屋に戻ってきなさい」

片手で埃でも払うような仕草をすると、盆の上の小袋をつかみ、小卓の前へ行って銀貨をあけた。再び唇に笑みを戻して、彼女はそれを一枚一枚数えはじめた。その横顔に寒気をおぼえたエヤアルは、早々に部屋を立ち去った。

廊下ではすでにさっき馬を引きとった女が待っていた。キシヤナよりさらに頭一つ分小さい老女で、丸パンをつぶしたような顔つきをしていた。名前を尋ねたのには返事もしないで、つっけんどんについてくるように言った。エヤアルは自分が捨て犬になったような気分で仕方なくついていった。

短い廊下を右に曲がったつきあたりの部屋に、なみなみとお湯を張った浴槽が湯気をたてていた。ブルーネは彼女にシャボン草とタオルと軽石をおしつけると顎をしゃくった。

「早くすませな。髪もしっかり洗うんだよ。でなきゃ、あたしが洗ってやる羽目になるからね」

エヤアルが浴槽の前で立ちすくんでいるうちに、ブルーネはさっさと姿を消した。この急激な変化に、彼女の身体のすべてが拒絶を叫んでいた。カロルは説明の一つもしなかった。拾ってきた仔犬を放り投げるように、わたしをキシヤナの懐におしこんで行ってしまった。

エヤアルはおしつけられた風呂道具を落とした。それらは床の上でうつろな音をたてた。逃げよう。浴槽があるということは、どこかに裏口があるはずだ、と目が素早くあたりを精査する。

「さっさとするんだよ」

突然、ブルーネのしゃがれ声が聞こえ、エヤアルはとびあがった。

「ほら、早くやるんだよ。でないとあんたもあたしも鞭で打たれるんだから！」

と声がした。扉に駆けよって部屋から出ようとしたが、扉はきしみ一つあげず、びくとも動かなかった。ああ、これがブルーネの魔法なのか、と悟ったエヤアルだが、嫌だと思ったものは嫌なのだ。さっさとしておくれ、とブルーネの泣きだしそうな声に、エヤアルも泣きたくなった。抵抗しても詮のないことが多すぎる。思いどおりにならないことばかり。

嗚咽をこらえながら仕方なく湯浴みした。シャボン草で泡だて、頭の上から爪先までごしごし洗い、カロルを心の中で罵倒し、目蓋にあふれてきた涙を泡と一緒にタオルでふいた。浴槽から出ると、床の上には新しい衣服が用意されていた。従者見習いの衣装は跡形もなかった。

新しい服は、キシヤナが着ていたものとほとんど同じ、足首までの長上衣とズボンと革の靴だった。袖と襟に白糸の刺繍のある青地の服で、襟が少し窮屈だった。

支度が整うや否や、あれほどびくともしなかった扉がひとりでにひらいた。エヤアルはまたあふれてきた涙を袖でぬぐうと、廊下に踏みだした。待ちかまえていたブルーネに導かれてすぐ隣の小部屋の椅子にすわらされ、髪をくしけずられ、編まれ、結わえられた。

「お嬢様はあたしらがきちんとしていることを望みなさる。いいかい、これからは自分で自分の身だしなみを整えるんだよ」

お行き、とうながされて、のろのろとキシヤナの待つ部屋に戻った。まるで使役牛にでもなったかのような気分だった。

キシヤナは卓を出して待っていた。片手に木の枝で作った鞭を持って、いらいらと歩きまわっていたが、エヤアルが渋々入室すると、あの鋭い声で遅れたことをなじった。そして鞭の先で卓を数回叩き、座るようにと命じた。

卓の上には石板と白墨、羊皮紙を何枚か束ねた小冊子が準備してあった。

キシヤナが小冊子を一枚めくると、大きなブロル文字が一つあらわれた。彼女は、めくるのに指ではなく鞭の先を使った。彼女が文字を読む。エヤアルは復唱して石板に書く。彼女が表紙に戻し、石板を消させ、もう一度書かせる。ブロル文字はハルラントの王宮でよく目にしていた。祐筆たちが彼女の報告を記録するのをながめていたので、なじみ深いせいもあったのだろう。たちまちエヤアルは小冊子一冊を征服し、三十文字すべてを何も見ないで書き出すことができるようになった。

「なるほど、それが〈しゃべる祐筆〉といわれるゆえんなのですね」

キシヤナはほんの少しばかり讃嘆のひびきを口調ににじませた。その日の昼までに、エヤアルは日常生活に使われている単語を百あまり覚えた。キシヤナは鞭を手の平で鳴らしながら、唇の端をつりあげた。

「ここまで覚えるのに、わたくしに打たれなかった生徒はおまえがはじめてです。今日はこれでよしとしましょう」

解放される、と期待したのはぬか喜びだった。ブルーネが運びこんできた昼食をキシヤナとむかいあって取り、一挙手一投足まで、すべきこととしてはならないことを教えられた。食事がやっと終わったときには、ご馳走といわれるものをたくさん食べたにもかかわらず、すっかりくたびれてしまっていた。

次は別部屋で刺繡の稽古だった。手先を使うこの細かい作業は、記憶力はあまり頼りにならなかった。家に帰ったときばあばあ様から習おうと思っていた針仕事に、エヤアルも少しばかり期待したのだが、自分の指先はなかなか思いどおりに動いてくれず、途中何度もキシヤナの鞭枝で手の甲を打たれた。そして、打たれれば打たれるほど、白い布の上に描かれる色糸は、散らかった松葉さながらに躍って、夕暮れ近くにはとうとう、

「針仕事はおまえにはむかない。時間のむだです」

とキシヤナに言わしめた。

ばあばあ様の指先から生まれる色鮮やかな鳥や花や幾何学模様を、自分も作りだしたいエヤアルは、でも、やりたいんです、としがみつかんばかりに言いかえした。するとキシヤナは火口をとりだして燭台に灯を入れた。やわらかい光が彼女を照らしだすと同時に、今までの嘲るような冷ややかさがふりおとされたかのようだった。

「無駄なことに費やす時間はありません。半年、と期限が切られているのだから」

火口をしまってエヤアルにむき直ると、影がその眼窩《がんか》や口元に落ち、再び冷ややかさが戻ってきた。

「この時間はおまえのではなく、わたくしの時間なのです」

ひゅっ、と鞭が鳴ってエヤアルの頰を打った。焼けるような痛みが頰から目の奥、頭の奥まで走った。

「口答えは許しませんよ。今の痛みを覚えておくのですね。今日はもうこれで終わりです。夕食はなしです。寝床はブルーネが用意します。明日の朝は夜明けと同時にわたくしのところへ」

9

頬を打たれたその晩、寝台の上に膝を立ててすわり、焼けつくような痛みに泣いていると、ブルーネがそっと入ってきて手当てをしてくれた。彼女の特製の軟膏がなかったのなら、翌日には顔を二倍にはらして目もあかなくなっていただろう。その軟膏は、これまでにもキシヤナが教えた何百人もの生徒たちを感染症と痛みから救ったのだと、ブルーネはがさついた声を低めて語った。

翌日の夜から毎晩、ブルーネは風呂のあとにやってきて手当てした。——汚いことには我慢ならないキシヤナの指示で、エヤアルは毎晩熱い風呂をつかったが、それは不思議なことに快感をもたらした。——ブルーネが自慢するとおり、痛みはひきつれとかすかな痛痒に代わって、一月もすれば傷跡もすっかりなくなるだろうと思われた。

日々はのろのろとすぎていった。キシヤナは刺繍の代わりに織物をエヤアルに与えた。一見単純そうに見える一つ一つの動きには常に細心の注意を要したものの、織物は彼女の性に合った。ブロル語の読み書きと織物の模様入れの技法を学ぶことが毎日の日課となった。

キシヤナは彼女の一挙手一投足に厳しく目を光らせ、瑕疵を見つけてはエヤアルを打った。打たれるたびに、エヤアルの心と身体はちぢこまっていった。同時に怒りと悔しさが生まれた。歯を喰いしばって耐えながら、いつか必ずこの家から逃げだしてやると、決意をかためた。

逃げるためにはブルーネの協力が必要だった。彼女が開閉魔法を使うのだと確信していた。黙々と家事全般をこなしている彼女の心をとらえなければ、協力はしてもらえない。エヤアルはほんの少しの休憩時間や毎晩の手当てのときに、一所懸命話しかけた。ブランティアの地下宮殿の貯水池のことを話した。衛兵たちの服装を事細かに表現してみせた。町に入ったときに耳にした外国《とつくに》の歌の断片を歌いもした。ブルーネの表情がときおりゆるむようになったある日の昼すぎ、安物の香を売っている店の話をしたとたん、床をふいていたブルーネは肩越しに顔をあげた。

「リーリンの店だよ！　若いときによく通ったもんだ」

エヤアルも声を弾ませて、

「奥のほうにおばあさんが座っていたわ。耳に黄色い飾りをつけていた」

ブルーネは身体を起こしてエヤアルにむきなおり、

「それがリーリンだよ。ああ、懐かしいねえ。元気そうだったかい？」

「少し目が悪いみたいだったわ。足も……」

ブルーネは肩を落とした。

「ああ、そうだろうねえ。お互い、年をとっちまったもんだ」

「また行ってみたら？　お見舞いがてらに——」

ブルーネはエヤアルを見あげた。その目の中に一瞬何かがひらめいた。悔恨か？　悲痛な何か。

「ブルーネ？」

彼女は大きな溜息をついた。

「そうさね。あんたが知るわきゃないんだった。……あたしはこの家から出られないんだよ。あたしには束縛の魔法がかけられている。〈解放者〉が解放呪文を口にしないかぎり、あたしは一歩も敷地の外へは出られない」

「そんな……。そんなこと、誰がしたの？　キシヤナ？」

「いいや。キシヤナじゃないよ。彼女も外出は嫌いだけど——」

そのとき、そのキシヤナが呼ぶ声がした。ブルーネはそそくさと階段を登って行き、話はそれっきりになった。

言われてみれば、ブルーネは町に買い物をしにいくことがなかった。御用聞きが毎日裏口を訪れる。敷地をきれいにしておくのも彼女の仕事だったが、必要なものはすべてもってきてもらっていた。

そうすると、とエヤアルは頬をひきしめた。束縛の魔法をかけた者が別にいる、ということか。

一月あまりたったある晩、手当てをおえて立ち去ろうとしたブルーネの背中に、エヤアルはずっと思いめぐらせていた疑問を投げかけた。

「ブルーネはどのくらいこのうちに縛りつけられているの？　誰も助けてはくれないの？　わたしにできること、なにかあるんじゃないかしら」

軟膏を前掛けのポケットに戻し、ブルーネはゆっくりとふりむいた。灯りがゆらめいて、丸パンのような顔にある深い皺が浮きあがる。エヤアルが海を知っていたのなら、彼女のその灰色がかった緑の目の中に、砂浜にうちあげられた海草めいたものが横たわっている、と思ったことだろう。だがエヤアルは海など見たこともなかったので、ただ漠然と、暗く、うちすてられた何かを感じただけだった。それは、故郷の母の中に横たわっている何かと同じ種類のものだった。

「そんなことを聞いたのは、おまえがはじめてだ。なぜそんなこと、聞くんだい」

「わたし、刺繡をしているあいだ、ずっと苦しかった。思いどおりにならないし、鞭で打たれるし。ブルーネもそんなふうに見える。すごく辛かった。わたしの傷はブルーネが手当てしてくれたけれど、ブルーネのことは、誰が気遣ってくれるの？」

思いもかけない言葉を聞いたというふうに、ブルーネはしばらく絶句した。エヤアルはじっと彼女の顔を見あげていた。待つあいだ、ブルーネの目元に、すぎ去ったはるかな昔の、若い頃に吹いていった風がまた吹いて去っていくのを見たような気がした。

ブルーネは突然、両手で顔をおおい、呻きとも喘ぎとも嘆きともつかない長い長い声をあげた。それは墓に魂をしばりつけられた亡霊の唸りに似ていた。

エヤアルはこの小さな老女が、どれだけの苦痛を抑えこんでいたのかをにわかに悟った。ためらいながらもその肩にそっとふれ、自分の隣に座らせる。ブルーネは顔から放した手を前掛けの上におき、しばらくわななきに身を任せていた。エヤアルは肩に手をおいたままじっと待った。

やがて落ち着きを取り戻したブルーネは、なんてことだい、と呟いて首をふった。

「おまえのような小娘に、真実をほりおこされるなんて、ね」

苦々しげに吐きだし、大きく息を吸った。その仕草は、灯りを吸って腹の中におさめたかのようだった。いつもかがめていた両肩と首筋がのび、ひび割れて黒ずんだ唇にかすかな笑みが浮かんだ。

「真実をほりおこす最初の穴があいた」

そう口にして、自分でも驚いたのか、ブルーネは小さな目を見ひらき、しげしげとエヤアルに視線をむけた。蠟燭が今度は大きくゆらめいた。するとブルーネのゆがんだ頰が本来の形に変化していき、生気とつややかさが加わった。彼女は長いあいだ、あまりにも長いあいだ求めつづけてきたがために、いつしか意識できなくなってしまったものを再発見したとでも言うかのように口をひらき、じっと自身の内側を手さぐりしていた。蠟燭の芯が焼ける小さなじりじりという音がたえたあと、ようやく探索を終えて戻ってきた。その目の中で、潮が満ちて砂浜をおおい、打ち捨てられて横たわっていた海草が、水の中で生き生きとゆらめきだした。

「おまえが穴をあけた……！　おまえが……〈解放者〉だったのか……！」

ブルーネは節くれだった手でエヤアルの腕をつかみ、ゆすぶりながら、

「ああ……！　あまりに長いあいだ……長いあいだ……長いあいだだったので、忘れ去っていた……エヤアル！　エヤアル！　エヤアル！　おまえが解放してくれた！」

歓喜の嵐の中にも、どこかあたりをはばかる様子でブルーネはささやいた。まるで誰かが、聞き耳をたてている、とでもいうかのように。エヤアルはゆすぶられながら、天井の隅や壁のつなぎ目に目をさまよわせた。

ブルーネは再び両手に顔をうずめ、胸を上下させながらむせび泣きはじめ、初老の女がこのようにとり乱すことなど考えもしなかったエヤアルは、母のことを思った。夫が、弟が、叔母が、甥っ子たちが戦にかりだされて戻ってこないと悟ったとき、母の心にもブルーネと同じ何かが横たわってしまったのかもしれない。

「ブルーネ？」

ブルーネは片手をひらめかせてもう少し待てと合図し、またしばらく泣いた。蠟燭が少し小さくなったと思われるころに、大きな一息を吐いてようやく手をはずし、前掛けで顔をごしごしとぬぐった。やれやれ、と人事《ひとごと》のように呟いてから立ちあがり、また嘆息を一つついた。はにかんだ笑みをうかべて、

「とんでもないおばさんだと思ったろうね」

と言い、戸口にむかった。

「訳を話すよ。ついといで」

ブルーネは手燭を前掛けからとりだし、灯りをつけて先導していった。二人が足を踏み入れたのは、廊下のつきあたりの床下階段からずっと下におりた地下霊廟だった。寒々として黴臭《かびくさ》い地下室に、石棺が四つ並んでいた。一番手前の一番新しいと見てとれ

る石棺の石蓋が壊れていた。手燭に舞い散る石粉が小さな羽虫めいて反射して、それがついさっき壊れたことを示していた。そろそろと近づいて中を覗きこむと、死んだばかりのように見える壮年の男が横たわっていたが、「見ていてごらん」とブルーナのささやきに従って凝視しているうちに、少しずつ、本当に少しずつ、男の全身が干からびていくのがわかった。

ブルーネが泣いていたよりも長い時間、二人は黙って、男の頬がこけていき、眉毛が薄くなり、髪も抜け落ちていくのをながめていた。乾いた革が罅割《ひびわ》れていくように額が割れた。骨格が明らかになっていき、眼窩も落ち窪み、鼻も唇も薄く沈んでいった。犬歯の一本欠けた歯並びが顕わになった。と、歯が顎から一本、また一本とはずれていき、頭蓋骨の空洞に虚ろな音をたて、すべての歯が抜けおちる前に頭蓋骨そのものが亀裂をもって、亀裂から亀裂へとつながっていき、破れた古い羊皮紙さながらの穴ができたかと思うや、一気に崩壊した。

粉塵が舞いあがった。エヤアルは思わずとびのいた。ブルーネは灯りを高々と掲げて、骨粉の一塵一塵を確かめるように見つめてから、背筋をのばした。それは、もう誰をもはばかることがないのだと自信をとり戻した者の姿だった。

「これはキエゴー、キシヤナの父だった束縛の魔法使いだよ。二十年前に死んで、今やっと本当に死んだ。おまえはこいつとあたしと、二人を解放したんだよ、エヤアル」

満足気にうなずいたブルーネは、エヤアルの腕をとって霊廟を縦断し、さっきおりてきたのとは反対側の階段を登っていき、重そうな一枚岩の扉を安々とおしあげた。新しい空気を胸に吸って、エヤアルはそこが館の外だと気がついた。空には水ぶくれしたような星々がまたたいていた。このブランティアではもう春が近いのだった。

「ぐるっとまわって裏口から入るよ。あたしの部屋で話そう」

茶色になっている草を踏みつけて裏へまわり、ブルーネの住まう部屋に入るころには爪先と指先がかじかんでいた。ブルーネの部屋は、エヤアルが学習する部屋の三倍も広く、よく片づいていて暖かかった。彼女は暖炉に薪を足し、戸棚から硝子の水差しをとりだして、中身を硝子の杯に注ぎ、エヤアルにすすめた。エヤアルはハルラントであれば王族しか手にしない杯を持ち、王族しかのめない琥珀色の酒をなめた。甘さと辛さと熱さを感じて舌がしびれた。

二人は暖炉の前の絨毯に横たわり、しばらくのあいだ酒を味わった。薪が火の粉を噴きあげて爆ぜたのを頃合いに、ブルーネは語りはじめた。

「あたしは昔、ヤヴェン神の神殿で働いていた。ヤヴェン神というのは知っているかい？」

エヤアルが黙って首をふると、ブルーネはどこか遠くを見つめながらつづけた。

「ここよりずっと東南にゴルジュア国という神の国がある。神の名をヤヴェン神という。国民のあがめる唯一のお方だよ」

たった一人の神、ときいてエヤアルは、山の神も森の神もいない国とは一体どのような土地なのだろうと好奇心をかきたてられた。

「あたしもゴルジュア人だ。ブランティア生まれブランティア育ちのね。祖国、と母に教えられたが、行ったこともない国を祖国とは呼べない。あたしはブランティア人だと自分では思っていた……まあ、それはそれとして」

ブルーネは懐かしむようにかすかに微笑んだ。

「あたしは下働きをしていた。それと、神殿中の扉の管理をね。おまえももうわかっていると思うけれど、あたしは開閉魔法をもっている。扉があったって、あたしが魔力を使えば、誰も開けられないし、閉められない。神官さんが八つ当たりであたしを殴ったりはできるけど、あたしが命じたら扉一枚だって動かすことができないんだ。……ああ、そら、おかわりをお飲み……こんなふうに誰かにしゃべることができる日がこようとは！　神よ、感謝します！」

杯に酒を注ぎたしてから、ブルーネは自分の額、鼻の頭、喉仏に左の人差し指でふれた。

「二十歳になったかならないかのとき、キエゴーが訪ねてきた。彼は言語学者で幾人もの生徒をとっていると言い、あたしにこれからどうするつもりかと聞いた。あたしは神官さんたちのおまるを洗っている最中で、言われたことがわからなかった。そしたらキエゴーはこう言ったんだ。『これからもずっとおまる洗いをつづけるのか？　十年先も二十年先も？　それとも誰かの嫁になって五人も六人もの子どもを生み、育て、貧困にあえぎながら生きていくのか』ってね。あたしにゃ答えがわからなかったよ。なにせろくな教育もうけていない下働きの娘だ。知っているのはヤヴェン神が盗むな、殺すな、とおおせられていることくらい。そしたら、『もっといい暮らしができる仕事がある』ってやつはのたまった。『寒さも飢えもなく、殴られることも罵られることもなく』ってね」

ブルーネはキエゴーの言葉を吐き捨てるように口にした。そして杯の半分を一口で飲み下した。

「いい暮らし、っていう言葉にあたしは惹かれて、おまるを放り投げたよ。そして何をするのか、何をされるのかろくに聞きもしないでそのままキエゴーにくっついて、この家にやって来た」

残りをあおって、歪めた唇を男のように手の甲でふいた。

「キエゴーは束縛の魔法使いだった。知っていたらのこのこ足を踏み入れたりしないよ。自分で望まない者には大した効き目はないが、あたしのように進んで敷居をまたいだ者にはすごい効力を発揮する。あたしは何にもわからず、やつの質問にはいと答え——幼いときからそうしろ、と教えられていたからね——この家に束縛されたんだ。あいつはアリジゴクみたいなやつだったのさ。巣に誘いこみ、出られなくする。でもやつの狙いは、あたしを食べることじゃなかったよ、幸運なことにね」

皮肉を言って、ブルーネは再び祈りの仕草をした。

「彼の狙いは何だったの？」

「これを食べてごらん。近郊の村から今朝届いたばかりのナツメグの甘煮だよ」

甘さのあとにほろ苦い、はじめて口にした果物を味わいながら、エヤアルはこれはまるで彼女の話にそっくりだと思った。甘み、そして苦み。

「やつは一人の女をさらってきた。恋焦がれていた相手だよ。彼女はやんごとない身分の人妻で、欲情の成就にはさらうしかなかった。彼女をとじこめておくために、あたしの魔力が入り用だったのさ」

「……ずい分、手のこんだ……」

「キエゴーは策略の得意な陰湿なやつだったからね。やつの計画じゃ、女が逃げることをあきらめるまで、あたしに魔法を使わせておくことだった。欲望に乗っとられた男というのは……いやはや、まるでまわりが見えなくなる」

「それで……？　その女の人はどうしたの？」

「彼女は身ごもっていた。きれいな人だったよ。色白で小柄な貴婦人さ。半年もしないうちに娘を生んだ。それがキシヤナだ。キエゴーはまるで自分の本当の娘のようにかわいがったさ。……二つになるくらいまではね。ところがその年、疫病が流行ってね。巷では、水道に毒が入れられたんだ、毒を入れたのはヤヴェン教徒だって噂が広がっていたんだが、そんなわけあるかい。だったら、この家みんなが死んじまっていただろう。奥方ばっかりじゃなく、さ。キエゴーの嘆きと怒りはすさまじかったよ。まるで天をひきずりおろさんばかりにあたりかまわず呪った。やつは家を呪い、死んだ奥方を呪い、血のつながらない娘を呪った。まったくね！　八つ当たりもいいところだ。年月がたつとキエゴーと娘は憎みあうようになり、あたしを束縛する力は永久のものになっちまった」

「なんてこと……」

エヤアルは両手を握りあわせて息を呑んだ。

「キエゴーはキシヤナを邪険に扱い、キシヤナはキエゴーを見かえしてやろうと、勉学にはげんだ。父親をしのぐ学者になれたかどうかはわからないがね、彼女は教師としては一流になった」

「一流の教師」という彼女の見解には賛成しかねるエヤアルは、ただ黙っていた。するとブルーネは首をふって、

「前はそうだったんだよ。鞭なんぞ使わずに、教えるべきことを教えてたのさ。でも、父親が心の臓がいかれて死んじまったあと、あんなふうにねじ曲がっちまった。もともと冷たい娘ではあったけどね。父親そっくりにね」

ブルーネは杯一杯に酒を注いで一気にあおったが、それはキエゴーを追悼するようにも、歪む前のキシヤナをいたむようにもうけとれる仕草だった。

「それで、あなたは？」

「キエゴーが倒れたとき、寝床に運んだのはあたしさ。白目むいてるあいつをゆすぶっ

て、あたしにかけた魔法をとけって迫ったら、まったく憎ったらしいことに、冷や汗だらだらかきながら、『一蓮托生、おまえも家も』って言いやがった。あたしはやつの横っ面ひっぱたいてやったよ。そしたらあいつ、少し正気づいちまってさ、にやって笑いやがった。あたしゃもう、あいつを放りだして行こうってしたさ。そしたらあたしの腕をつかみやがった。それがすさまじい力で、死にものぐるいってのはあれなんだろうね。薬をもってこい、もってきたら魔法をとく方法を教えるってんだ。あの発作にきく薬なんぞ、あたしゃ知らなかったけどね、めぼしい瓶を持って戻ったよ。あいつに渡す前に聞きだしたのが、『自らこの家に入ったものが、おまえを気づかう質問をすれば、その者が〈解放者〉だ』ってさ。ああ、あたしゃ無学な愚か者だけど、その言葉だけは、絶対絶対忘れるまいと思ったね。必死の決意ってのは、大抵のことを確かなものに変えるんだ」

「それで、あたしを〈解放者〉って呼んだの……」

酔いとともに、自由の喜びがブルーネの身体をかけめぐっていくのがわかった。エヤアルはブルーネのたどってきた長い日々を思い描きながら尋ねた。

「どのくらい、待ったの？」

「キエゴーに束縛されてから……三十八年になるよ」

エヤアルは音をたてて息を吸い、まじまじとブルーネを見かえした。ブルーネはうるんだ目をしてうなずいたが、それは酔いのためだけではなかった。

「三十八年」

「ひどい。何てひどい……！　キエゴーは人間じゃないわね！」

三十八年、この家の敷地から一歩も出られなかったのだ。気持ちがおかしくならなかったのが不思議なくらいだ。

「キエゴーが死んでから、百人以上の生徒が来たんでしょ？　誰もあなたに尋ねることをしなかったの？」

「みんな子どもだったしね。キシヤナの鞭におびえる毎日で、それどころじゃなかったのさ。あたしも神を呪い、あの子たちを呪った」

「わたし、魔力をもっていないけれど、これからは絶対、人を呪ったりしないわ」

「それがいい、エヤアル、そうしとくれ」

ブルーネはくすくすと笑いはじめた。

「ああ、でも、明日からあたしは自由だ！　この家から出られる！　ブランティアの町に行くことができる！　もう、世の中のことを野菜売りや御用聞きから聞くだけで満足する日は終わったんだ！」

そう言っているうちにくすくす笑いはだんだん大きくなり、彼女は身体を左右にゆすりはじめた。

「生徒を見張る仕事もなし！　キシヤナの機嫌をとることもない！　あたしは一人で大通りを歩く！」

もう一杯がぶのみしてから、呂律《ろれつ》のあやしくなった口で彼女は尋ねた。

「あたしはあんたに救われた。だから、あんたのために力になりたい。何をしてほしい？　あんた、これからどうする？　扉はひらいてる。その気になりゃ、とっとと出て行ける」

いつでも出て行ける。そうわかると、エヤアルの脳裏に、文字がびっしりと書きこまれた羊皮紙や、縦糸がはられて、模様をおりなす糸が織りこまれるのを待っている織機が浮かんだ。不思議なことに、それらを捨てていくのか、と残念がる自分がいた。

「わたしはここに残るわ」

気がつくとそう答えていた。

「学ぶべきことはここにあるもの。でも、もう、鞭でうたれたりはしない」

ブルーネがみるみるしぼんでしまったのを見て、エヤアルはあわてて両手でうちけす仕草をした。

「ああ、ブルーネ、でもわたし、あなたの助けが必要なの」

「本当に？」

「うん。町を案内して。こんなに大きくてごちゃついた町を歩くには、案内人が必要」

ブルーネは相好を崩した。

「三十八年前と変わっちまったもんは多かろうが。変わらん物も多いがね」

ブルーネは片腕をさしだした。エヤアルも同じことをした。二人は――老婆といっていい女と、小娘と呼ばれる女は――互いの肘の下をぎゅっと握りあって、結束の約束を無言でかわした。そしてその瞬間、エヤアルの毛糸玉に、まっすぐで太い銀の毛がまじり、全体をほのかな光でおおったのだった。

翌日の朝、二人はキシヤナにおこったことをすべて話した。午後、二人はブランティアの町中を歩いた。まず訪れたのは中心街から少し離れた小川のそばの水車小屋だった。麦粉を買って町中のパン屋に焼いてもらうあいだ、露店をぶらつくことにした。人と人とのあいだをすりぬけるようにしながら、エヤアルは自分の織物に加える新しい糸を何色か買い――ブルーネが金を払ってくれた。「あんたが一人前に王様の仕事をするようになって、給金をもらえるようになったらかえしとくれ」――ブルーネは細々とした生活用品を買って、キシヤナの館に届けるように算段した。

言葉も実に種々雑多で、それを叫ぶ人々もさまざまな人種がいた。西から東から、南から北から、人々はこのブランティアへ集まってきて、ブロル語やブラン語、カルナ語、コジナプト語、どこの部族かブルーネもわからない言葉をしゃべり、身につけている衣装も様々だった。膝をむきだしにした女の顔には紫と紺の刺青が施されていた。頭から薄い一枚布をかぶっただけの裸足の老人は、よろめくように歩いていた。人々は彼を認めると、身を退けて道をゆずる。

「イーオエンから来た火炎神教の僧侶だよ。炎のまねをして歩くのさ。ぶつかると火傷するっていわれてんだ」

剣を佩《は》いた傭兵、真紅の衣をまとったコジナプト教の巡礼集団、茶と黒の布を巻きつけた皇帝直属の警邏《けいら》隊、頭をそりあげ、長い首をさらして歩く長身の女たち、あでやかな上着とスカートを身につけ、装身具を鳴らしていく少女たちは化粧も濃い。額にいくつも宝石のついた輪飾りをして輿に乗って進む太った男、その輿をかつぐのは奴隷の首輪をつけた陽に焼けた男たち。赤、青、緑、黄色の刺繡の入った白の上下に、同色の頭飾りや帽子をかぶり、靴にまで刺繡をしたずんぐりした背格好の男女。

漂ってくる香りも混じりあって、鼻の奥が痛くなってくる。乳香、没薬、香木、香草、それから人の手で作りだされたという強い香りに、食物の匂い、調理や薪や炭の匂い、体臭や汚物の臭いがまじりあってむせるようだった。

日暮れ前に館に戻った二人は、届けられた食材で調理をし、キシヤナを「食堂」に呼んだ。父がブルーネにかけた魔法がすっかりとけて、二人ともその気なら彼女を見すてて出ていくことができるのだとわかったキシヤナは、まる一日じっくりと考える時間をもってようやく、二人の提案を受け入れることにしたらしい。夕食の声が三度かかってやっと厨房の隣に二人が勝手にしつらえた「食堂」に渋々と姿をあらわした。

自分より強情ではないらしい、とエヤアルが内心安堵してむかいに座ると、背筋を伸ばして顎をあげたキシヤナは、

「食事の前に確認しておくことがあります」

と言った。

思わず身がまえた二人に、

「今までもブルーネには給金を払ってきたのですから、ブルーネは使用人という立場でわたくしは接することにします。また、エヤアルについては、カロル殿下よりすでに支払いをいただいているので、その分の仕事はさせていただきます。つまり、エヤアルはわたくしを師と仰ぎ、敬意をもって学ぶということです」

敬意というのは強要されて生まれるものでもあるまいに、とエヤアルは思った。反駁《はんばく》の言葉をさがしている一呼吸のあいだに、ブルーネが、

「承知いたしました、お嬢様」

と答えてしまっていた。三十八年間も服従を強いられてきたブルーネには、隷属の心根がしみついてしまっているのだ、と落胆しながら、それでも少しでも彼女の立場をかばおうと口をひらきかけた。エヤアルがしゃべりだすよりも早く、ブルーネの次の言葉が聞こえた。

「お嬢様も明日から、お料理を習ってください。あたしとエヤアルから。それからそうじ洗濯は御自分でなさること」

キシヤナの細い目がわずかに大きくなった。

「あたしはエヤアルの学びが終わったら、エヤアルについてここを出ていきます。後釜をさがすのはお嬢様のお仕事ですからね。まあ、すぐに見つかるとは思いますけどね、

自分で自分の口を満たすのができりゃあ、一番ってもんじゃないですかね。ああ、一緒にお料理してくだされればそれでいいんです。その分のお給金はいりませんよ。お金だけはいっぱいありますから」

それはそうだろう。三十八年分の給金が溜まりっぱなしであれば。やはり自由を得たブルーネは前とは違ったのだ。

キシヤナは彼女の要求を息と一緒に吸いこみ、そして大きく吐きだした。

「わかりました。努力します」

「それからもう一つ」

エヤアルは身をのりだした。キシヤナの冷ややかな視線は、努力するという約束が心からのものではないことを示していた。つい目を伏せたくなるほどだったが、エヤアルは敢えて真っ向から見かえして、ゆっくりと言った。

「鞭はしまってください。あたしたち、鞭なんかなくっても――むしろ鞭なんかない方が、自分のするべきことをきちんとやれます。脅さなくたって、なまけたりしませんから」

卓上のキシヤナの両手が、拳に変わった。歯をくいしばるようにして、彼女は答えた。

「わかりました……努力しましょう」

ほっと力をぬいて身体を背もたれにあずけたとき、キシヤナの呟きが耳に入って、エヤアルは人を変えることはむずかしいのだと、あとでつくづく思いかえしたのだった。

——二人ともずいぶん、偉くなったこと!

エヤアルは午前中にキシヤナの指導をうけ、午後にはブルーネと買いだしに町へ行き、夜はキシヤナの蔵書をむさぼり読むようになった。ときには、世界一といわれるあちこちの図書館にも足を踏み入れた。そのようにして日中町中で見聞きしたことが、書物によって裏打ちされ、書物で頭におさめられた事柄が、町中の事象と重なって厚みを増していった。

〈西通りの市〉には比較的裕福な階層の人々がかようこと、〈北の回廊〉と呼ばれる一区画には大勢の浮浪者や貧しい人々が住んでいること、昨日目にした白亜の四角い建物は行政にたずさわる官僚や大臣と呼ばれる皇帝のお気に入りが出入りしていること、おどろおどろしい怪物を模した銅像の建つ門の奥には、黒い獣を神とする祭殿があること、特別な民族——例えばブルーネの属する民ゴルジュア人——は独自の居住区をもっており、他民族は足を踏み入れることができないこと、など。五感を通じて体感したことを、書物によってふくらませると、それらはすべて胸の毛糸玉に吸収されていく。いまや毛糸玉は丸々と大きくなっていた。——相変わらずからみあってどこが糸口なのか、糸口が見つかってもはたしてほどくことができるのか、心もとない状態であったものの。

いつのまにかブラン語を流暢《りゅうちょう》に話せるようになっていた。ブロル語と音の成りたちが似ていたせいもあるだろう。キシヤナもブルーネも、いつのまにかブラン語に切りかえて話すようになっていた。

難儀したのが書く方で——踊り子が手をつないだように見える一連の文章を読みこなすのはできたが、手がなかなか思ったとおりに書いてくれず、刺繍をするときの焦りといらだちがついてまわった。キシヤナは鞭こそもちださなかったものの、ペンを持った彼女の手を払い、羊皮紙を丸めて踏みつけた。エヤアルはそれに抗議することができなかった。世界を手に入れたかのような全能感がたちまちしぼんで、自己嫌悪にとってかわった。

それでも、針仕事ほど細かい作業ではなかったのが幸いしたのだろうか、あきらめずに努力をつづけていくと、魚も焼けるほどの暑い夏が終わるころには、読めるものは書けるようになっていた。

カロルが半年、と区切った期限が近づいてきた。ブルーネは火炎神殿近くの古い石造りの家の二階を買った。そこは風のよくとおる静かな一区画にあり、一階には隠居したカルナ人会計士が住み、三階には騎士団の会計事務所があった。

エヤアルが騎士団に戻るのであれば、自分も騎士団にゆかりのある場所に住まいするのが何かと都合が良さそうだと、ブルーネは考えたらしかった。

そうしてある日、強い陽射しの中に一陣のひやりとした風が吹いた。

エヤアルとブルーネは、自分の面倒を見られるようになったキシヤナを残して館を出た。二人の後ろには荷車をひく雇いの強力《ごうりき》が従っていた。荷車には、エヤアルが織りあげたタペストリー——「そんな下手なしろもの、わたくしの家においていかないでほしいわ」とキシヤナは目を吊りあげた——と、ブルーネの身の回りの品がつんであった。何着かの服と長櫃一つという、三十八年間の物にしてはひどく少ないものだった。

短く黒い自分たちの影を踏みながら、エヤアルは西の方に視線をむけ、故郷の母とばあばあ様に、必ず帰るとまた誓った。王の命令を遂行したら、必ず戻る。あと一年、いや二年か。そのくらい働けば、王の命令も魔力を失って本当の自由になれるだろう。わたしはムージィの尻をたたき、トリルは吠えたてて丘を駆けめぐるの。待っていて、かあさん。ばあばあ様。男たちもつれて帰る。〈西ノ庄〉がまたにぎやかになるのよ。

勢い良く息を吐くと、エヤアルはカロルの待つ神殿にむかっていった。

10

一年か、二年か、とエヤアルが自分で定めた月日は、あっという間にすぎ去っていった。ブランティアは暮らすのに便利で居心地のいい町だった。銅貨と銀貨さえ持っていれば、大抵の物はまかなえたし、多民族の町ゆえの差別や諍いがあっても大河が氷をおし流していくようにたちまち忘れ去られた。

学びを終えたエヤアルに、カロルは火炎神殿と騎士団にほど近い賃貸の一軒家を与えた。赤い石板葺きの屋根と白漆喰の同じ様相の家々が並ぶうちの一軒で、エヤアルが一人で暮らすには大きかったが、カロルや密偵たちがひそかに集まる場としても利用された。

「いくらそなたの背が高くても、さすがにもう男のなりは無理だろうからな」

と、騎士団を訪れたエヤアルと門の外で会ったカロルはそう告げて、暮らしに困らないだけの銀貨の袋をよこした。それで、エヤアルはようやく、騎士団が女人禁制であることを思いだしたのだ。

赤い屋根の一軒家で、エヤアルはかつて命令されたとおり、ブランティアの町中の様相をこと細かにしたためて、ハルラントに送った。

書簡には青の封蠟が押されて、商人や帰途につく巡礼に身をやつした密偵の手によって運ばれていった。王からの指示は、見知らぬ別の密偵たちが口伝した。皇帝の近衛の数や、都の護りについて、騎士団の組織図やブランティア全体と小路にいたるまでの正確な地図といったものも要求された。それは来たるべき侵略の日にむけての汚れ仕事だった。そうしたことに加担するのが嫌でたまらなかった。その反面で、様々な知識を得ることに喜びを感じている自分をも意識しており、エヤアルの胸の毛糸玉はムージィのようにあっちへ転がり、こっちへ転がり、定まることがなかった。

エヤアルは毎日都を歩きまわった。ブルーネと一緒に買物をしながら、あるいは一人で。ゴルジュア人の居住区の前まで行って、頑丈な木の門が外界を隔てているのを見た。

火炎神殿や海の神の神殿に参り、天を模した大きな円蓋の下で炎をあげている祭壇にぬかずき、うちよせる波と潮の香りに満ちた水に膝までつかりながら海神の巨大な像を仰いだ。

海！

エヤアルはじめて海を見た。ハルラントの空の水色と皇帝の近衛兵の胴着の青と岸辺の木々の緑を織りなした波うつタペストリーだった。そしてそのタペストリーに彩りをそえるのは、三角や四角の帆を掲げた商船や客船、荷物船、はしけや漁船だった。色とりどりの船がぶつかりもせずにすれ違っていく様は、いくら見ていてもあきなかった。海の水は満々と、手をのばせば届くかと思われる対岸とこちら岸とに、むかいあうようにして建つそっくりな砦をへだてていた。砦の基部からは頑丈な桟橋がつき出しており、海峡をとおる漁船以外のすべての船から通行税をまきあげるのだった。一日に銀貨三樽分にもなるそれらの税は、陽が暮れる前に馬車に載せられ、三十人の近衛兵のつき従う中、皇帝の宮殿へと届けられる。日没と同時に通行税は二倍にはねあがる。夜勤の官吏にもやはり三十人の近衛兵が護衛をつとめる。

エヤアルは家で軽く概算してみた。十日で羊百頭の群れを百回分買える金額になった。皇帝はそれだけの財産を使って、上下水道や道路や建物を整備し、近衛兵や官僚を養い、神々の祭殿に寄付しているのだろうと思うと、そのあまりに桁外れな莫大さに、ただただ感服するよりない。通行税だけでこれである。世界の中心と言われる真の意味がようやく理解できたようだった。

その驚きをブルーネに語ると、ブルーネはきょろきょろとあたりを見まわし、それから
「騎士団も同じくらいかそれ以上だよ」

と答えた。その日、二人は町のほぼ中央にある〈茶の市〉に来ていた。香茶や珈琲、他国からの珍しい茶や香草や香辛料を売る店を訪ね歩いて、シカバボというパンに香辛料を効かせたひき肉をはさんだものを食べさせる屋台で一休みしていた。少しはなれた所に、数組の客がいたが、誰もこちらに注意を払っていないと確かめたブルーネは身体を前に傾けて、人差し指をたてた。

「ほれ、うちの上階に騎士団の会計所があるだろ？　毎日あそこに運びこまれて、またすぐ持ちだされるのがさ、何とほとんど金貨の袋さ。日に十人は会計係の騎士さまが出入りするんだがね、目立たぬように気をつけて懐に忍ばせてきたり、胴巻きに巻いて階段を登り下りするんだよ。あの、頑丈そうな男たちが、いかにも重たそうに階段をあがっていくもんだからさ、あたしゃどうしたわけかと聞いたんだ」

「そんなこと、聞いたの？」

エヤアルの声も自然にささやき声になる。シカバボは二人ともすでに平らげてしまっていたが、水滴のついた杯にはまだたっぷりと冷たい薄荷水が残っている。ブランティアには大がかりな氷室があって、近くの山々から冬のあいだに切りだされてきた雪が、

氷になってあるのだそうだ。夏場には庶民もその恩恵をうけて、冷たい飲み物を楽しむことができる。不思議なことに、はじめは驚異であったことも、回数を重ねるごとに当たり前のことになっていく。

ブルーネは喉の奥で笑ってから、立てた指をふった。

「暑い軒下で待っている従者たちがいるだろ？　水と、少しの甘い果物をもってってやって聞きだしたのさ。金貨一袋は銀貨一樽に価する。となれば、おまえさんの言ったことと比べあわせりゃ、そんなもんだろ？」

「どこからそんなお金が入ってくるんだろう」

「お大尽の寄進料だろうね」

「それだけで、そんな金額になるかしら」

ブルーネはにやにやした。

「毎日従者たちにお愛想するとな、自然に気やすく口も軽くなる。特に、自信とうぬぼれをかかえた若い騎士候補はな。甘い果物と甘いおだてだよ。そんでわかったのは、お大尽たちが寄付すんのは金貨だけじゃないってこった。土地や建物なんぞもあるってさ。あとは、騎士たちの実家から。それから騎士さん本人の財産も。世俗のしがらみを絶つために、全財産を火炎神殿に寄進するんだそうだよ。ここブランティアだけじゃない。世界中にちらばった神殿は、そうした財産を貯えているって話だね。あんまり壮大すぎて、あたしにゃよくわからないけどね」

エヤアルはそのことも書簡にしたためてハルラントに送った。それから、封蠟をする前に確認をしにやって来ていたカロルに、騎士団のことを聞いた。それは純粋にエヤアルの好奇心から生まれた問いだった。

「一体、火炎神殿騎士団というのは、王国でもないし、布教の組織でもない、どんな機構になっているのでしょう」

カロルはそのとき、懐に書簡をしのばせた鳥刺しが、エヤアルの一軒家から出て小路に紛れるのを窓から見送っているところだった。彼はゆっくりと卓の方に戻ってきたが、床板はその重々しい一歩一歩にかすかなきしみをあげた。

「王は来春、諸国とはからってブランティアに侵攻する。〈北国連合〉だ。開戦の口実は、『火炎神殿を皇帝の圧政から救い出す』」

エヤアルは目をぱちくりした。さがしあてたと思った物を再び見失ったような気がした。そのあいだにカロルは卓上に切り分けられていない羊皮紙を広げ、エヤアルが使っていたペンをとりあげて何かを書きはじめた。高価な大判の羊皮紙を一枚まるまる使って無造作に組織図を記していく。エヤアルはしばし、組織図よりも羊皮紙が無駄にされることに気をもんだ。彼女の焦りを見てとったのだろうか、カロルはちらりと顔をあげて、

「ケチケチするな。ブランティアの富が手に入るというときに、何の、羊皮紙一枚」とせせら笑った。

「さて、ここに火炎神殿の神官長がおわす。これは、アフランの本殿の神官長のことだ。各神殿の長を神官長と皆呼びならわしているが、そっちの正式名は〈神殿代理長官〉という。まあ、そんなことはどうでもいい。とにかく、この神官長が各神殿と各騎士団をすべて統括する、一番偉いお方だ」

カロルは神官長、とブロル語で書いた隣に、「騎士団総長」と並べた。

「つまりは最高権力者、国で言うなら国王だが、神殿騎士であり、貴族であり——財産はすべて騎士団に捧げるがな——その精神と行為によって高潔と認められた候補の中から互選されるのだ。そして彼の下に、各神殿と各騎士団が仕える」

カロルは神官長の真下にその二つを併記した。そして神殿の下に、神官、僧侶、一般信者、と縦に記して上下関係を明らかにした。

「神官はどこの神殿においても祭祀をとりおこなうことができる。貴族出身に限る。僧侶は平民で、決められた神殿でしか祭祀をおこなえず、神官には服従しなければならない。一方、騎士団は」

騎士団の下に二つに枝分かれした線を描き、左には、

「資産管理と運営部がある。会計だな、平たく言えば」

並列の右には、

「騎士、従者、それから見習い、かつてのそなたぞ、エヤアル」

と縦に記していく。エヤアルはカロルがペン先でつついた「見習い」の文字を凝視して

から呟いた。

「本当に、一番下層ですね」

声をあげてカロルは笑い、ペンを投げだした。

「はっはっは……！　まったく、そのとおり！」

しかしすぐにまじめな顔になり、

「この騎士団は、はじめはアフランにのみあったが、巡礼者が増えるにつれてブランティア、それから火炎神殿のある所すべてに設けられるようになっていった。全世界に、だ」

エヤアルは半分口をあけて、カロルが広げた両腕を見あげた。全世界、というのがアフラン、ブランティア、〈北国連合〉の広がりにとどまらないことを、すでに知識として頭に入れていた。それは〈暁女王国〉や――今となってはなんと懐かしい響き！――〈オブス帝国〉、〈青温海〉や〈緑風海〉に面する南西やさらに南の国々をも含む、大版図である。はるかな昔、炎の鳥が今より頻繁に世界中を飛びまわった。それを崇める神殿が次々に建ち、それらをつなぐ街道ができ、本殿へ参りたい信仰心篤い人々が巡礼となり、その巡礼を護衛する目的で武装集団が形づくられていったのだ。

「どうだ、壮大であろう！」

嘆息をつき、全世界に思いを馳せている彼女を、カロルは次の一言で現実にひき戻した。

「この騎士団からも税をまきあげているのが、ブランティアの皇帝だ。それはそれは、莫大な税収ぞ。そなたが見たという海峡の通行税の二倍を払っている」

その嵩高には追いついていけない。エヤアルは急いで首をふった。

「どっちもどっちです……！　皇帝も、騎士団も……！」

「まあそう言うな。おかげで、わが兄陛下は、ここを攻める口実を見つけられたのだ」

「その口実も、ひどい口実です」

「いいんだよ。どうせ口実、と互いにわかっている。局地的に集まった富は、世界に配分されなければならない。皇帝やその側近たちが、無駄に贅沢な暮らしをする分を、民衆に分け与える。飢える者、物乞いする者、さすらう者、病に冒されている者、そうした者たちが救われる。そのために、われらは戦うのだ」

「来春、とおっしゃいましたね……」

「ブランティアを制圧したら、世界はゆたかになる。冬に麦の残りがいかほどか、心配しなくてもよくなるのだ。わくわくするであろう？」

カロルの赤茶色の目が輝き、エヤアルは思わずそれにひきこまれて頷いた。実際、心の臓の鼓動が強く速くとどろいた。世界中がゆたかになる、というカロルの言葉は確かにそうだった。けれども――けれども、生命はどうなるのだ？　そのために道具として使われる兵士たちの生命は。

――決して無為に滅ぼされていいわけではありません。

森の坊さんオヴィーの声がよみがえってきた。カロルに心を許すな、という忠告も一緒に聞こえてきた。

エヤアルは朗らかに上をむいて笑う神殿騎士を見あげ、どうしようもないほどにその美丈夫さに惹かれると同時に、カロルの中に巣喰う何か――ペリフェ三世とリッカールにもひそんでいる名づけることのできない何か――を見るまいとする自分に気がついていた。気がついてはいたものの、あえてそれを見ようとは思わなかった。見なければやりすごせるだろうという、甘い考えをぼんやりと抱いていた。そしてそれを、大きく後悔することになるのだとは、もちろん予想するべくもなかったのである。


その冬はいつになく暖かく、ブランティアの都はいつにもまして喧騒の地になった。近衛兵の軍団が宮殿広場から大通りを練り歩き、戦の噂を耳にした傭兵たちが大勢流れこんできて、皇帝の詔勅をもらった。城壁が補強され、人々は刺を含む風に、なすべなく右往左往した。

ブランティアが攻められるなど、いまだかつてないことだった。民人はどういうことかもよくわからず、ただ内心では何事もおこるまい、おこっても〈太陽帝国〉がどうにかなるものではないだろう、と楽観していた。

「神殿と騎士団はどうするのですか」

エヤアルが尋ねると、カロルは鼻で笑った。

「どうもしない。傍観するのみ、だ」

「カロル様のお立場は――」

「騎士団に入団した瞬間から、わたしは騎士団のものなのだよ」

としれっとして言ってのけた。

「都は、陥落するでしょうか」

「やってみなければわからん」

それだけはカロルにも読みとれないのだろう、少し機嫌を悪くして唸った。

エヤアルは何度かカロルに思いとどまらせようと説得を試みたが、彼が耳をかすはずもなかった。普段は朗らかで鷹揚《おうよう》な王弟殿下も、侵攻の話題になるとむっとして彼女を追い払うのだった。それでもすがりつこうとするのを、チヤハンとジヨンが二人がかりでおしとどめた。

「殿下を怒らせるな」

「自分の身分をわきまえろっ」

と二人は口を酸っぱくして袖をひき、ささやいた。最後にチヤハンが言った言葉が、結局エヤアルを黙らせた。

「殿下を怒らせると逆効果だぞ、エヤアル。あの方もおまえと似たところがある。障害や反対が多ければ多いほど、挑戦してみようって思われるんだ」

反対すればするほど意固地になる。わたしと似ていると言ったけれど、わたしは人の話は聞こうとするわ。強情なのは認める。でも意固地とは違う。チヤハンの見立てはまちがっている。それでも、逆効果と聞いて直接カロルを説得するのはあきらめた。他に方策はないものかとあれこれ考えをめぐらせているうちに、早や冬が春と入れ替わるときとなっていた。

〈太陽帝国〉の冬はハルラントに比べると短い。土埃をまきあげたからっ風が吹いて、肌がひびわれそうなほど大気が乾燥しているので、身体には寒い感覚が残っていたが、日に日に暖かさが増してきて、朝方に水たまりが凍る日も少なくなっていく。春がそこまで来ているということは、〈北国連合軍〉もブラン山脈の麓まで来ているということだった。

町中を歩くと、噂が耳に入ってくる。敵は五万の大軍だ、いや五千のまちがいだ、魔法兵士がわんさといるそうな、おお上等じゃねぇか、こっちにだって火炎戦士がいるぜ。皇帝陛下は近衛軍団を自ら訓練なさったという話、ブランティアの壁が破られるこたぁねえよ。火炎戦士が火の玉をおっことす、なに、北方のへろへろ魔法兵なんぞメじゃねぇさ。それに最強の近衛軍団。統制もとれて数も多い。何たって、世界の中心のブランティアだ、ろくにお陽さまにあたらねえ青白い連中とは質が違うぜ……。

それでも、市場の露店の数は少し減ったようだった。薬草屋は在庫まで売り尽くし、店を早々とたたんだそうだ。城門から出ていく人々もちらほら見かけるという。

町の人々が言うとおりであればいいとエヤアルは思った。攻めあぐねて、国に帰ってくれれば被害は最小でおさまるだろう。いずれの兵士たちも彼女の父であり大叔父であり、また従兄たちでもあるような気がしていた。なるべく傷ついてほしくなかった。

八方塞がりの気分でブルーネのもとを訪れる途中、大通りを隊列を組んで行進する火炎戦士の一団を目にした。彼らは鎖帷子に薄いシオルをはおっただけのいでたちで、武器も何一つ持っていなかった。ただ鎖帷子も薄いシオルも長靴も漆黒に染めあげられて、異様な空気をあたりにばらまいていた。エヤアルは大通りから急いで小路に入り、そのぴりぴりしておおいかぶさってくるような大気から逃れた。百人はいた、と彼女は駆けだしながら思った。火の玉を落とす戦士が百人。ブランティアは大丈夫のような気がしてきた。

息せききってあらわれたエヤアルに、ブルーネは椅子から腰をうかせながら、

「はじまったのかい？」

と尋ねた。ブルーネの上階の騎士団の事務所は、三日前に本殿の方にひきあげていた。彼らは結局避難したのだ。攻撃されない約定となっている本殿に。つまり町中は危ないと判断したということで、その不安が、さっき火炎戦士を見た安心とせめぎあって、ブルーネの問いにとっさに答えられなかった。

「まだ大丈夫ですよ、おちつきなさいよ」

エヤアルのかわりに、ゴルジュア語でいさめたのは、はじめて会う婦人だった。ブルーネは大きく吐息をつき、音をたてて腰をおろした。エヤアルは息を整えてからゆっく

りと近づいていった。客人はにこやかな笑顔で立ちあがった。ゴルジュア語で挨拶し、ゴルジュア式に中指と薬指で左肩から右肩へと素早い直線をひいた。すると相手の女性も敬意をもって同じ仕草をし、椅子をすすめた。

四十代のその婦人は、一目でヤヴェン教徒とわかる縁なしの円い帽子で髪をおおっている。うなじや額からこぼれた髪は淡い金色をしていた。桃色の肌と青灰色の目に、それはとてもよく合っていて、エヤアルはしばらく見とれていた。

彼女はブルーネに、居住区へ移るようにすすめにきたのだという。

「戦がはじまったら、ここより居住区の方がはるかに安全よ。でもね、あなたのことが心配だと彼女は言うのよ」

「ブルーネ、ぜひそうして。わたしは神殿のそばだから、大丈夫。ブルーネが居住区に避難してくれた方が、わたしも安心していられるわ」

それでも渋るブルーネを二人がかりで説得して、三日後に移ると決まった。ブルーネの去就が決まったところで、エヤアルは溜息をついた。

「どうしても戦になるのかしら。とめる手だてはないのかしら」

婦人がいては、カロルとペリフェ三世の思惑をぺらぺらしゃべるわけにはいかなかった。

「もうクリフまで来ているという話ね」

婦人も肩をおとした。クリフは隣の町である。あと五日もしたら、城壁の下に軍勢が出そろうだろう。それからどのようなことになるか、誰にもわからない。

しばらく沈鬱な黙考がつづいた。やがてブルーネはお茶でも淹れようか、とつぶやいて湯をわかしに立った。と婦人が何かを感じとったようにふと顔をあげて、エヤアルの腰を指さした。

「あなた、そこに何を持っているの？」

そう問われて不思議そうな顔をしたエヤアルに、同じように不思議そうな顔でさらに言った。

「何か、普通でないものを持っているでしょう？　見せてくれないかしら」

まばたきしつつも、懐にしまっていたものを一つ一つ卓上に出してみた。布の財布、手拭き、市場でブルーネが買ってくれた銀の指輪、そして布包み。婦人がすぐさまその包みに指をおいた。

「これは？」

ああ、これは、と口の中でもごもご言いながら包みをひらくと、白銀の木片があらわれた。

「ずっと前に、森の神の神殿でもらったんです。ブラン語で書かれた魔法の文字があって――」

と裏がえすと、踊り子が手をつないだような文字が青灰色の皮肌に黒々とあらわれた。

「ところが、読めないのです。ブラン文字であることは確かなのですが、意味をなさない——ほら、これが『ダー』でこれが『ホン』でしょ？　でも、『ダーホン』もしくは『ダルホン』なんて単語はブラン語にもゲイル語にもないんです」

婦人がその木片の由来を尋ねたので、山を焼いた幼いころからのいきさつから、オヴィーから手わたされたことまでを話した。そのあいだに、ブルーネは茶菓子を出した。

「わたくし、魔法の力はもっていませんけれど、力のあるものを感じることはできますのよ。その森の神官が、『炎の鳥の書いたもの』と言ったことは本当でしょう。だって、とても熱いめくるめくような何かを感じますもの」

話を聞きおえた婦人は真面目な顔でそう断言し、さらに驚くことを言った。

「でもね、それだけではありませんよ。もう一層、別の力を感じます。この木片を護っている別の人の魔力で——」

手の平をかざして目をつぶり、数呼吸してからああ、と思いあたったように声をあげた。それからエヤアルをのぞきこんだその青灰色のとらえどころのない瞳の中に、何やらおもしろいものを見つけた子どもと同じ光が躍っていた。

「ニバーですね」

「ニバー？　何者だい、そいつは。有名な御人なのかい？」

どこかで耳にした名前だった。記憶をさぐると、それは冬眠から無理やりおこされた熊のように愚図りながらのったりとあらわれた。

「アフランの火炎神殿本社《やしろ》の神官長でクシア山の護り手、神殿騎士団の副総長、アフランの予言者。そして他にも魔力をもっているらしい」

ペリフェ王に「世界の宝を封ずる器を持つ王」と予言したことはややこしくなりそうなのではぶいた。

「わたくしも、一度だけ見たことがありますよ。ここブランティアでね、神殿から出られてアフランにお帰りになるとき、遠目にね。遠くからでも、かの人の放射する力がわかりましたわ。魔力ではなく、かの人の生まれもった精神力、生命力のようなものが発散されておりましたの。それと同じ力を感じます」

「生命力……もしかして、彼は再生の魔法も使いますか?」

「そうだとしても、わたくし、驚きませんわね。ニバーには、いろんな伝説がまとわりついておりますもの。まだ存命なのに、伝説、ですのよ。まったくねえ……」

エヤアルの口が半分あきっぱなしになった。こぼれそうになった茶碗をあわててブルーネがひったくっても気づかなかった。

では、彼女が焼いた森と山を再生の魔法で癒したのも、ニバーだったのか。素早く、彼女はときの流れを組みたて直した。ペリフェが即位したときに、〈世界の宝〉の予言をし、その後山野を修復し、数年前に(おそらく修復のときに拾ったであろう)木片をオヴィーに託した、ということか。もしも、彼女が直感で悟ったように、同一人物であれば、のことだが。一本の筋がそこにはとおっていて、何やら彼の行動には運命や炎の鳥とからみあっているようなふしがある。彼はハルラントで一体何を幻視したのだろう。

ペリフェ王の予言にとどまらないもっと大きなうねりがひそんでいるとも思われる。

「これは大切にしまっておきなさい」

婦人のつややかな声で我にかえった。

「いつどのようなことになるかわかりませんが、森の神官オヴィーの直感をわたくしも信じますよ。しっかりしまっておいでなさい」

ブルーネの去就もはっきりしたところで、エヤアルはその場を辞した。玄関の軒下にしばらくたたずんでから、やはり前から気になっていたキシヤナの様子を見にいくことにした。

道々、この戦を避ける方法はないものかと、馬の上であれこれ考えていた。ペリフェ王に直接会いにいくというのはどうだろう。いや、陛下が即位以来の野望をエヤアルごときの説得でひるがえすとは思えない。では、〈太陽帝国〉の皇帝に——会えようはずがない。下級官吏からはじまって、おそらく中間官吏あたりで握りつぶされる。大量の賂《まいない》を要求されて、もしそれを払うことができたとしても、そこで行きどまりだ。騎士団に助力を乞うのは問題外だ。彼等の任務はあくまでも巡礼の保護であって、国同士の紛争解決ではない。八方塞がりだとわかっていても、エヤアルは考えるのをやめなかった。いくら考えてもぐるぐると同じ回廊をはてしなくめぐったままだったけれども。

キシヤナの館に着くと、門はしっかりと閉じられていた。エヤアルは壁をまわりこんで、萌えでたばかりの蔦《つた》が勢いよく蔓《つる》をのばそうとしている破れ目をみつけた。

それ以上踏みこむべきかどうか迷った。一所懸命に努力しているのに、ペンを持った手を払い、羊皮紙をぐしゃぐしゃにして踏みつけたキシヤナがよみがえってきた。頰を打たれたあとのみみずばれは十日ほどで目だたなくなったものの、この冬じゅう、寒気がます日には疼痛もました。

——ずいぶん偉くなったこと。

と嫌味を言った横顔が思いうかぶ。踏みこんだところで、

——余計なお世話です。さっさと帰って自分のことを心配しなさい。

と言われそうだった。傷つくのはたくさんだという思いが強くなった。

——わたくしを何だと思っているのです？　一人で何もできない世間知らずだと？

料理を教えると、さすがにあっというまに覚えて、ブルーネと二人で心から賞讃したときの、高慢ちきな微笑みは鼻についた。エヤアルは唇を横一文字にして、馬首をかえした。一歩動いたとき、胸の毛糸玉がころん、と転がった。目蓋の裏で、火炎があがり、火の粉が金に飛びちった。エヤアルは奥歯をかみしめ、泣きそうになるのをおしとどめた。そして、踏みだした足の方向を変えると、馬をそばの灌木につなぎ、蔦を両手でおしわけ、ひきちぎりながら、石壁をまたいだ。

茂りはじめた雑草をかきわけて、ブルーネの使っていた勝手口から館の中へ入った。台所には蜘蛛の巣がはり、卓や桟の上には埃がうっすらとつもっていた。キシヤナの名を呼んだが、人の気配はない。どこかへ行ってしまったのだ、と思う一方で、あのキシ

ヤナが家を捨てていくなどあろうはずがないとも思った。

エヤアルは名を呼びながら、部屋部屋をのぞきこみ、階段を登ってかつての教室の戸をひらき、手仕事を習った隣の部屋にも頭をつっこんだ。キシヤナはどこにもいなかったが、彼女の財産ともいうべき蔵書は行儀よく棚におさまっていた。さっと目を走らせて、なくなっているものがないのを確かめた。大切な本の一巻二巻を持ちだすことなく、キシヤナが遠出するはずがない。では、あとは、どこをさがすべきか？

唯一残っている場所があった。まさかとは思いながら、エヤアルは地下霊廟におりていった。ブルーネの部屋の窓辺に残されていた夜光草の束がまだ弱々しく光を放っていたので、それをつかんで階段をそろそろとおりた。キシヤナは、一番手前の、彼女の養父だったキエゴーの、ばらばらに砕けた石棺の端に腕をかけ、腕の上に頭をのせて瞑目していた。小さな声で呼びかけても、ぴくりともしないので、嫌な予感とともにそっと肩に手をかけた。筋ばった肩に温もりはなく、最悪の事態を予想して息をつめたとき、ゆっくりと彼女は頭をもちあげた。

エヤアルはほっとしてそばに跪き、顔をのぞきこんだが、一瞬、仮面をかぶっているのかと思ったほどに虚ろな視線が宙空をさまよっていた。嫌悪感がみぞおちのあたりから喉元へと逆流してくるのをこらえ、肩にかけた手でそっとゆすぶった。キシヤナ、先生、お師匠、と呼びかけをくりかえすと、ようやく二つの点にすぎなかった瞳にかすかな光がまたたいた。

「放っといて」

予想どおりの拒絶の言葉が、ひびわれた唇からもれた。

「わたくしなど、どうなってもいいのですから。誰もわたくしのことなど、気にかけない。おまえもブルーネも、わたくしを捨てていった。捨てたままにしておきなさい」

キシヤナは自立したはずではなかったのか。もう大丈夫と思ってこの館を出たのに、どうして自分の道をまっすぐ進んでいかなかったのだろう。エヤアルはしばらく声も失ってただ白い仮面のようなキシヤナの顔を見つめていた。その手をふり払うようにしたキシヤナの手には力がこもっておらず、何日も飲まず喰わずでこうしていたのだろうと想像がつく。彼女の目が閉じ、頭も再び腕の上に落ちようとしたのでエヤアルははっと我にかえり、反対側の肩をもつかんで支え、

「ここを出なければ、キシヤナ」

と励ました。その力強い声も、暗く乾いた霊廟では、たちまち闇と埃に吸いこまれていく。

なおも放っておけ、ここで朽ちるのも本望、と頑固に石棺にしがみつく指を一本一本ひきはがして――何とその指の骨ばってしまって弱々しいこと！――しまいにはエヤアルを切れ切れながらも罵りはじめる。それにもかまわず、肩にかつぐようにして立ちあがらせ、よろめきながらも外へ出る落とし戸への階段を登っていった。

かつてのキシヤナであれば、かついで連れだすことなど無理だったに違いない。だが、

すっかり痩せ衰えて、軽くなってしまったのが幸いして、――それでもエヤアルには麦袋十個分より重いと感じられたが――何とか館の外まで引きずっていくことができた。そうなっても抵抗の意思を示すキシヤナに、内心、自分の強情さを重ねあわせて忸怩たるものを感じながら、何とか馬上におしあげた。つくづく馬で来て良かったと思った。そうでなければ、ここで途方にくれていただろう。

彼女を支えるように自分も騎乗して、跑足《だくあし》で駆けさせる。あたりは日暮れ間近の茶色がかった光に、炊の煙の匂いが漂いはじめていた。自分の宿舎か、ブルーネの家か、といっとき迷ったが、ゴルジュア人の居住区に移るブルーネに任せても困惑するだけだろうと気づいて、結局自分の家までつれ帰ることにした。チヤハンやジヨン、カロル殿下が訪ねてきたら、文句を言われるだろうとはわかっていた。しかし、彼女を見捨てるわけにはいかない。たとえ彼女が自分自身を見捨てようとしているのだとしても。

文句の一つや二つや十や二十、何ということもないではないか、と腹をくくった。すると気持ちが落ち着いて、いつもより人通りのない道をまっすぐにつっきっていった。唇を一文字にひきむすんで、濃くなっていく夕闇の中を迷うことなく進んでいくのだった。

11

その夜、夕食を中断された治療師は、ぶつくさ文句を言いながらもキシヤナを診て、
「どのくらいのあいだ食べていないのかわからんが、体力がすっかりなくなってしまっている。それで気力もおとろえる。まずはやわらかく温かいものを少しずつとるようにしなさい」
と言って、治癒の魔法を使うでもなく、そそくさと戻っていった。

エヤアルはしばらくのあいだ、閉じた扉をながめて立ちつくしていたが、闇が翼を広げていることに気がついて燭台の灯りを増やした。闇は黒い蝶のようにそこここで羽ばたき、隅にわだかまった。

ブランティアで良く食べられている、麦粉を小さな粒状に丸めたクスコスのおかゆを作った。単純な塩味で、余計な香辛料を入れない方がキシヤナの好みだろうと思った。寝台に半身を起こして匙を口元にもっていったが、キシヤナは手で払いのける仕草をした。ただそれだけのことなのに、エヤアルは匙を放りだしたくなった。ぐっとこらえて、猫なで声を出し、もう一度唇にもっていったが、キシヤナは頑として口をひらかなかった。意気消沈して膝の上に椀を戻したとき、キシヤナは首をまわして彼女をじっと凝視

した。何か言ってくれるのかと期待すれば、

「今さら」

と小さく吐き捨てた。

「自分のためなのでしょう」

本音を言いあてられた、と思った。そう、彼女を助けようと思ったのは、自分のため、罪悪感を薄めるためだった。真にキシヤナのことを心配したからではない。かえす言葉が見つからず、エヤアルは小卓をひきよせて、そっと椀をおいた。

「ここにおいておくから、食べたくなったら食べて」

寝室を出て、居間の暖炉の横にすわりこみ、ぼんやりと炎の躍るのをながめていた。胸の毛糸玉があっちへ転がりこっちへ転がりする。最初にあらわれたときの三倍ほどにふくらんだそれは、様々な素材と色の糸が複雑にからみあって、どうしてもほどくことは不可能に思われる。キシヤナを助けなかった方が良かったのだろうか、いやいやそれこそ人道にはずれるというもの、しかし助けようと思ったのが自分のためであったのなら人道もへったくれもないではないか、いやいや、生命を救ったという結果が大切なのであって、誹《そし》られる謂れはないはず。そうなのか？　表面をつくろってさえいればそれでいいのか？　毛糸は一晩中落ちつくことなくさまよっていた。

玄関扉を激しく叩く音で目がさめた。いつの間にかうとうととしていたらしい。エヤ

アルはまだ朦朧と、足取りも不確かなままにかんぬきをあけた。外はまっ暗で、訪問者の持つ松明がまぶしかった。

「すぐに来い。カロル殿下がお待ちだ」

チヤハンだった。その背後に二頭の馬が用意されていた。事態がのみこめず、何事かと尋ねようとしたエヤアルを、上から下までさっと一瞥した彼は、

「長袴だけはいてこい。神殿の屋上にいく。ブランティア攻防を観戦だ。おまえに一部始終記憶させたいとカロル殿下の仰せだ」

戦がはじまるのか、と聞こうとするのをチヤハンはうるさそうにさえぎった。

「そうだ！　夜明けと共に攻撃がはじまる！　早くしろ！」

あと三日は間があるはずではなかったのか、今城壁の外に軍勢が終結しつつあるということは、連合軍は夜間も行軍をつづけてきたということだろうか。めまぐるしく考えながら、エヤアルはチヤハンが言うとおり、スカートの下に長袴をはいた。二年のあいだにまた背がのびたのか、裾はすっかり短くつんつるてんの状態だったが、長靴をはけばわかりはしない。おかしな格好となったエヤアルに、自分のシオルをひきちぎるようにして与えて、チヤハンは騎乗しながら怒鳴った。

「行くぞ！」

キシヤナのことが頭をかすめた。起きあがって一人で何かしようとするのであればそれはそれでいいことだ。寝ているのであれば当分は心配いらないだろう。

火炎神殿の正面から左に、騎士団の建物へまわり、そばの立ち木に馬をつなぎ、せかされるままに階段をあがった。ともすれば頭巾がずりおちそうになるのを片手でおさえながら、二段とばしに屋上へ出ると、騎士たちが胸の高さまである土壁のそばに鈴なりになっていた。一瞬足をとめたエヤアルの袖をチヤハンがぐいぐいとひっぱっていく。角になって街壁の内外を双方ともに見わたすことのできる場所に、カロルとジヨンが待ちかまえていた。

カロルはいつにもまして上機嫌だった。下がり気味の目尻が、より下がっている。広い額の汗が松明にぎらぎら反射していた。彼は主人が従者を一瞥するようにしてかすかにうなずき、自分のそばにエヤアルを立たせた。唇をわずかに動かして、エヤアルにだけ聞こえる声で、

「いよいよだ！　待ちに待っていたこのときを、しっかりその目と耳で記憶しろ。あとでそなたの書いた報告書が、世界の王たるペリフェ大王の誕生の瞬間を語る〈歌い手〉たちの言葉になるだろう。勲をたたえる歌となって、後世いつまでも歌いつがれていくに違いないのだから、しっかり記憶するのだぞ！」

と言った。その語気には紫電がまとわりついているかのようにきな臭く、荒々しいものがひそんでいた。エヤアルは今までこのようなカロルを目にしたことがなくとまどったが、すぐに壁の外の物々しい響きと、壁の上の矢狭間にあらわれたブランティアの戦士たちのそろった動きに気をとられた。

矢が届くぎりぎり手前に、〈北国連合〉の軍が迫ってきていた。それは常であれば茫洋と広がる海の暗い水のように見えただろう。だが、高々とかかげられた松明の灯りは、ざっと数えただけで数百はありそうだった。さだまらない風がときおり、エヤアルのいる所にまでその煙と匂いをはこんでくる。兵数一万、と内心で断じた。

対してブランティアの街壁上に姿をあらわしたのは、百人の火炎戦士たち、ずらりと一列に並んで敵を見おろす。さらにそのうしろに魔法兵士たちと射手、近衛軍団が待機している。こちらは数百人しかいないが、皇帝は残りの数千人ほどをまだ手元においているのだろう。つまりは、今いる人員だけで、敵を退けるにことたりると判断したのだ。長期の籠城に耐えるには、その判断が正しい。もちこたえればもちこたえるだけ、寄せ集めの敵の団結力は弱まっていくにちがいないのだから。

東の空が白んできた。あたりを満たしていた闇が少しずつ青灰色の光にとってかわられていく。やがて最初の曙光が〈陽ノ湾〉の方角から一直線に走ったその瞬間、開戦の合図の喇叭や角笛や太鼓が大地をゆるがした。次いで鬨《とき》の声が響きわたり、松明を捨てた連合軍がじりじりと前進をはじめた。

中央にハルラントの青い王国旗が翻っていた。鉄の大楯をかまえた屈強な歩兵の背後に、青い頭巾をかぶっているのは、魔法兵士だろうか。ハルラント勢の両翼には、スウエッセの三角旗とムメンネの狼章旗、さらにその外側にキアキアやヒッテンといった東方六ケ国の旗。

ブランティアの街壁の上に並んだ火炎戦士たちは、間合いをはかっていた。口の中で呪文を唱え、身体の中にたぎってくる魔力を火の玉に変えて放り投げようと身構えている。

エヤアルは彼等の横顔に、すでに勝ち誇ったような色があることに気がついた。ブランティアが確固たる世界の都となる以前、——それはもう、二十年ほど前の昔だったが——やはりこの都の富と繁栄を求めて、様々な国々が街壁にとりつこうとした。その都度、何の造作もなく敵を退けたのが火炎戦士だったという。エヤアルは図書館の絵巻物にその様子を見たことがあった。火の玉が男たちの手からはなれて敵の頭上にふりそそいでいた。黒煙をあげ、倒れ伏した射手や、炎に包まれて転げまわる騎士たちの図は、極彩色で緻密に描かれ、凄惨きわまりなかった。〈太陽帝国〉の火炎戦士、といえば味方にとっても恐怖の代名詞となった。敵が何百何千とおしよせようと、壁の下までたどりつく前に炎が彼等を焼き払う。その自信と余裕が彼等に見てとれた。

エヤアルはぶるっと震えた。攻め手が炎に焼かれるところなど、見たくもなかった。あの中の一人一人が、誰かの夫であり、父であり、息子であり、孫であろう。無為に殺される場面など、目にしたくなかった。

踵をかえそうとするその腕を、カロルががっしりとつかみ、歯のあいだからうなった。

「ここにいろ」

ふり払おうにもカロルの力は強く、骨も折れそうだったが、エヤアルを思いとどまらせたのは痛みよりもカロルの表情だった。高さのある鼻梁の上で、目が吊り上がり、一点を凝視している。それは何かを見ているわけではなく、全身全霊を傾けて意識を集中させているようだった。赤茶の目の奥では金と黒の光が激しく交差し、唇はひき結ばれ、無精髭の先が細かく震えていた。汗がこめかみに噴きだして、耳のそばをとおって滴った。

エヤアルをつかんだ指にさらに力が入り、必死で懇願してようやく放してもらった。しかし、当の本人はそれさえ気づいていなかった。

と、そのとき、火炎戦士たちの足元に火球が次々とあらわれて、間髪をおかずに飛んでいった。それは炎の鳥の翼からまきちらされる火の粉に似て、弧を描きながら攻め手の頭上に落ちていく。鉄楯が持ち上がって一枚板になり、火球を防ぐかと思った直後に、火球そのものがまるで存在しなかったかのようにかき消えた。神の息吹きを持つ巨人か何かが吹き消したように。しかしそれほどの風は一陣も吹かず、火球はなくなっただけ。

衝撃に身構えていた攻め手側は、一呼吸ののちに素早く体勢をたて直し、雄叫びをあげながら壁の下へと一斉に走りだした。その様子はあたかも、火炎戦士の攻撃など怖るに足りず、と知っているかのようだった。

火炎戦士たちはそのあいだ、何がおきたのかわからずに呆然としていたが、敵の喚声と上官の叱咤に我にかえり、再び火球を作って放り投げた。火の玉はまた流れ星のように落ちていったものの、攻め手の頭上で再び、ふっとかき消えた。エヤアルも身を乗りだし、目を皿のようにした。それは本当に突然、大気の幕に包まれて一瞬で消えたのだ。火炎戦士は互いに顔を見合わせ、慌てて呪文を唱え、なすすべなくただつっ立ち、あるいは腕をふりまわしたりした。さらに幾つかの火球が飛んだ。それらもことごとく音もたてずに消え去っていった。

攻め手の叫びが近づいてきた、と思ったとき、矢音がつづけざまに走った。生まれたばかりの火球を貫いて、さらには火炎戦士の顎を射抜くのが見えた。一人が仲間の名を呼びながら首に矢をうけ、もんどりうって落ちていった。彼らは胸に、腹に、太腿に、次々に貫かれて倒れていった。

火炎戦士団の後ろで待機していた兵士たちのどよめきが聞こえてきた。彼等の上にも矢はイナゴの群れさながらに襲いかかった。壁上にたちまち隙間ができ、その隙間はあっというまに大きくなった。

火炎神殿の屋上でゆったりと観戦気分だった神殿騎士団の面々にも、大きな動揺が走った。よもやこれほど早く、無敵と称された火炎戦士が退けられるとは誰も思わないことだった。

エヤアルの隣でカロルが緊張をゆるめた。大きく息をついて壁から少し身を退いた彼は、びっしょりと汗みずくになり、青ざめて消耗していた。まるで、彼自身が攻め手を護る楯となったかのようだった。そう考えたとたん、エヤアルはそれが真実なのだと直感した。さっきとは逆に、エヤアルの指がカロルの腕にふれた。その腕がまだ小刻みに震えていた。

「……カロル様の魔法が……」

そう言いさした彼女に、かすかに笑いかけて、

「そうだ」

とささやいた。

「わたしのは守護の力、わが兄ペリフェ王を害するものを無力となす」

「王の楯……」

「うまいことを言う。なるほど。王の楯。そうだ」

エヤアルはそっと手をはずした。

「使い方としては反則かもしれぬな。だがこれは戦ぞ、利用できるものは利用する」

破城槌が門を襲う音がとどろいた。次いで、壁の石組みをはずす操石魔法師たちの声高の呪文が風に乗って聞こえてきた。石のぬきとられる虚ろなきしみが地響きを呼びこみ、門が石壁のくびきからはずれ、壁が崩落していくのを感じた。

「さあエヤアル、これからがわれらの勝利ぞ、しっかりと見て記憶するのだ」

カロルが片腕をあげて示した。思わずふりかえると、さっきまで火炎戦士たちがずらりと威容を示していた街壁が瓦礫の山となっていた。一番低くなっている石屑の上に、はやくもハルラント聖王国の旗がよじ登り、乗りこえようとしていた。あとには操風魔法師や射手や操火魔法師がつづき、さらにその後ろに、連合軍がどっとおしよせてきて

いた。その先端がアリの行列か黒い一本の紐かと思われたのもつかの間、あっというまに川となってブランティアの町中になだれこんでいった。

魔法で大気がゆらぎ、射かけあう矢音がスズメ蜂の羽音のようにぶんぶんうなった。大通りの両側で家々の扉が打ち破られ、襲う側の怒号と襲われた側の悲鳴が、剣戟と重なった。塔の一つが窓から火を吹いたかと思うや、屋根の吹きとぶのが見えた。そこから飛びちった火が、あたりの家々に映って、たちまち炎があがり、煙が灰色から黒へと変化していく。川は黒い洪水さながらに、町を埋めていった。各国の旗はいつのまにか見えなくなり、早くも略奪と蹂躙がはじまっていた。

エヤアルは頭を横から殴られたような衝撃をおぼえた。これは彼女の知っている戦よりずっと悪いものだった。城壁をはさんで一進一退、攻防をくりかえし、犠牲者の山が丘や砦につまれていくのが戦のむごさだと思っていたのに、今は城壁が粉微塵となって、戦いが強奪と殺人と陵辱にとってかわろうとしていた。

「カロル様……！　やめさせてください！」

目は町下に釘づけになったままに、彼女は叫んだが、その声も昇ってくる阿鼻叫喚に半ばかき消された。カロルが答えるより前に、屋上の上がり口に出てきた一人の騎士が大音声をあげ、騎士団員は全員神殿前広場に大至急集まるようにと皆に伝えた。男たちは通達がなされるや動きはじめた。それは戦時下の騎士団の敏捷さでおこなわれたのだった。エヤアルは最後尾でカロルに追いつこうと走りながら、町の人々を助けにいくのですね、と期待をこめて尋ねた。ふりむきもせず、階段をおりていくカロルに代わって、ジヨンが肩ごしに怒鳴った。

「馬鹿か、おまえは。火炎神殿を護るんだよっ」

その言葉はエヤアルの眉間にぶつかってはじけた。エヤアルが上がり口に立ちすくんでいるうちに、男たちの足音は石段をおりていき、ついには聞こえなくなった。聞こえるのは町の叫びと家々の燃やされている炎の音ばかり。

今まで仕入れてきた知識が、事実とまぜあわさって、ぼんやりとした形を作った。エヤアルの頭蓋骨の中で、その形は瞬時に明確な形をとった。

「騎士団は巡礼を護るために設立された。だから、戦には中立を保つ」

どちらにも加担せず、それゆえ町が侵略されても手を出すことは禁じられている。そんな、とつぶやいた直後に、ブルーネのことを思いだした。

明日にはゴルジュア人の居住区に移る予定のブルーネだった。だが、今朝はまだ、デルン通りの自分の家にいるはず。

略奪隊は徐々に町の中心部へと近づいているが、まだデルン通りまでには至っていない。何も知らずにようやく起きだしたブルーネが、炉の火をかきたてる姿が脳裏に浮かんだ。

見習い従者としては、カロルに従うべきだった。だがエヤアルは階段をおりきったあと、さっき馬をつないだ立木の所へ走った。二頭がおとなしく待っていた。おそらくチヤハンは、主人の出陣の準備に大わらわなのだろう。チヤハンから借りたシオルを一頭の鞍に預けてから、もう一頭の馬にまたがった。騎士団の館の正面入り口付近がざわめきはじめている。じきに男たちがあらわれる。エヤアルは躊躇することなく馬を駆けさせはじめた。

馬蹄の響きに飛びだしてきた誰かの叫びを後方に吹きとばして、エヤアルは馬首を右にまわし、火炎神殿の正面玄関から一直線につづく広い道を全力疾走させた。両側に満々と水をたたえた池が、すっかり明けそめた空を映して、さざ波一つたてない青い鏡となっていた。並木は新緑も青々と、まるで陶器の置物のようにつづいている。

安寧が奪われていく町中とは別の世界のような静寂を、エヤアルは荒々しい蹄の音で破っていった。自分の家の前をとおったとき、静かなままで扉もしまっていることを横目で確かめた。神殿の領域内といってもいいこのあたりは、最後の最後まで大丈夫だろう。ブルーネをつれてここに戻り、どうしても危なくなったのならキシヤナをもともなって、神殿に避難すればいい。

そのころになってようやく、町中の鐘が鳴りだした。東光教徒のけたたましく高い鐘が最初だった。次いでアイン神殿の鐘、ゴルジュア教徒の鐘につづいて、森の神、山の神の教会の鐘の重々しい音色が重なっていく。これで、まだ眠っていた者も飛びおきるにちがいない。

放射状にのびている幾つもの通りのうちの一つに、エヤアルはつっこんでいった。

人々がわらわらと飛びだしてくるあいだをぬって駆けながら、街壁が破られたこと、火炎戦士が全滅したことを叫んだ。半信半疑の人々も、鐘の音でそれが真実であることを知るだろう。エヤアルはかまわず前進していったが、やがて町の中心部から逃げてきた人々と、家から飛びだしてきた人々で通りはごったがえし、馬を手ばなさざるをえなくなった。彼女が手綱をはなすと、馬は人々の流れとともに後方へとはこばれていってしまった。

彼女はその流れに逆らって進もうと試みたが、隙間を見つけるのも困難となって、押されたり殴られたり罵声を浴びせられたりした。そこここで、悲鳴や子どもの泣き声があがっていた。人々の目つきは追いつめられた鹿の群れと同じ色をしていた。

押されるままに数軒分逆戻りして、とある家の軒下に入りこんだとき、家と家の隙間がほんの少しばかりあいていることに気がついた。ブランティアの地図がぱっと閃いた。路地と路地とのつながりが、デルン通りまで一筋の明るい線となって浮きあがる。おとなの男であれば入れないような路地だが、エヤアルならとおりぬけられる。そうとっさに判断してすべりこんだ。

屋根と屋根のあいだから切れ切れに空が見える。足元は所々に汚物らしきものがわだかまっている。それらが何であるか考えないことにして、エヤアルはデルン通りの方角へと幾度か左折右折をくりかえして近づいていった。

デルン通りにはすでに略奪隊がおしよせてきていた。エヤアルのひそむ目の前を、満身に装身具をつけた背の低いキアキアの兵士たちが、声高に戦果を自慢しながら闊歩していった。誰も彼もが布袋がわりの毛布や緞帳《どんちょう》に、家々から奪った品物をつめこんでかついでいた。その幾人かは、抜き身の剣を持ち、かえり血を浴びた胴鎧を着たままだった。

あたりには煙や血の臭いとともに、狂気の臭いとでもいうべきものが漂っていた。悲鳴や怒号や笑い声や絶叫は、大気のようにあたりまえのものと化していた。

エヤアルは周囲をうかがい、兵士たちが獲物に気をとられた隙をついて通りを横切った。居酒屋の柱の陰から隣家の角へと走る。肌の白いダルタン国の男たちが、さっき殺した夫婦の命乞いの様を大声で真似しながら通りすぎていく。

直後に軒下を走って家と家とのあいだにとびこむ。下水板が鳴った。息を殺して待つこと数呼吸、幸い気づかれなかったらしいと思ってそっと顔を出してみると、十軒ほど先からこちらへむかってくる連中が見えた。その一団は、ぶらぶらと歩きながら、二人三人が目についた家の中へ入っては出るをくりかえしながら近づいてくる。と、彼等の後ろの家の二階の窓から顔を出した一人が、下の仲間を呼んだ。その腕の中でもがいている誰かの長い髪が金色に光った。獲物を自慢したのだろうか、それとももっとあると仲間を誘ったのだろうか。男たちの視線が束の間そちらへ流れた。その瞬間、エヤアルは道にとびだして、ブルーネの家の裏口にするりと入りこんだ。外では笑い声がひびいた。エヤアルは震える手で何とか閂《かんぬき》をかけた。

ブルーネを呼びながら階段をかけあがる。扉を叩いてさらに呼ぶと、やがて内側から戸がひらき、ブルーネが訴えるような目をして見あげ、とたんに腰が砕けてへなへなとすわりこんだ。手をさしのべて支えようとしたとき、玄関の扉に体当たりする音がとどろいた。ブルーネがエヤアルにしがみつき、エヤアルは何とか彼女を室内に入れようとした。

「ブルーネ、立って！　ほら、がんばって立って！」

ブルーネは声も出せない様子で、ただ震えているばかり。開閉魔法の呪文を唱える機転も、恐怖でどこかへ行ってしまったらしい。力づくで彼女をひきずっていきかけたそのとき、玄関の蝶番《ちようつがい》がはじけ、閂が床に落ち、扉がばたんと叩きつけるようにあく音がした。すぐに、階下の部屋を調べる音と、階段をあがってくる足音に分かれる。

エヤアルは泣きそうになるのをぐっとこらえて、踊り場に身体のむきを変えた。その腰にはブルーネがひしとしがみついて、自分自身を護ることさえできそうもなかったが、それでも腰の短剣を引きぬいて身構えた。それはあの春の日に、ノイチゴのかわりにとペリフェ三世が下賜した短剣だった。あのときの土堤の馬の足元にたっていた陽炎《かげろう》を思いだしていた。川のむこう岸の草原の上のさえずりがまざまざとよみがえった。ハルラントの剣術指南の言葉がそのさえずりと重なった。

――戦うことはあきらめるんだな。逃げろ。

兵士たちがかけあがってくる。欲に浮かされた顔つきをしていて、エヤアルを一瞥するとたちまち下卑た笑いが深まった。

相手は三人だった。エヤアルは泣きながら笑った。逃げることも戦うこともできません、と剣術指南に心の中で謝った。道は一つと覚悟を決めた。彼女が死んだら、まさかブルーネを襲うことはないだろうと思った。短剣を顎の下にもちあげた。

先頭の兵士が、まぁて、まて、と片手のひらをのばしてきた。

「お嬢ちゃん、何も死ぬこたねえだろ」

と猫なで声を出した。

「早まっちゃいけねぇ。何にもしやしねぇよ。酷いこたしねぇから、安心しな」

すると背後の二人も、相槌を打った。

「そうだそうだ。約束するぜ。大事にしてやっからよぉ」

「あわてんなよ。おれたちゃやさしいんだ。殺しやしねぇ」

エヤアルはまばたいた。あとの二人の声に聞きおぼえがあった。いや、聞いたことはない、と記憶が否定する。声ではない。抑揚、しゃべり方、舌の動かし方を知っている。先頭の男の陰でにやついている二人の顔は暗がりの中ではっきりとしない。しかしちょっと頭を動かしたその瞬間に見えた耳の形は、

「……オールト？」

ぎょっとして彼女を見直したもう一方の鼻の形と見ひらいた目の色は、

「ズワート……！」

「だ……誰だ?」

「こんな所に、知りあいはいねえはずだ」

「エヤアル。〈西ノ庄〉の、森と山を一つずつ焼いたエヤアルよ。オールトとズワート、仔犬だったトリルを蹴っ飛ばして大叔父コーエンに叱られたまたいとこの二人。いっつも悪さばかりやって、意地悪で乱暴でがさつな二人。でも、徴兵される前の一年は、何とか〈西ノ庄〉を維持しようとがんばっていた二人」

しまらなくなった棚の戸同様に口をあきっぱなしで立ちすくむ二人に、先頭の兵士は、なんだ知りあいかよ、と憮然として手をふり、さっさと三階に別の獲物をさがしにあがっていった。

エヤアルは短剣を革さやにおさめ、ブルーネの隣に膝を折った。

「あの……細っこいエヤアルか?」

「すぐ泣くくせに、やたら強情っぱりのエヤアルか?」

「そうよ、ズワート」

尻を床につけ、ブルーネと抱きあいながら震える声で答えると、

「何で、おまえが、こんなとこにいるんだ?」

二人が同時に同じことを言った。エヤアルは泣き笑いした。

「相変わらず、あんたたちも、双子みたいに、おんなじなのよね」

そのとき、下の階で何かが壊れる音がした。三人はびくりとしてしばらく黙った。す

ぐに兵士たちの笑い声とからかうような怒鳴り声がした。オールトはそれで、現実に立ち戻ってきたかのように、

「ここにいちゃなんねえよ」

と口走った。ズワートもうなずき、あわてて周囲を見まわした。

「ああ、そうだ。ここにいちゃだめだ、エヤアル」

そこでエヤアルはブルーネをなだめながら立ちあがって、袖で目をぬぐった。

「わたし、火炎神殿のそばに家があるの。そこなら多分、大丈夫」

「火炎神殿って、騎士団のあるところか」

「うん、そうよ。カロル殿下にお仕えしているの」

二人は顔を見合わせた。カロル殿下だと？　目と目で言葉にならない会話を交わした。

「そこまで送っていこう」

「またいとこのエヤアルに何かあったら大変だもんな」

どれほど乱暴でがさつで荒々しくても、血筋はやはり血筋のようだった。

二人に指摘されて、エヤアルは手早く身づくろいをした。髪をまとめて頭巾をかぶる。ブルーネは怪我人に見せかけて、彼女のショールやら手ぬぐいやらでぐるぐる巻きにした。さらにシオルをかぶるようにして、正体不明の二人ができあがった。

オールトとズワートにかかえられるように装って階段をおり、外へ出た。デルン通りは問題なくとおりすぎ——兵士たちは皆、略奪に夢中だった。ズワートが、〈北国連

合〉の盟主であらせられるペリフェ王が、ブランティアの城壁を破壊したあかつきには町の略奪を自由に行ってよいと仰せられたのだと説明した。そうでなければ、はるばるとこんな地の果てまで来るやつはいねえよ、と歯をむきだして笑う。

「お宝が好き勝手にいただけるって聞いたから、皆がんばってここまで来たのさ」

エヤアルは一歩一歩必死に進みながら、その言葉を信じまいとした。あの陛下が、そのようなことを許すはずがない、と短剣の柄を握って思いこもうとした。だが、王が羊のように穏やかな態度で、側近や間諜に狼のような命令を下したのを、お側で何度も見聞きしていたではないか、と理性が叫んでいた。今までその叫びは小さくはかないものだったが、道路に横たわる町の人々の亡骸や投げだされた家財道具を目にするにつれて、大きく確固たる叫びになっていた。

デルン通りを右に曲がると、そこは大通りへとつづく別の道だった。兵士たちが町の人々を追いたてていた。それは一かたまりの黒い小山のように見えた。黒い小山はやがて大通りへなだれこんで、さっき騎士団の建物の屋上から見たのとそっくりの洪水になっていた。その洪水は火炎神殿の方向へ流れていた。

オールトは片腕をのばしてエヤアルをおしとどめた。

「もう無理だ。あっちには進めない」

エヤアルはその腕をおしのけて前へ出ようとした。

「家には病人がいるのよ！　お世話になった先生なの」

「だめだ、エヤアル。あの中に一歩入ってみろ、兵士らしくないのがすぐにばれて襲われるぞ。殴り殺されたいか」

喉をひきつらせながらもエヤアルは一歩踏みだそうとした。

「だって、キシヤナが……！」

「火炎神殿のそばにあるんだな？」

うなずきながら、エヤアルは狼の群れよりたちの悪い兵士の群れが、人々を追いたて、剣をひらめかせていくのを見ていた。次々に波にのまれていく男女、血飛沫を浴びて哄笑する兵士。自分が強くなったと勘ちがいしている歩兵たち。

これ以上進めない、とよくわかった。エヤアルは肩をおとした。

「大丈夫だ、おまえがさっき言ったとおり、火炎神殿にはおれたちは手を出さねぇ。禁じられているからな」

顔をあげたエヤアルの目が、訴えかけるようだったのだろう。ズワートが力づけるように頷いた。

「騎士団側とペリフェ王とのあいだで、密約がかわされたって噂だ。ブランティア侵略を認めるかわりに、神殿域内には手を出さねえって」

やはり、そんなことがあったのだ。高見の見物といった雰囲気が屋上にいた騎士団にあった。カロルが眉をしかめて魔法を使っていたとき、誰も近づいてこなかったのには、そうした裏があったのだ。

「おれたちが、おまえの家の様子をみてやるよ。だからおまえたちは逃げろ」

「キシヤナを……カロル殿下の従者に、チヤハンとジヨンという二人がいるの。その二人にキシヤナのことを伝えて」

それしか道は残されていない、とようやくエヤアルも心を決めた。

「わかった。任せろ。チヤハンとジヨン、だな」

エヤアルは二人の腕に自分の手を重ねて別れの挨拶とした。

「お願い……そして気をつけて」

「ああ、おまえもな」

エヤアルは踵をかえし、ブルーネの肘をとった。

「どこに行けばいい、ブルーネ。逃げる、といってもどこに逃げたらいいの」

するとさっきより少し頭がはっきりしてきたのだろう。ブルーネが腰をのばした。あ、と呻き声をあげ、それからくしゃっと顔を歪め、今頃になってあふれてきた涙を手のひらでふいてから言った。

「港だよ、エヤアル」

「港？　海に出るの？」

「町ん中はもう、どこもだめだ。海の上なら、あいつらも追ってこない。海に出れば、あとはどこにでも行けるよ」

いまだ震える声でそう言った。決断は速かった。

「わかった。じゃ、港に行こう」

「こっちだよ。あいつらに見つからないように、近道がある、こっちを行こう」

ブルーネが示したのは、さっきエヤアルがとおってきたのと同じような、家と家の隙間の小路だった。エヤアルの記憶にも、港へと行き着く進路があらわれた。戦果を自慢しながらやってくる兵士たちに気づかれる直前に、二人はその暗がりにもぐりこんだ。目ざとい一人が駆けよってのぞきこんだときには、別の小路に素早く曲がってしまっていた。その男は、暗がりに目を光らせた猫がたたずんでいるのを見て、舌打ちして去っていったのだった。

12

夕陽が行く手の海に沈もうとしていた。エヤアルは甲板の上で、その毒々しい赤い球が姿を消そうとしているのを、目をすがめて一瞥してから艫《とも》の方にふりかえった。

ブランティアの町では、黒々とした煙が南の方に流れていた。もう火花や炎の舌先はあがらなかったが、火事に汚された塔や円蓋が夕陽に赤く染まって、町全体が熱を発しているようだった。建物の多くが傾ぎ、穴があき、あるいは全くの残骸と化していた。

貨物船も今日だけは、人々を乗せてネルス海を横断していく。ネルス海は東の〈陽ノ湾〉と西のヴェリラン海をつなぐ内海で、二日もすればダンタン海峡をぬけられるはずだった。どこへ行き着くかは船長すらわかっていないのではないだろうかと、エヤアルはいぶかしんだ。

都があっという間に蹂躙されて、誰も彼もがあわてふためいていた。何とかたどりついた桟橋には、もりこぼれそうなほどの人々が船に乗ろうとおしよせていた。都には前もって封鎖命令が出ていたので、幸いなことにたくさんの船が係留しており、乗せられるだけ乗せてはとっととこの混沌の場所から逃げだしていくのだった。

二人は桟橋の先の方の、他の船に比べるとそれほど乗客のいない貨物船に近づいて、乗せてもらおうと交渉した。誰彼かまわず乗せてくれる厚意の船ではないと気がついたのは、禿頭《とくとう》に縁なし帽をかぶった船長が、タッゴ帝国特有のなまりのあるブラン語で、やたらに高い対価を要求してきたからだった。それで他よりもすいているのだと悟ったエヤアルは、他の船を見やって躊躇した。ブルーネが自分は一文無しだと嘆いていた。彼女が運賃の安いぎゅうぎゅうづめの船で旅をしたら、どこかへ着く前に病気になってしまうかもしれない。ちょうどそのとき、町の方で何かが崩れる大音響と侵略者たちの怒声が重なって聞こえ、地響きも伝わってきた。あれをひきおこしたのは、わたしが敬愛し、信じていたペリフェ三世だ、そしてわたしも同罪だ。逆らえなかったとはいえ、ブランティアの要所や弱点、ブランティアのすべてを教えたのはわたし。ああ、町で一番高い塔がゆれている。大勢が犠牲になっていく。薫り高い文化も壊されていく。思いをこめて創られた美しい数多くのもの、それらを創り、愛でた人々も瓦礫の下に埋もれていく……。

王は連合軍の他の国王たちと並んで、最後の最後に町に入った、と誰かが言っていた。王は先頭に立って戦いもせず、あらがう者のいなくなった大通りをゆったりと進んでいった、と。

エヤアルはもはや躊躇しなかった。腰の短剣を鞘ごと船長に手わたす。

「十人分の船賃よ。あと八人、お金を払えない人たちを乗せてあげて」

計算高く値切ろうとひらいたその口先に、エヤアルは指をつきつけた。

「このブルーネは開閉魔法を使えるの。その口、ずっとあけっぱなしにしておいてもいいのよ」

船長は渋々彼女の言うとおりにした。短剣は十人どころかその倍をまかなっても釣りが出るほどだと素早く心中で計算するのも怠らなかったようだ。彼らはこうして早々に、混乱の港をあとにしたのだった。

夕陽はしばらく水平線で抵抗して、四方八方に光の腕をのばしていたが、とうとう力尽きたかのように没していった。残照が行く手に心許ない橙色を広げていたものの、それもやがては紫紺となり、闇となっていった。

船は南風を斜めに帆にうけて、ダンタン海峡へとひた走っていく。甲板では、自分は大枚を払ったのだから船室に入ってしかるべきだと喚きちらす女性や、食べ物と飲み物は出ないのかと騒ぐ男もいた。しかしほとんどの人たちは、ぐったりと放心状態で身をよせあっているのだった。

エヤアルはブルーネと並んで艫を背にしてすわりこんでいた。その目には、帆桁の上や横でゆれるカンテラの灯りが映っていたが、実際に彼女が見ているのはおのれの所業だった。たくさんの人の人生を踏みにじった。無数の夢を潰した。子どもたちの未来を断ち切った。そう、わたしはあがなうことのできない罪を犯したのだ。

エヤアルの胸の内では毛糸玉がかたく丸まって、まるで膠《にかわ》におおわれたかのようになっていた。きっとこれは一生固まったままでいる、と思った。わたしはこれを一生かかえていかなければならない。それが自分のなしてしまったことへの贖罪、なさなかったことへの戒めなのだ。

そう思いいたったとき、ふと、大きな疑問を置き去りにしていたことに気がついた。

「……ブルーネ。……どうして皇帝陛下は何もしなかったの？」

答えを期待したわけでもないその弱々しい問いは、呟きにすぎなかったにもかかわらず、周りの人々の耳に届いたらしかった。ブルーネが首をふるのと同時に、闇の中から誰かが答えた。

「あんまり呆気なく火炎戦士がつぶされちまったんで、卒倒したんだってさ」

嘲りを含んだ男の声のあとをついで、怒りを含んだ別の男の声が響いた。

「近衛兵も右往左往してたっていうじゃないか。とんだ近衛もいたもんだぜ」

「皇宮の門は早々に閉ざされたんですよ。あたしゃ、すぐそばに住まいしておりましたからね、ちゃんとこの目で見ましたよ」

「皇帝はまだ無事ってことかい」

と怒れる男がいまいましげに言った。

「それはいいことじゃあ、ありませんか。もしかしたら講和にもちこめるかもしれない」

「にいさん、どこのぼんぼんだ、脳天気な」

「皇帝なんざどうでもいい。ブランティアがかえしてもらえんならね」

初老の女が叫んだ。

「いやいや、皇帝陛下が大切なのです。御大がしっかりしておられれば、ブランティアは再生しますよ」

「へええっ。じゃあ、あたしの亭主も生きかえるんかい？　皇帝陛下にお願いしたら、あたしの家も元どおりになるのかい？」

「皇帝なんざ、賄賂とおべっかにまみれた欲のかたまりだ。襲ってきたやつらと大したちがいはねえよ」

「しかしなあ。あれは青天の霹靂《へきれき》だった。まさか、あんなふうになっちまうとは」

「誰も予想だにしなかったからなあ。二年は応戦できると思ってた。そのうち、敵側があきらめるか、それこそさっき誰かが言ったように講和にもちこむかって、たかをくくってたからなぁ」

「やっぱり皇帝が情けなかったってことでしょ?」

「高い税ばっかりとりやがって、自分は後宮にちぢこまって」

「いやいや、ちぢこまってはいねぇぞ。何たって、あの体格だ。ちぢこまろうにも腹が邪魔でできねえに違いねぇ」

昏《くら》い笑いが広がった。と、エヤアルの隣の隣にいた子どもが、すっと息を吸って今にも立ちあがろうとした。それを素早くそばの男がおさえた。

「いけません」

「だって、ダン!」

「しっ! 口をとじて。御自分を抑えるのです」

エヤアルは耳を疑った。理性は、ありえないと否定したが、一気に高鳴る鼓動と血流は、直感が正しいことを告げていた。

暗闇にじっと目をこらして、子どものさらにむこう隣にすわる男をのぞきこんだ。もう一度口をきいてくれれば、確かめられる。かすれてひびわれて疲れ切った声音でも、一目で恋して直後に失恋した男なら、すぐにわかる。

ブルーネが何やら帯のあたりをごそごそとやって、小袋を一つエヤアルによこした。

「そっちのお子さんにわたしておやり。少しばかりの砂糖菓子だよ。何もないよりましだろう」

エヤアルは身をのりだして、少年に袋を手わたした。

「あっちのブルーネおばさんからよ」

少年は小声で礼を言った。エヤアルはちょっと黙ってから意を決して言った。

「わたしはエヤアル。あなたは？」

「ぼ……ぼくは――」

「マランの息子ウルア」

少年のかわりに隣の男が答えた。ああ、やはり、彼だ。

「官吏のマランが子息をアフランの学校に入学させるため、船に乗せた」

だが闇からきこえてくる口調は、まるで上司の命令書を読んでいるかのようにかた苦しく、素っ気なかった。彼はむろん、わたしを忘れてしまったのだろう、とエヤアルは落胆した。

「わたし、ムメンネの傭兵レヴィルーダンが、アフランまで護衛していくのだ。何はともあれ、お気づかい、ありがとう、エヤアル」

エヤアルはブルーネの隣で座りなおし、静かに息を吐きだした。口元にゆっくりと微笑が広がった。傭兵にしては、言葉づかいがていねいすぎるわよ、と心の中で揶揄した。忘れられてはいないことが伝わってきた。今はそれで満足だった。

彼が神殿騎士であることを伏せたいわけもよくわかった。彼の所属と、このたびブランティアを「見殺しに」した騎士団は異なるものだが、世間はそうは思わないだろう。

坊主は坊主、良いのも悪いのもひっくるめて同じ坊主、ととらえるに決まっている。あの子どもをアフランにつれていくために、偽らざるをえないのだ。町が陥ちるのと同時に留学とは、あの子が幸運だったのか、いやいや、家族の安否によっては幸運とはいえないか。まだ十歳かそこらだ。アフランの学校は知識と知恵と魔法を正しく深く、そして広く教えることで有名ではあるけれども、あのように小さい子をたった一人で送りだすとは、親はいったい何を考えたのだろう。あと二、三年待てなかったのか。ああ、でも、待っていたら彼の生命もなかったに違いない。何が最良の策であったかなど大きなときのうねりの中では、船の下で白くあわだつ波ほどに不確かな愚行に等しい。

ペリフェもカロルも狼だ。わたしは毛並みの良さに憧れ、堂々としたおしだしを崇拝し、芯にあるものを見ようとしなかった。ノイチゴへの御礼をしてくれた彼女の国王はもういない。彼の命令魔法ももう効力を失った。両手を拳ににぎり、歯を喰いしばってそう自分に言いきかせた。

二日の船旅で食事と水が一度だけ出された。乗客は不平不満をもらしたが、船長は、ないものはないのだ、我慢しろ、と怒鳴り、しまいには暴れるやつは海へつき落とすと脅した。砂糖と塩と卵とカラン麦をかたく焼きしめたぶ厚いビスケットは、船乗りの非常食で湿気に強く、小さいながら栄養はたっぷりのはずではあったが、腹のふくれないのが難点だった。エヤアルとブルーネは、それぞれ半分ずつを少年ウルアにゆずった。

少年は折り目正しく礼を言い、育ち盛りらしくあっという間に平らげた。それはちょうど来し方から朝陽が昇ってきたときで、少年の手のひら側で、金色の光が反射した。ほんの一瞬だったが、エヤアルは素早く内側に石をむけた指輪を見てとっていた。それは四角く青い指輪だった。およそ少年には似つかわしくない。大きくてごつい石は瑠璃《るり》であろうか。エヤアルの目蓋には残像として、四つ隅の金の象眼が刻まれていた。エヤアルは頭の中で、その四つの模様を組みあわせた。踊り子が両手を広げているような一個のブラン文字、〈太陽帝国〉の頭文字が浮きあがる。それは、皇帝軍の旗にしるされたのと同じしるしだった。たちまち真実が浮きあがってきた。

巡礼を護るのが騎士団の役目なのに、どうしてレヴィルーダンがこの子の護衛をつとめているのか、推測してみよう。少年が留学を計画していたのは事実だろう。やんごとない身分の少年をアフランに迎える特別措置と考えれば、彼が抜擢されたのもうなずける。準備をしていたときに侵略が成功してしまい、予想外の行動に出なければならなくなった、と、そういうことか。

あらためてのぞき見ると、いかにも育ちの良さそうな子ではある。指輪のはまった指など、荒々しい仕事の一つもしてこなかったことを物語ってすべすべしている。おそらくは王族、それも皇帝にごく近い血筋の。

しかしエヤアルはそれを口に出すことはなかった。船上で騒ぎが起きるとしても、この子が理由で起きてほしくはなかった。彼女が家から皮膚をむかれるようにしてひきはがされたとき、この子よりずっと年長だった。こんなに小さくても、毅然として自分を保とうと、内側の弱さと常に戦っているのがわかる。この子が王族であろうとなかろうと、護ってやらなければならない。

二日後、両側に陸の迫っているダンタン海峡のヴェリラン海にほど近い港町についた。サンヌスの町はブランティアへの入り口であり、アフランと〈太陽帝国〉の中継地点で、灰色壁と素焼き瓦の屋根が橙色にびっしりと海辺から丘へとはりついている大きな町だ。

船の乗客は全員ここでおろされた。船長は、ブランティアでするつもりだった交易をするために、まる一日停泊し、素焼きの壺や瓦や水差し、琥珀や金銀を積んで、アフランの島の入口の町ミラまで行こうと計画していた。

追いたてられて波止場におろされてしまった人々のほとんどは、戦火をまぬがれたことを良しとして、町中に散っていった。何といってもここサンヌスはまだ〈太陽帝国〉の領内、そこから先はアフラン国となる。

しかしダンとウルア、エヤアルとブルーネは、暮れなずんでいく波止場に佇み、篝火に次々と火が焚かれていくのを長いあいだながめていた。

「この町にもゴルジュア人の居住区はあるはず。ブルーネさえよければ送っていくわ」

暗闇にはぜる火の粉の舞いを目で追いながらそうつぶやくと、ブルーネは即座にいいえ、と言った。

「あたしはあんたについていくよ。そう言ったの、忘れたのかい？　で、どこに行くつもりだい」

篝火が、心もとなさそうにダンを見あげるウルアの横顔を照らしだしていた。それを目にしたとたん、また深い悔恨が噴きだしてきて、彼女をゆさぶった。

「……、アフランに行って、炎の鳥に会うつもり」

気がつくと、そう口にしていた。そして、それがとるべき道だと直感した。火の粉が頭の中でもはぜた。ウルアやウルアと同じように故郷を失い、あるいは肉親を失った子どもたちのために、願わなくてはならない。それがどんな願いなのかはまだ漠然として形もなしていないけれど、彼等のためにわたしがなすべきことは、きっとそれなのだ。

聞くともなしに二人の話を横で聞いていたダンが、口をはさんだ。

「きみも何か、願いごとをするのかな？」

その口調には、船上でのよそよそしさはなくなっていた。はじめて川のほとりで会ったとき同様の、親しみやすさがにじみだしていた。エヤアルは自信なさそうにうなずいた。

「そうか。じゃあ、一緒に行こう。きみたちは巡礼だ。わたしには、巡礼を護る義務がある」

神殿騎士の顔で彼はそう言った。エヤアルは感謝のしるしに静かにうなずいて、

「……ただ一つ、問題があるの。わたしたち、無一文でブランティアを出てきたので、厚意で乗せてくれる船をさがさなければ」

「そんな奇特な船はないかなあ」

「でしょうね」

　さてどうしようかとうつむいた。するとダンは、

「あれにはどうやって乗ったんだい？」

とさっきの船を指で示して尋ねた。エヤアルが王から下賜された短剣のいきさつを話すと、彼は顔を輝かせた。

「ウルアと一緒にここで待っていて」

　言うや否や、大股で渡り板をわたり、甲板で大声を出している船長のところへ行った。しばらく船長の声だけが聞こえてきたが、やがてダンが戻ってきた。

「今夜も船の上ですごせるよ。水と食事つきでね。明日の引き潮にのって、アフランに出発だ」

　一体どんな魔法を使ったのか、と冗談まじりに尋ねると、彼はにやりとした。

「王の短剣を見せてもらったよ。極上待遇でぼくら全員をのせて、アフランとここを三回往復するだけの値うちはある、って意見が一致したのさ」

「あれはたしかに値うちものだけど、それほどじゃあ――」

　ダンは片手をあげて彼女を制した。

「今はまだ、ね。でも、ブランティアの総督か首長か、とにかくそんな地位にハルラントの国王が皇帝から任命されれば、十倍の値うちにはねあがるだろう」

「そう……なるの？」

「ぼくらはそう見ている」

ぼくら、というのが神殿騎士団の総意なのか、それともカロルやペリフェ三世とのことなのか、判然としなかった。さあ、船に戻ろう、とうながした彼の腕をおさえて、エヤアルはそれを明らかにしようとした。

「あなたは国王に加担しているの？　それともあくまでもアフランの騎士なの？」

必死の形相のエヤアルに、ダンはしっかりと目を合わせ、真摯な口調で答えた。

「ぼくはカロルとは親友だ。だけど、ハルラントや〈北国連合〉の行為には賛成しかねる。あれは野蛮な暴挙といっていい。それに、ぼくが誓いをたてた相手は彼等じゃなくて、炎の鳥、火炎神に対してだよ」

「ブランティアの騎士団はブランティアを護らなかったわ」

「ブランティアの騎士団にはおっつけ本社《やしろ》から糾弾状が届くだろう。ま、それでどうにか事情が変わるということはないだろうけれどね」

理想をかかげた騎士団も一枚岩ではなく、政治的な思惑がからみあって理想通りには動けない、ということなのか。その政治的な思惑には、常に欲がついてまわる。

エヤアルは嘆息をついてから、いいわ、と言った。

「わたしとブルーネとウルアは火炎本神殿にもうでる巡礼よ。あなたはオクアクシアのレヴィルーダン、神殿騎士様で護衛をしてくださる。そういうことね」

ダンは少し悲しそうなふりをして答えた。

「ぼくの神殿騎士の装いはおいてきてしまったんだよ。この格好では何ともしまらないな。ロイかフランの支局で支給してもらわなければ」

するとブルーネがごそごそと身じろぎし、ふくらんだ衣服の中からしわくちゃになったシオルをとりだした。

「上の階の騎士さんたちがひきあげたときね、おっことしていったのを拾ったんだよ。ないよりましだろ?」

それは確かに、火炎鳥の紋章をあしらった騎士団のシオルだった。

四人はロイの港、アフラン領のフランの町に寄港し、ヴェリラン海の東側をわたってミラの湾内にすべりこんでいく。ミラ湾から下ミラ川をさかのぼって一日、天まで届くかと思われる巨大な灯台に明々と灯がともる夜半に、アフラン島の東端の町ミラの波止場におりたった。夜にもかかわらず、たくさんの交易船が荷降ろしや荷揚げをしていて、ブランティアの市場なみの騒々しさだった。

しっかりした大地を踏みしめたにもかかわらず、エヤアルはまだ足元がゆれているように感じた。おりたった直後に、彼等を出迎えたのは、五人の神殿騎士たちで、余分な四頭の馬をともなっていた。

レヴィルーダンは驚きと喜びのないまざった声をあげ、彼らに近づいていった。幾つかの名を呼んだが、その中に「ニバー殿」と恭しさをまじえた名をエヤアルは聞きとって、はっと疲労に曲がっていた背中をのばした。

ニバー！　ペリフェ王の戴冠式で、予言を叫んだ男！

五人の中で最も背が高く最も痩せぎすな初老の男がニバーだった。銀の髪を短く後ろになでつけ、広い額をあらわにしている。あるかなきかの薄い眉の下に眼窩が深く彫れている。その暗い窪みの中で、何ともいえない瞳が篝火に光った。まるで水面に映る冬の月のように。あるいは丘の端にかかる夜の虹のように。はたまた獰猛な狼の目のようでもあり、老犬トリルの目のようでもあった。

予言者であるがゆえ、彼等の到着を察知し、迎えに出てきたということだろうか。はたして、ダンが身体をひらいて三人を紹介しようとするのを片手で制し、二歩前に進みでた。

「ようこそ、ブランティアの世継ぎの君ウルア殿。アフランの学び舎は広い見聞と深い知識を、そしてまた知識と理性をつなぐということを、学びの過程にて授けるものでありますよ」

ウルアはしどろもどろにそれに対して何か応えていたが、エヤアルはびっくりして二人をただ凝視していた。ウルアが皇太子であるとは。しかしそれより驚いたのは、ニバーの声に聞き覚えがあったからだった。青ブナの幹を連想させる、おだやかで太くやわらかく、しかし芯のあるその声は――。

眉間で炎の鳥の翼が羽ばたき、毛糸玉がちりちりいいながら転がった。

〈西ノ庄〉にふらりとやってきて、焼け跡に芽吹いた青ブナ黒ブナの若木に、成長の魔法をかけて去っていった旅人の声が、ニバーのそれとぴったり重なった。

「ようこそ、ゴルジュアの民ブルーネ殿。ひらくこととじることの力を持たれるあなたには、この先大切なお役目が待っておりますよ。心静かにそのときを待たれるがよろしい」

ブルーネに対しても皇太子に対しても同じ態度で接したニバーは、エヤアルに向きなおった。

「そなたがアフランの大地を踏むこの日を、わたしは何年待ったことか、〈西ノ庄〉スヴォッグの娘エヤアル」

「あなたには翼がおありですの、ニバー様」

エヤアルはニバーの言ったことなど一言も耳に入らなかったかのように、喧嘩ごしの口調で眉間の炎をぶつけた。ニバーは予期していたものとかけはなれた彼女の態度に、ほんの少しのけぞったようだった。これ、副総長に何という口のきき方だ、と頬に傷のある騎士がたしなめるのも聞き流してエヤアルはつづけた。

「ペリフェ王に〈世界の宝〉がどうのこうのと予言なさって、そのあとわたしが焼いた山林を再生してくださって、さらに森の神官オヴィーに炎の鳥の木片を渡された。ハルラントの物陰に潜んでいるかと思えば、アフランにおいでになる。予言と再生の他にも魔力をたくさんおもちだという噂は本当のようですわね」

眉間で羽ばたく怒りの口調は、ニバーほどの身分の人に語るものとしては礼儀にかなった話しぶりとはいえなかった。

ニバーは小娘のこの態度に面食らったものの、すぐに立ちなおったようだった。束の間、森と海と月光の色が深い眼窩の底に光った。しかし彼の表情と声音はそれとは異なり、怒りによってかた苦しく鎧われていた。

「何はともあれ、歓迎しよう、スヴォッグの娘エヤアル。真実は神の前で明かされよう。長旅の疲れが癒されんことを祈る」

そっけなくありきたりの歓迎の言葉を唱えると、ニバーはシオルを翻して船の方へむかっていった。甲板にあがっていくその後ろ姿を追っていると、ダンが腕をひっぱった。

「どうしたんだ、エヤアル。ニバー殿にあんな挑戦的な態度をとるなんて」

エヤアルは両手で眉間をごしごしこすった。まるでそこに宿った怒りがそれでとれるとでもいうかのように。ダンの非難のまなざしには耐えられず、肩をおとして目を伏せた。

「あとで謝罪に行ったほうがいい」

その言葉に、生来の頑固さがむくりと頭をもたげた。気がつくと、返事が先に口から出ていた。

「嫌よ」

「エヤアル……！」

「自分でもなぜ急にあんなふうに感じたか、わからないの」

「だからといって――」

「なぜかはっきりするまでは、嫌」

「そうか。なら、好きにすればいい」

ダンのつき放した言葉はエヤアルを傷つけたが、それでも一歩も退く気はなかった。

再び甲板に視線を戻すと、船長とニバーが小さな商談を成立させたらしく、金袋と何かを交換するのが光と闇の合間に浮かびあがってすぐに消えた。

彼女が山一つ森一つ焼いたあと、ふらりと再生魔法を持った旅人があらわれて、木々の芽吹きを助けた。あのときの旅人の姿は今のニバーとは似ても似つかぬものだったが、声は同じだった。同一人物だとは推測していたものの、対面したとたんにニバーに対する印象が大きく変わった。それで、あのようにとっさに嚙みついたのだ。信用ならない、と直感が告げたのだ。非礼だと言われても、態度をあらためるつもりはない。彼の細く長い指の先で、世の中がかき混ぜられているような気がしたから。さまざまな肩書きをもつ、おそらく世界中で一番強力な魔法を持ったニバーであったが、エヤアルには正体不明の人間に思えてならなかった。

13

ハルラント聖王国国王にして〈北国連合〉盟主ペリフェ三世陛下

陛下におかれましてはこの度のブランティア占領及び〈太陽帝国〉に対します数々の改革着手に御祝を申しあげ、また陛下及び国々のさらなる繁栄を寿ぐものであります。

善なるものにして崇高なる光、悪しきものすべてを焼き尽くす炎の大いなる力を持ちたまえる火炎神の忠実なる僕、われら火炎神殿へ詣でる数多の善良なる民草を護る役目を義務とし喜びとするわが神殿騎士団の本部を代表して、慎んでこの書簡をお送りいたします。

さて、一昨日のことでありますが、わがアフランの東港ミラにブランティアからの避難民を乗せた交易船が到着いたしました。さほど珍しくもないことでありますが、搭乗者四名のうち二名は、はなはだ陛下の関心下にあるべき者と判断いたしましたゆえ、以下におしらせ申しあげます。

一名はかねてよりアフランの都オクアクシアの学校に留学の計画をもたれておりました方、帝王学と一般教養を学ぶことを希望され、またわたくしも強くおすすめしておりましたお方、〈太陽帝国〉皇帝の世継ぎにして第三皇子のウルア殿下であります。留学をおすすめいたしたものの、このような事態と相成り、また事情が変わった次第にて、ご一報いたすのがわが騎士団としての筋であると決断したところであります。

また、もう一方は、おそらく陛下におかれましてはとるに足らぬ存在と思われますでしょう、一人の娘であります。しかし幻視のうえではこの娘、非常に大切な役目を持って生まれ来たる者、此度はそのことも陛下に是非お伝えせねばなるまいと筆をとった次第。

陛下は即位の折、わたくしが王宮にて予言を叫んだことをよもやお忘れではありますまい。「何にもまさる世界の宝、そを封ぜし器持てる王」と申したのです。あの予言によって、ハルラント聖王国は再びの〈暁女王国〉の攻撃を忍ばなければならなかったわけですが、幻視者の視野からの見解を申しあげれば、まさにあの戦で〈器〉が陛下のもとにもたらされたということに相成ります。はっきり申しあげましょう、〈器〉は上記の娘、エヤアル本人のことです。彼女が〈空っぽの者〉であることは陛下もお確かめのはず、されどその魔力が六歳にして山一つ森一つを丸焼けにしたほどの威力を有していたこともお聞き及びのはず。あれより十二年の歳月がたちました。今、もし彼女が炎の鳥神にあいまみえて、かつて失った魔力を取り戻したいと願うとすれば、そしてその彼女を手に入れる王者がいるとすれば、世界の宝はすべてその覇者のものとなるでしょう。

エヤアルはウルア皇太子ともども、ミラの港町に滞在しております。わたくしはなるべく出立をひきのばし、また道中をゆるゆると進むように画策いたす所存、もし陛下がブランティアの世継ぎと世界の宝を得たいとお望みであればお急ぎ下さるのがよろしいかと存じます。

同梱いたしましたのは、娘エヤアルのしるし、陛下が下賜された短剣です。彼女が船賃代わりに船長へわたしたものを買いあげました。

陛下のお望みが成就したあかつきには、火炎神も善なる炎を天高くあげて寿がれることでしょう。神殿と神殿騎士団も、陛下の御助を賜り、世界にならびのない大きな組織となり、あまねくその教えを広げることとなりましょう。

このこと、天地をくつがえす重大事でもあり、くれぐれも余人にお任せなきよう、衷心より勧告申しあげます。

十二日、火炎月、火炎鳥の年
火炎神殿本社《やしろ》 神官長にして
火炎神殿騎士団 副総長
火炎王国アフラン国立オクアクシア大学
及び　附属魔法学校
及び　附属高等教育専門校　学長
火炎神とあまねく世界の僕

ニバー

14

予言者ニバーというからには、謹厳実直の聖人君子のように考えていたエヤアルだが、アフランの道を行くに従って、その像とはかけはなれていることがわかってきた。

最初の対面が互いに好意を交歓するなどというものではなかったがために、二人のあいだを不快な薄布のようなものがへだてていた。ニバーはエヤアルなどいないようにふるまったし、エヤアルも溝をうめる努力をしようとはしなかった。

ダンははじめのうち、エヤアルの態度をあらためさせようとしたが、岩にしがみついたら決して離れないアフラントカゲのような彼女にとうとう肩をすくめてあきらめた。彼を怒らせてしまったとエヤアルは悲しくなったものの、だからといってニバーに対して従順なふりをするつもりはなかった。驚いたことにダンは間もなく何事もなかったかのように、ニバーにもエヤアルにも接した。朗らかに笑い、冗談を言ってウルアを笑わせ、ブルーネを気づかって馬鞍に毛布を敷いてやり、ニバーには恭しく、エヤアルには気さくに用事を言いつけた。

皆で火を囲み、ミラから携えてきた干した鹿肉をあぶり、薄緑色をした果実酒を呑んだ。カラン麦のかたいパンを薄く切ってバターをぬったものを食べた。ニバーはすぐに酔って横になり、ブルーネも疲れたと言って毛布をかぶった。ウルアはじっと炎を見つめていた。

エヤアルとダンは炎をはさんですわっていた。少し離れた所では、幾つか同じように野営する巡礼のまとまりがあり、話し声や笑い声が風に乗って伝わってきた。木立ちの奥からは新緑の香しさが漂ってきて、少し寒いものの、気持ちの良い夜になっていた。

「不愉快な思いをさせて悪かったわ。ニバー様が、わたしの運命をすべて支配しているような感じがしたの。それで――あんなふうな口を……」

エヤアルは素直にわびた。ダンは一呼吸おいてからにっこりした。

「きみの強情さと気の強さは聞いているよ。ペリフェ王にも喰ってかかったと、カロルが言っていた。それがきみなんだろう」

「あなたは――いつまでも怒っていないのね。わたしにはそれが不思議」

「そうだね、それがぼくなんだ」

思わず彼を正面から見あげると、そこには真面目な顔があった。

「きみにはきみの、ぼくにはぼくの生き方がある。その違いをなるべくうけいれるようにしている。それがぼくだ」

頑なな自分と比べると、彼が広げてみせたのは何と寛大な心なのだろう。エヤアルは彼の目の中に深い海を見たような気がした。

「はじめて会ったとき」

とダンは視線を彼女にすえたまま言った。

「きみを男の子だと思った。でもすぐに、きみは周りに頓着しないでしゃべっただろう? びっくりしたよ」

エヤアルは頰を赤くしながら微笑んだ。ダンはつづけた。

「足元のおぼつかない人たちに手をさしのべて、舟からおろしてあげていた。自分の長袴がぬれるのもかまわずに。ぼくはああいうきみが好きだな」

彼はわたしの行為について、人間的に共感したと言っているだけだ、と強いて思いこもうとした。つとめて平静なふりをして薪を足した。喉元までぴょんぴょんはねている心臓を悟られてはいないはずだ、耳まで熱くなったのは炎の映しだと思ってくれるはずだ。

「ニバー様にかみついたことは礼儀にもとるけれど、その率直さは賞讃している。強情なのには閉口するけれど、自分をしっかりもっていて流されないそのゆるぎのなさは、ぼくがお手本にしたいくらいだ」

エヤアルははっと顔をあげた。

「短所は長所に通じる。その逆もまたしかり。だからぼくはすべてを一旦うけいれるのさ」

エヤアルは唇をひきしめた。彼は神殿騎士なのだ。この慕情を悟られてはならない。決して彼の負担になるようなことを言ってはいけない。彼には彼の進むべき道がある。

と、ウルアの視線に気がついた。ウルアは彼女と目が合うと、にっこりした。エヤアルは、何歳も年上のおとなに笑いかけられたような感じがして、どぎまぎした。

先頭に立ったニバーの歩みは巡礼を導く者特有のゆっくりしたものだった。しかも、巡礼のたどる道筋をたどっていた。ミラからまっすぐ西進すれば最短距離であるはずなのに、彼は北の〈導きの灯台〉へとつれていった。それは砦がむきだしになっているミラ台地の頂上にあり、沖合を航行する船はもとより、アフランの大地をさまよう人々の光のしるしでもあり、また、炎に導かれて昇天する魂のしるしでもあるのだった。エヤアルは〈導きの灯台〉を下から見あげて絶句した。遠回りしたことへの不満など、その大きさと圧倒的な高さの前では、足元の小石ほどの価値もなかった。

黒々としたつややかな石でできたそれは、カタツムリの殻のように螺旋を描いてそびえていた。基部の周囲を走ったとしたら、半刻はかかろうか。上へいくに従って細くなっていく。階段は螺旋の殻にそってむきだしになっている。

彼等はニバーのあとについて、階段を登っていった。ミラから出発して三日めの午前中だったが、カモメの鳴き声やタカのすばやく飛びすぎる影をお供にえんえんと登っていき、頂上の焚火台のそばまで行きついたときには昼近くになっていた。

うわあ、とウルアがはじめて子どもらしい声をあげた。茫洋と広がるまっ青な海と空に、彼は両手を広げた。そこに、広さを身体で表現する幼さが見てとれて、エヤアルも思わず破顔した。

「海ってもんは、こんなに広いんですかね」

〈陽ノ海〉やネルス海など、これに比べれば水たまりだった。

「本当に、そうね、ブルーネ。見わたす限り海だわ」

隣に立ったダンが腕をのばして水平線を示した。

「空と海のあいだでかすかに色の違うのがわかるかい？　あれが有名な水壁だよ」

炎の鳥がクシア山から誕生したとき、アフランの島をぐるりと囲んで高さ一ヨンバーの海の水が立ちあがったという。それゆえアフランに至る道は東に空いた小島と小島の海峡と、西の〈人無島〉をまたいでくる道の二ヶ所しかない。

「水壁のまわりにはそれこそすさまじい潮流が発生するんだ。近づいたら一巻の終わりだ」

他国との交流は盛んにおこなわれているが、南の大カルナ帝国やコジナプトといった国々、東のゴルジュア、〈太陽帝国〉、北の国々が、ヴェリラン海の中央に大きく翼を広げた形のアフランを侵略することは不可能なのだ。それゆえアフランはろくな軍隊をもたなくても他国に蹂躙されることなく、交易と巡礼と深い学識と教育をもって繁栄してきた。もっとも、いずこの平和な国でもよくあるように、都オクアクシアは政治的なかけひきや攻防の盛んな騒乱の都だそうな。

「水の壁落ちたるときは炎の鳥墜ちけるときなり」

エヤアルは『アフラン史記』の最終章の最後の一節を唱えた。うん、とダンはうなずいた。

「そのときは世界も終わるだろうね」

春の潮の香りを胸一杯に吸って、灯台をあとにしようとすると、ニバーが、今夜はここで宿泊する、と皆をひきとめた。

エヤアルは陽を仰ぎみた。まだ高処にあってまぶしく輝いている。陽が沈むまでに灯台をおりきって、足元に野営することもできよう。そうすれば、半日の旅程が縮まるというもの。しかしニバーには何か思惑があるのかもしれない。そう考えれば、先へ先へとめざすことも何やら愚かしくなる。

彼女は吐息をついた。

「いいわ。ブルーネ、ウルア、わたしたちも仕事しよう」

夕刻に下から十人ほどの男女が登ってきた。彼等は背負ってきた薪を在庫に足して、古い方を焚台に組みあげた。手慣れた作業は、陽が沈んで間もない残照の空に一番星が瞬く前に終わったが、組みあげられた薪は八角形をなして幾何学的なうつくしさをたたえていた。やがて粗朶木に火が点けられ、その八角形の幾何学模様は炎でできたタペストリーとなって明々と燃えあがった。ニバーが火炎神を讃える祝詞《のりと》を長々と奏上した。すると火勢はさらに大きくなり、水壁の内海を航行する船はおろか、水壁のむこうからもこの灯りを認めることができるほどになった。

エヤアルたちはひとしきり炎の饗宴をめでてから、灯台守たちの邪魔にならない壁際で夕食をしたためた。炎のタペストリーはエヤアルの目蓋の裏にしっかりと刻印され、夢の中でも一晩中、火のはじける音と匂いとちらつく炎が躍っていた。

夜明けに火は下火になり、灯台守たちは灰のかきだし作業をはじめた。一行は咳きこみながら、追い立てられるように頂上をあとにした。

灯台の基部におりたったときにはすでに陽は高くなっていた。ニバーのおつきの騎士たちが厳めしい顔で待っていた。騎士たちは馬で、エヤアルとブルーネとウルアは驢馬《ろば》に乗って、旅を再開した。

ミラ台地をうねうねと曲がりくねっているミラ街道をおりて、ヤカルという町についたのは三日後、ヤカルの温泉でゆっくり一日骨休みをし、海を見たり灌木から飛びだしたキツネを草原で追ったりしながら西進していった。

断崖の下に砕ける波や、強欲なカモメたちが騒ぎたてる岩場を右手に見た。風は暖かく、夏のかすかな香りもはこんできた。進んでいく一行の影は日に日に短くなっていった。白かったウルアの額は胡桃色になり、苦労しらずの指の節にも仕事のあとが刻まれていった。

あと二日ほどでデンの町につくという日の昼すぎ、一行は照りつける陽射しをさけて、広い草原により集まって立つ数本のケヤキの下に憩っていた。地面からもりあがった木の根の下から甲虫が這いだすのをウルアが追いかけていた。その様子は老犬トリルとほとんど変わらなかった。エヤアルはかすかに微笑みながら見守り、ブルーネは木と木のあいだにねそべっていた。厳格なニバーと配下の騎士たちでさえ、襟元をゆるめて幹を背にして足をなげだしていた。大気は暖められた海からの風と山生まれの冷涼な風がからまりあって、不穏な雲を呼ぼうとしていた。しかし彼等の憩う木々の根本ではまだ、気まぐれな熊蜂が来て去っていき、草がやさしくそよいでいた。

大地にかすかな馬蹄の響きをエヤアルが感じとったときにはもう、木立ちの外にダンが駆けだして、一行がたどってきた方向に首をのばしていた。

草原のなだらかな斜面にまだ馬影はなかったが、蹄の轟きはどんどん大きくなってきて、足の下でも感じとれるほどだった。

やがて丈高い草のあいだに緋色がちらついた。騎士だ、と認めた直後には、彼等の姿が道の一つにあらわれた。そう、騎士が一人、従者が二人。丘を駆け下り、一旦見えなくなってしばらくのちに、また別の丘にあらわれる。雲雀《ひばり》が天上で怒りのさえずりをつづけていた。エヤアルは、馬蹄の響きが二種類あることに気がついた。どんどん近づいてくるものと、また遠くに生まれたものと。

騎士と見てとったダンの背中から力がぬけた。ニバーがほほう、あれは、と呟いた。

「珍しい客人がおいでのようだ」

ダンの肩が再びこわばったのは、その客人の面体を認めたからだった。隣でエヤアルも息を呑んだ。

ダンは腕をのばしてウルアをかばうようにした。カロルがこのアフランまで何のために追いかけてきたのか、明白であった。

カロル、チヤハン、ジヨンは顔がはっきり見える所まで近づくと、馬をおりた。カロルは、ハルラントの王の私室で会ったときと同じように埃にまみれていた。朗らかで鷹揚そうな表情は微塵もなく、額も欲望に脂ぎって曹灰長石《ラブラドライト》のようにぎらついていた。

「久しぶりだな、オクアクシアのレヴィルーダン。それに、副総長ニバー殿。方々」

声は力強く朗々として落ちついていたが、エヤアルはその裏に隠されている黒と金の影を聞き取った。

ニバーとそのおつきの者たちは口の中で挨拶をかえした。ダンのみが

「このような所まで、何用であろうか、ハルラントのカロル殿」

と落ちつきはらって答えた。「ハルラントの」を強調したのは、今やブランティアの征服者の片腕であるカロルに対する皮肉だった。

カロルは作り笑いを浮かべながら大股で二歩近づいてきた。そろそろとダンの右手が剣の柄にのびていく。

「〈太陽帝国〉皇帝陛下のお世継ぎをブランティアからつれだしたのがそなただと聞いて追ってきたのだよ。第三皇子だが、皇帝陛下が名ざしで指名されたお方を、都からつれだすとはあまり感心せぬな」

ダンは顎をあげた。

「人聞きの悪いことを仰せになる、カロル殿。皇帝陛下がウルア殿下に一級の教育を、と願われた。わたしはただ殿下の護衛をつとめている。このことはニバー様もご承知のこと。そなたの兄上がブランティアを攻めたのはこちらの都合になかったことだ」

　カロルは一呼吸黙った。

「情勢がかわったのだ、レヴィルーダン。陛下はウルア殿下がブランティアに戻られることを望んでおられる。〈太陽帝国〉までわたしがおつれしようほどに、ウルア様をこれへわたされたい」

「そなたの言う陛下とは、どちらの方のことか。わたしは皇帝陛下から直接任務を仰せつけられた。それは、火炎神殿騎士団も認めている。正規の手つづきをふんだ任務を、投げだすわけにはいかない」

　カロルは柄においていた手をだらりと下げた。身体から力をぬいてくだけた口調で言った。

「なあ、ダン。わたしとおぬしの間柄ぞ。それほどしゃちこばることもあるまい。おのれの将来のことを考えよ。神殿騎士団はわが兄と同盟を結んだ。ここでそなたがウルアをわたせば、そなたの出世は昇る星のごとく、だ」

「ブランティアの騎士団は早々にペリフェ王に膝を屈したと、確かに聞いている。情けないことだ。だが、わたしの所属は本社《やしろ》にある。同盟がどうのこうのは関わりしらぬこと」

「そうでもないぞ」

カロルはにやりとして一歩間合いをつめた。

「わたしたちがどうして追いついたと思う？　それなるニバー副総長殿が書簡を送ってくださったがゆえぞ」

皆が一斉にニバーの方にふりむいた。ニバーはまっすぐに前をむき、表情一つ変えず、身動き一つしなかった。

エヤアルがニバーをなじろうとしたまさにそのとき、カロルが動いた。野生の獣のように素早く、肩からダンに体当たりしようとした。が、さすがに神殿騎士である。ダンは肘を張って押し戻し、同時に剣をぬきはなった。

エヤアルは、ウルアを抱きかかえるようにして退いた。剣がきらりと光り、カロルもとびのいた。二人の足元で踏みつぶされた草の匂いがただよっていた。雲雀のかしましい鳴き声が、近づいてくるもう一団の馬蹄のとどろきと重なった。それはこの暑いのに巡礼頭巾を目深にかぶった大柄な男たちだった。

カロルは両手を広げて戦意がないことを装った。

「おう、おう、レヴィルーダン。そんな危ないものはしまっておけ」

と仲間同士のくだけた口調で笑った。

「何も騎士同士で争うことはない。話しあいといこう」

対するレヴィルーダンは、剣を顔の前でねかせるように構えて、

「ニバー様がどのようなお考えでわれらを売ったのか、それはニバー様の都合だ。わたしはわたしがたてた誓いを貫くのみ」

「そんな小僧っこ一人のために、剣をぬくことはあるまいに」

「お忘れか、カロル殿。カロル殿とて入団の際に、感激とともに命をかけた誓いを口にしたはず。弱き者を護るために生命をかける、と決意したはず」

カロルは肩をすくめた。

「われら兄弟には、はなからそのような誓いなど、銅貨一枚ほどの価値もなかったよ」

ダンはその告白に、実際に殴られたかのように頭をかすかにのけぞらせた。

「何ですと……?!」

カロルは嘲りの笑みをうかべた。

「わたしが入団したのは、ひとえにわがハルラント聖王国のため。わが兄ペリフェが〈世界の宝〉を手に入れるための手段にすぎぬ」

ウルアを抱きしめながら見守っていたエヤアルは、カロルの嘲りがダンにむけられているにもかかわらず、カロル自身を嘲っているように聞こえた。不思議なことだった。カロル自身、本当は神と誓いをあざむいたことを恥じているように感じられた。

「卑劣な……!」

「そなたのようにまっ正直な方が珍しいのだ、ダン。今どきそれほどおめでたい男など、

神殿騎士団にもそうはおらぬよ」

ダンはぎりりと奥歯をかみしめ、衝撃で下がっていた剣を構え直した。

「皆が皆あなた方のようでもない。神が見ておわす」

「おまえのその信仰心も見てくれているといいがな。……なあ、ダン、その子どもをわたせ。そうしたら、おまえは本社《やしろ》の総長にもなれるぞ」

「出世に興味はない」

「おいおい、人の上に立つ望みを持たないなど、嘘にしか聞こえんぞ。男たる者、昇りつめることこそ人生の目的だろうが」

「卑劣な手段で出世して、何の甲斐があろうか」

カロルはこれみよがしに大きな嘆息をついた。と、ちょうどそこへ、遅れてきた騎馬の一団が到着し、男たちがおりたった。カロルは肩越しにちらりとふりかえって再びダンに視線をむけた。

「なあ、それなら、一生遊んで暮らせる富というのはどうだ？　騎士団などうっちゃって、大きな荘園でも買って、かわいい女を奥方にむかえて悠々と暮らせるというのは。おまえをふった彼女より若くてうつくしい貴婦人を妻にして、緑豊かな土地で何の屈託もなく暮らせよう。ほら、ずっと以前に語ったろう？　それがおまえの望みではなかったか？」

「そうだ、そうするがいい、オクアクシアのレヴィルーダン」

遅れてきた一団の中から、聞き覚えのある声がとどろいた。エヤアルはハッと頭をもたげて、進みでてきた男が巡礼頭巾をゆっくりと脱ぐのをみつめた。

「陛下……！」

ダンは彼女の喘ぎを耳にしたのだろう、思わず一歩退いた。ペリフェ三世はカロルの斜めうしろまで無造作に歩みよってきた。

「一生豊かに暮らせるだけの財を与えよう。そなたはそれを喜んでうけとり、ウルアをわれらに引きわたすのだ」

ああ、〈王の声〉だ、とエヤアルは絶望に目をとじた。あの声で命じられれば、傀儡《くぐつ》のように従うことになる。

はたしてダンは、ぐらりと身体を傾けた。再び王が言った。

「剣をしまえ、レヴィルーダン」

ダンの右手がゆっくりと下がっていく。彼は抵抗の唸りをあげた。

「あきらめろ、ダン。兄上の声に逆らえる者はおらぬ」

そうカロルがさとす、その上にかぶせるように、猛獣さながらの咆哮が響いた。叫びきったダンは、胸を広げて大きく息を吸った。彼を支配しようとする王の魔法が、灰色の霧となってまとわりついているのが見えた。それはダンがさらに息を吸うにつれて、彼の身体の中に吸収されていった。最後に彼の顔のまわりで渦を巻き、銀色を閃かせてあらがったのちに、あとかたもなく吸いこまれていった。

ダンは息を吐くのと同時に、退いた一歩を取り戻すべく一歩前へ踏みだし、下がりかけていた剣を持ち直した。

全員が驚きに凍りつき、雲雀さえ歌を歌うのをやめ、あたりを完璧な静けさが支配した。いや、ただ一人だけ、驚いていない人物がいた。ニバーがそっと息を吐き――エヤアルにはなぜか、安堵の息に聞こえた――わずかに身じろぎした。

目眩《めまい》のする頭で、エヤアルは真実を悟った。

予言者。

足元がふらつき、それをウルアが両肩で支えてくれた。糸のように細いが銀のように輝く真実が、天上から一直線にもたらされるのを感じた。

――彼はこの瞬間を待っていたのだわ！　彼はダンが王の魔法を吸収してしまうことを知っていたのだわ！

ニバーの思惑が奈辺にあるのだろうと考える時間はなかった。カロルが剣をぬいてダンに打ちかかったからだ。刃と刃、身体と身体のぶつかりあう音が高く響いた。

まだくらくらしているエヤアルを、ウルアがひっぱって退いた。ニバーもあいだをあけた。彼がくるりと踵をかえしたそのとき、はたして、かすかな笑みが浮かんでいるのが見てとれた。

カロルとダンは二合三合と打ちあった。それは、川辺でじゃれるように戦っていたのとは全く違っていた。二人から発する殺気で、大気も切れんばかりだった。唸りと呻きが喰いしばった歯のあいだからほとばしった。ダンは腕を、カロルは太腿を浅く負傷し汗と血の飛沫が飛んだ。

二人は互いに押しあいをした末に、同時に飛びすさった。じりじりと円を描くようにまわって相手の隙を狙う。思いなおした雲雀が歌を再開したその刹那《せつな》、ダンがカロルの懐にとびこんだ。カロルはかろうじてうけとめ、はねあげる。ダンはとっさにまわって相手の二の太刀をかわし、かえす刀を斜めに切りあげた。それは髪一筋の差でカロルの鼻先をかすめる。のけぞりながらも片足を前に踏みこんだカロルは剣を左から右に払った。それはダンの臍下《せいか》の衣を切り裂いた。ダンは悪態をつきながらも二歩右へまわってとびあがり、両手持ちの剣で切り下げる。

大きく踏みこんでいたカロルは、逃れることはできなかった。ダンの刃がカロルの左肩に喰いこむいやな音がはっきりと聞こえた。しかしほとんど同時に、カロルの戻ってきた刃がダンの脇腹にめりこんだ。

皆がはっと息を呑んだ。ウルアの指がエヤアルの手をぎゅっとつかみ、いつのまにか隣にきたブルーネがかすれた悲鳴を発した。ニバーは彫像のように佇立したまま、ペリフェ王とおつきの者たちは両手に拳をつくったまま仁王立ちになっている。

二人はしばらく睨みあっていたが、獅子のようにうなりつつ、ひとかたまりになって横ざまにどうと倒れた。

二人は一対の獣のように横たわっていた。剣が互いをつなぎとめ、どちらも手をはなそうとはせず、大地に片頬をおしあてたままなおも睨みあう。

ダンの剣はカロルの左肩の骨を砕き、心の臓のあるあたりのすぐ上にまで達していた。カロルの剣はダンの腹部中央にまでのめりこんでいた。戦場《いくさば》を幾度も目にしてきたエヤアルだが、二人の身体から脈をうって噴きだす血の量に立ちすくんだ。

カロルの目が裏がえり、ダンは眉間にしわをよせたまま瞑目した。この傷、この出血の多さでは助からないとわかり、膝が折れそうになった。ニバーが腕を出して彼女を支えた。

彼は二人に目を注いだまま、

「どちらを助けるか」

と冷たい声で聞いた。言われたことが理解できずにいると、

「わたしには再生の魔力がある。そなたはどちらを助けることを選ぶか。そなたの選択のままにしよう」

それは慈悲や哀れみから発した言葉ではなかった。彼の幻視を現実のものにするためだけに用意されていた言葉だった。だが、そんなこと、かまうものか。答えは決まっている。愛しい人を失いたくない。たとえ報われないとわかっていても。

ダンを助けて、と言おうとした。だがまさにそのとき、カロルの裏がえった目が白く迫ってきた。こんな顔をする人ではなかった。はじめて会ったとき、豪快に笑いとばしたあの顔が好きだった。彼の豪胆さ、彼が熱く語った夢、彼の背負っている文化の薫り

高さ、彼の美々しさに惹かれたのはまごうことなき真実だった。女であることにさりげなく気づかってくれたあの旅の日々は、偽りではなかった。そのカロルにエヤアルの一部はしがみついていた。頑固なエヤアル、思いこんだら貫きとおすエヤアルが。彼女を利用し、ブランティア攻撃の片棒を担がせた一人ではあったが、陰謀と野望でおおわれた分厚い皮膚の奥、頭蓋骨のさらに内側では、見果てぬ夢を追い、理想に人生を捧げた率直な男の魂が息づいているはず。

「二人とも助けて」

ニバーの腕にすがるようにして叫んだその言葉は、予知の幻にはなかったことだったのだろう、ニバーは本当に驚いた顔をした。

「二人とも助けて。二人とも！」

「……カロルを助けたら、また同じことのくりかえしになろうぞ」

「二人をこの運命にひきこんだのは、あなたでしょう？　あなたが運命を操ってこうしたのだから、あなたは二人に責任がある！　あとのことなど知ったこっちゃないわよ！」

まだ驚愕からたちなおれずにいるニバーからエヤアルの肩をそっと引いたのはペリフェ王だった。エヤアルはふり払おうとした。だが王の手は有無を言わせない力で、彼女をニバーからひきはがした。

ニバーは数呼吸ほど立ちつくしていた。泣きわめくエヤアルに一度だけふりかえった。さらに数呼吸。それから意を決したように二人のそばにしゃがみこんだ。彼が呪詞をつぶやきはじめると、ペリフェ王がエヤアルの両肩を抱いてさらに退いた。

涙でかすむ視界に、ウルアをかばうようにして立つブルーネの姿が映った。悲嘆の底に落とされてもがいてはいたものの、エヤアルの記憶はめまぐるしく入り乱れた。一歩を歩くあいだの短いあいだに、なすべきことが明らかになった。彼女は叫んだ。

「ブルーネ！　開閉の魔法！　ウルアをケヤキの木に！」

若くないブルーネが意味を悟るのに三呼吸の時間がかかった。ペリフェ王がはっとして、二人のほうに近づいていこうとした。その形相で、ブルーネはやっと理解したらしい。ウルアをせきたてて、ケヤキの方によろめき走っていく。転びそうになりながら、幹に手をあてた。ペリフェ王があと少しで追いつくというとき、ケヤキの幹が縦に裂けた。何をする、と王の叫びを尻目にブルーネとウルアは幹にとびこんだ。のばした王の指先で幹はとじた。王は悪態をついて幹をひとしきりたたいたが、ケヤキはびくともせず、ただそよ風に枝をそよがせているのみ。

エヤアルは根の先の草原に膝を折り、尻をついた。憤怒の王が荒々しく近づいてくる。両目をぎゅっと閉じて覚悟した。引き裂くなり殺すなりどうにでもするがいい。ダンが死にかけている今、あとのことはどうでも良かった。

王は彼女の前にしゃがみこんだ。目の中には吼えたける狂狼が暴れていたものの、彼はそれを強い意思の力で抑えていた。やがてゆっくりと懐からとりだしたのは、ノイチゴの返礼に彼が贈ったあの短剣だった。

彼はそれをエヤアルの手におしこんだ。

「刀というものは断ち切るためにあるものだが、余がこれをそなたに贈ったとき、信頼と感謝でつながった証としたのであった」

何を言おうとしているのかわからないままに、涙目でエヤアルは見かえした。

「そなたにもう一度信頼と感謝を贈ろう。スヴォッグの娘エヤアルよ。忠実と従順なる臣下の鑑として、そなたは炎と水の魔法を再び手に入れるのだ」

王の目の中で狂狼が勝利の雄叫びを長々と歌いあげた。そらぞらしい言葉ではあったが、力ある魔法をみなぎらせてエヤアルの空っぽの魔法空間に金箔のようにはりついた。真実でないもの、嘘、中身をともなわないものであったにもかかわらず、その言葉は絶大な力で彼女を支配した。同時にそれは彼女に痛みをもたらし、痛みは怒りを生み、怒りは恐怖に、恐怖は憎しみへと目まぐるしく変化した。

「今だから明かそうぞ、エヤアル。余ははじめからブランティアなどこの世の宝ではないことを知っておった。ブランティア侵攻は宝を手に入れるための最初の一歩にすぎぬ。世界の宝とはエヤアル、そなたが持つはずであった絶大な滅びの力ぞ。左様、そなたこそが、余に約束された〈世界の器〉。余はそなたの力を使って、この世の帝王となるのだ。ハルラント聖王国は、ムメンネや北方諸国、〈太陽帝国〉、アフランをも飲みこみ、ハルラント神聖大帝国となろう」

そういえば、はじめてまみえたとき、彼女の失われた力に執着を示していた。ああ、そうなのか。あのとき王はかねてからの望みをかなえるための道具が、自分から手中に飛びこんできたと知ったのだ。予言どおりに。最初からわたしは〈器〉、彼の野望を実現させる道具にすぎなかったのだ……。

目尻から涙をしたたらせながら、エヤアルはささやいた。

「あなたを憎むわ。ハルラントのペリフェ」

ペリフェ三世はそれを聞いて、耳まで裂ける笑顔になった。

「もっと早くに憎まれるであろうと思っていたが。〈世界の宝〉を手に入れるまで、ずっと憎んでいるがいい」

この人は悪を怖れておらず、悪をのみこんでその頂点に立とうとしている。彼自身がその混沌であるならば、怖れるものは何もなく、憎むものもないのだろう。その後ニバーはまだ、二人の上に身をかがめ、両手をかざし、呪詞をつづけている。よろめろ姿にありったけの思いを注ぎ、エヤアルは泣きながらも短剣を懐にしまった。よろめきながらも自分の足で立った。歯を喰いしばって踵をかえす。

数歩行ったところで、チヤハンがおいついてきて馬の手綱を無言でわたしてきた。それは、ダンの馬だった。エヤアルはまたがることなく、馬にふらつくのを支えてもらいながら並んで街道に出ていった。

「アフランの鳥に乞うがいい。昔奪った力をかえしてくれと。そのための供物はその馬に積んだ。見事力を手に入れたならば、余の元に帰って来るのだぞ」

渦を巻く熱風が、ペリフェ三世の魔法の声を後ろから、横から、正面から容赦なく叩きつけてくるのだった。

15

巡礼の道はデンの町からまっすぐにクシア山へとつづいている。よく整備された街道で、火炎神教会をかねた宿駅が半日行程に設置されていた。宿駅の周辺には、もう少し上等の宿屋やみやげ物屋やお参り道具を売る雑貨屋や何軒かの酒場がちょっとした町を形成しているのが常だった。

ダンは助かっただろうかとそればかりが気がかりだった。それもあって、道ははかどらなかった。〈王の声〉は進むことを常に命じ、エヤアルはそれに常に逆らった。炎の鳥に魔力をかえしてくれと願って、そのはては、再び〈王の声〉のしもべになるだけだった。それに、あんな魔法はほしくない。二度と森や山を焼くまいと誓った。〈王の声〉に従ったのなら、焼くのはそれだけではすむはずもない。

王の魔力をうちやぶることはできなくとも、ときをひきのばすことはできる。エヤアルは足の遅い巡礼でも一日で歩く距離を、二日かけた。湿気が多くてむし暑いアフランの夏が、頭の上をとおりこしていった。のろのろと進んでいくうちに、絶望が足の裏から這いあがってきて、夏のおわりに近いある日に喉元にまで達し、エヤアルは街道のはたで動けなくなった。ダンの馬が励ますように鼻を寄せてくるのにも気づかず、涙も乾ききってしまった目は、うつろに宙空をさまよっていた。〈王の声〉は先へ行け、とせっつく。絶望が彼女を満たし、命令に従うことも逆らうこともできなくなっていた。

　通りかかった巡礼たちが彼女をダンの馬に乗せて宿駅までつれていった。教会の坊さんや宿の人々の手によって寝床に横たえられ、薬師がやってきた。火炎草と聖ジョンの草を煮だしたものを飲ませ——死にかけている心にきく薬草だ——癒やしの魔法の手技を施した。そのかいあってか、歴青《れきせい》のごとくかたまってしまっていたエヤアルは、ゆっくりと瞬きをし、大きく吐息をついた。

　しかし薬師は首をふった。

「薬も手当ても小さな助けにしかなりません。階段を登る人をあとおしするのが役目、本人にその気がないのであれば、彼女は死ぬでしょう。そうでなくとも回復には長い時間が必要になります。彼女を知っている人に、報せなければなりません」

　そこで人々はエヤアルの荷物を調べたが、身元のわかるものは何一つなく、ただ高価な供物と立派な短剣と得体のしれない木片をもっていたということで、ただの巡礼ではないと意見が一致した。火炎教会は、施薬室の隣に彼女をうつし、行き倒れや不慮の事故にあった者たちとは別に看病することにした。

　毎朝晩、薬湯と麦粥が出され、エヤアルは機械的にそれをのみ下した。「彼女は死ぬでしょう」と薬師が言ったのを、おぼえていた。死んでもいい、と思った。この歴青めいた絶望に自ら身をひたし、息をとめてしまった方がいい。自分の炎で人々が焼け死ぬ様など見たくない。自分の炎で獣たちが逃げまどう様など見たくない。わたしがいなくなればいいのだ。わたしが死ねばいいのだ。薬も食事も拒絶した。何日かしてすっかり気力がなくなると、薬湯を口元にあてられて、無意識にのみ下し、また少し回復すれば拒否する。若く体力のあるエヤアルであったが、それでも、徐々に肉体も衰えていき、秋の中頃には横たわったままでじっと天井をながめているようになっていた。

濃い霧のたちこめたある払暁、エヤアルはうとうとと夢と現実の境目をさまよっていた。この数日はずっとこんな調子で、薬師はもう長くないだろうと坊さんたちにもらしていた。

夢の中のエヤアルは故郷の丘の草原に寝そべっていた。隣に老犬トリルのぬくもりがあった。ムージィが牡羊の荒々しく耳障りな声をあげながら群れを追いまわしていた。あたりは白く霞んでいて、太陽も空も見えず、ただ草の匂いが鼻孔にみちて、エヤアルはほうっと息を吐いた。

トリルが身じろぎして彼女の頬をなめた。

「ぼくと一緒に行く？」

トリルがしゃべったが、彼女は何の不思議も感じなかった。彼女はそのとき十三歳の少女で、何の屈託もなく、うん、とうなずいた。

「ばあばあ様とか母さんとか、おいてっちゃっていい？　ブルーネともさよならなんだよ」

どこへ行くのか、またなぜ行くのか、そんなことは少しも気にならなかった。ただ、遠くへ行って二度と帰ってこないことだけはわかっていた。それでもエヤアルはうん、とうなずき、トリルの背の毛に手をつっこんだ。

トリルは立ちあがって尻尾をふった。

「レヴィルーダンも、おいてくの？」

みぞおちで毛糸玉がよじれ、周囲のかすみもよじれ、はっとしてトリルを見ると、無垢の目の黒さにのみこまれた。

漆黒の夜の中に放りこまれて、エヤアルはぐるぐると回転した。冷たい風が吹きつけてきてとばされ、昏い海の波に流され、稲妻にうたれた。雲がおしよせてきて息をつまらせ、どしゃぶりの雨がたたきつけてくる。叫んだが声は出ず、泣いたが涙もこぼれず、あらがった指のあいだにとどまるものも一つとしてなかった。やがて嵐の渦はおさまっていき、彼女は世界の隅の隅にちぢこまった。

「楽に死ねると思うな、エヤアル」

気がつくと爪先の前にニバーが立っていた。長身の高い視点から彼女を見おろし、氷のように冷ややかに、冬のように厳しく言った。

「生とはそのように軽々しいものではない。そのようにおのれに甘えてどうするのだ」

エヤアルは言いかえす力もなく、口をとじたまままた彼を見あげた。ニバーがどのような策謀をめぐらせて、何を思惑としていたのかなどはすっかりこそげおちていた。ただトリルの無心の目で見あげたのだ。

冷徹で厳格な面長の顔だった。眉間に、口元に、深い皺が刻まれていた。それは、騎士団の副総長としての重責と、本社《やしろ》の神官長としての義務によってすりあわされてできた皺だった。眼窩は心労と激務でおちくぼんでいた。暗いその眼窩の奥では、予言者として数多の幻影をのぞいてきた者の、何やら妖しげな光がまたたいていた。

それまで厳しさの仮面ばかりを目にしてきたエヤアルは、その妖しげな光がさまざまなことを語っていることにはじめて気がついた。妖しげ、と思えた薄幕をはがした後ろには、知恵という月光が宿っていた。洞察という海の滴も散っていたし、危惧、なるいぶし銀の金具もひそやかに輝いていた。希求の星がまたたき、慈愛の陽光は春のそれであり、ときの流れや歴史のうねりを把握すべく見張っているのは鷹《ホルカイ》の目の輝きだった。そうして、そうした光がとりまく中心には、炎の鳥の翼にふれた者のみが得ることのできる黄金の孤高の炎が燃えさかって、使命を果たすべくじっと待っているのだった。

「起きよ、エヤアル。起きて自分のなすことをせよ」

エヤアルはあえぐように息を吸った。それは現世の苦しみを思ってすすり泣きにも似た呼吸だった。

「炎の鳥に会いたいと思ったのは、はじめはそなたの願いではなかったか」

ああ、そんなこともあった。漠然と、これといった決意もないまま、願いももたないままに、まさに〈空っぽの者〉らしく。

ニバーの厳しい口調は変わらなかったが、もうそれはエヤアルを傷つけはしなかった。

「立て、エヤアル。その意固地で強情な尻をもちあげよ」

わたしは強情だけど、意固地じゃないわ。

「ならば、いつまで死にしがみつく。いつまで絶望を呼吸する」

わたしは世界を壊す者になるでしょう。それだったらここで朽ちたほうがずっといい。

「〈世界の宝の器〉が世界を壊す者となるとどうして言いきれるのだ？　そのような物を〈世界の宝〉と呼ぶはずがないと、洞察をはたらかせることはできぬのか？」

だって、そのほかに何があるというのです？　王は炎と水を合わせた魔法で、アフランをも踏みにじるおつもりです。そうして騎士団をも支配下に置き、あの膨大な財産を我が物とするでしょう。わたしには王命を退ける力もなく、ただ彼の言うがままに死を呼び、滅びをもたらす道具と成り果てます。そうなったらわたしの心も世界と同時に殺されるのです。わたし自身の魔法の力で。

「そのようなことのために、わたしが長い年月をかけて布石を打ってきたのではない」

ああ、やはり。やはりニバーは何か目当てがあって暗躍していたのだ。

「聞くが良い、エヤアル」

ニバーの声は心なし、やわらかみを帯びたようだった。

「わたしが生まれたのは百年ほど昔、世界は戦の火におおわれていた。今と同様に。ハルラントは王国にならんと生みの苦しみを味わっていたし、東方では〈太陽帝国〉の権力闘争が飛び火し、北方諸国まで巻きこんだいつはてるともしれない泥沼の争いを繰り広げていた。ゴルジュア国内では三つの宗派による宗教戦争が国内を荒廃させていた。

物心ついたときから幻視の力がそなわっていたわたしは、一生を捧げても戦の世は終わらぬと悟った。そう、エヤアルよ、たった一人の予言者の力など、なんと微々たるものであることか！

しかし一つだけ、かすかに見え隠れする道を見つけた。行き着くことができるかどうかもさだかではない隘路、だが、小さな光にむかうただ一つの道が。その道に至るためには、わが身を供物として炎の鳥に捧げなければならなかった。わたしは決断し、炎の鳥の一部となった。以来、世界を歩き、予言を吐き、大いなる車輪が正しき方向に転がるようにと画策してきた。そのためにそなたが嫌う犠牲もいとわなんだ。

だが、世界中に落としたわが望みの種は、凍土にあって芽吹くことができず、芽吹いても戦火に焼かれるのが常だった。むなしき年月のあと、ペリフェとそなたの幻が訪れた。それは思うがままに力をふるう二人の姿だった。世界は二人の力に支配される帝国となった。しばらくつづいた平和は、二人がこの世を去るとすぐさまほころびた。わずか二十年の平和。そのために犠牲となった生命は数知れず。

だがその幻の隙間には、別の幻がちらついていた。それを垣間見たわたしは思ったのだよ、エヤアル。もしかしたら、わたしが慎重に布石を打っていけば、そなたは正しい選択をするかも知れぬ、と。山一つ森一つを焼いたとき、そなたは幼いながらに瞬時に悔いたであろう？　畏れというものを知ったであろう？　その畏れとわが望みに火炎神は応えてくださり、そなたは魔力をなくした。およそ神々というものがなべてそうであるように、火炎神もまた人を試しに遭わせようとする。われらはその試しを乗り越えて望みを手に入れるのだ。巡礼が長き旅によって成長してはじめて火炎神に会うことができるように。炎の鳥はそなたに幾本もの道筋を示し、そなたはあやまたず正しい選択をしてきた。

そしてそなたは今、〈器〉となってここにいるのだよ、エヤアル。さあ、いい加減、その昏き思いをふりおとすがいい。いま一度選択のときが迫ってきている。そなたは正しき道を見つけるであろう。〈世界の宝〉とは、そなたの願いと同じ、わたしの希求するものと同じ、人々が心の奥底に眠らせてしまったものぞ。起きあがれ、エヤアル。起きて立ち、自らの願いを宝となすがいい」

力強さが、ニバーの声ににじんでいた。彼は——はじめて明らかに明るくやさしげに——ささやいた。

「カロルとダンとどちらを助けるかと問うたな？　それに答えたそなたのあの選択は、わが幻視にはなかったこと。だが、あれぞ真に正しい選択であった。そなたはゆるぎのないものを自ら創りはじめている。……レヴィルーダンは生命をとりとめ、回復してきているよ」

エヤアルははっと息を呑んだ。その刹那に、ルリツバメの歌声が高らかに天空に響きわたり、息を呑んだそのままで、エヤアルは目覚めた。

ひらいた窓の外で、もう一度ルリツバメが鳴きながら飛んでいった。その影が足元から頭頂へと走り、絶望は毛糸玉の糸となってからめとられ、涸れはてたと思った涙があふれだした。

しばらく独り静かに涙にひたると、ようやく気持ちもおちついてきた。一番重い荷は消えることなくあったものの、愛する人の報せが凌駕していた。それは絶望の瀝青の海に、一筋の月光が照り映えたかのようだった。

エヤアルは寝台に半身をおこした。窓から射しこむ明るい晩秋の陽射しは、室内に舞う埃を黄金の粉に変えていた。上掛けの毛布の襞の一つ一つが見事な曲線を描いていた。光にけばだちが浮きあがり、逆に沈みこむ影はより黒々としていた。足元にある古びた小卓や、水差しの輪郭が不思議なほど明確に見えた。壁の石材は全くの直角に交わり、壁と床の境の直線はゆらぐことなく、部屋の隅の素焼きの水壺はなだらかな弧を作っていた。

静けさのむこうで、人々の生業の物音がする。森の木々と陽にあたためられた落葉の香しさの中に、かすかな火の気配、硫黄の臭いもまじっている。身のまわりのものすべてに魔力が満ちていた。ここに、こうした物があり、ここに自分が存在し、ここで世界がひらいており、また、閉じている。そう直感した刹那にひらめいた。

炎の鳥が待っている。

王のためでもなく、誰のためでもない、自分自身のためにわたしは山上に行かねばならない。

エヤアルは毛布をはねのけて床に両足をつけた。とたんに、あれほど確かだった世界が歪み、ねじれた。石のつなぎめがゆれ動き、光が曲がった。何がおきたのかわからないままに、床にころがっていた。寝台から垂れさがっている毛布の端や布団の縫い目からとびだしている藁を見ていると、誰かの足音が駆けてきて、他の者を呼ぶ声が響いた。

エヤアルは寝台に戻され、薬湯をのまされ、薄い粥を食べさせられた。口々に何やら言っていたが、そのどれもが流れていくだけだった。薬湯のせいだろうか、いつのまにか眠ってしまったが、それはここ数十日の眠りと異なり、一つの夢も訪れることのない眠りだった。

目覚めると翌日の朝になっていた。雪花石膏の窓の外では秋の雨が静かにふっている。彼女を起こしたのは香しい焼きたてのパンの匂いだった。薬師がそばにすわって待っていた。わかした山羊のミルクにパンをちぎって少しずつ食べさせた。エヤアルは故郷の草を思いおこしながら、もっとほしいとねだったが、少しずつだといなされた。薬湯をのみ、夢に侵されることなく眠り、目覚めて食べることを何度くりかえしただろうか。

寝台脇に立ち、室内を歩き、十日後にやっと外へ出られるようになった。

秋はまだぐずぐずと居残っていたが、大気は冷たい針となって肌を刺した。みぞれまじりの雨がふったりやんだりしていた。

山育ちの丈夫な素地と若さが手伝って、一旦快方にむかうと、エヤアルはたちまち体力をとり戻した。しかし山では冬の王の裳裾《もすそ》がひるがえり、宿駅から臨むクシア山はふもとまで白銀におおわれてしまっていた。

宿駅の中庭にもうっすらと初雪がつもった朝、それでもエヤアルは出立すると今まで面倒を見てくれた人たちに切りだした。意外にも誰も反対しなかった。真冬であっても巡礼道は炎の鳥によって清められている、と薬師が教えてくれた。楽な旅ではないが、行けるはずだと。教会の坊さんが同意して、山にも宿駅があり、道をはずれることがなければ必ず行きつくとつけ加えた。

「特におまえさんのような強情者であれば、な」

皆が忍び笑いをもらし、エヤアルは赤面してうつむいた。

「厳しい冬のさなかに登った者には、火炎神はことさら情をかけてくださる。信じて行きなされ」

そうしてその日のうちに、エヤアルはダンの馬にまたがったのだった。手をかけさせられた子ほど情が移るのだろうか、宿駅と教会の全員が見送りに出てきた。

ダンの馬は数十日も実りの秋を満喫したらしく少々肥え太っており、エヤアルの声を聞くと、元気よく駆けだした。初雪は蹄の下で煮こごりのように崩れていき、一対の足跡を残した。

坊さんたちが言うほど造作のない旅ではなかった。雪と氷とむきだしの岩と深い森が交互にあらわれては退いていった。なるほど半日行程に宿駅と教会があったが、その多くは寒々とした中に耐えている風情で、建物の中に雪が吹きこんでくるのだった。まる一日吹雪に足どめされた翌朝、簡易寝台から起きあがったとき、羊の毛皮の掛け布団の上に三角錐をなした新雪がつもっていることさえあった。

山道は炎の鳥に「清められ」て、歩きやすいように均《なら》してはあったが、岩と岩のあいだをすりぬけたり、暗くて湿った洞窟や隧道をとおりぬけたり、風吹きすさぶ斜面にはりつくようにして進むのに、楽々という言葉はなかった。日を追うに従って寒さは厳しくなり、森の木々はどんどん背丈を低くしていき、陽光を見る機会も減っていった。

たまに他の巡礼とすれちがったり、宿駅で一緒になったりすることもあった。彼等の大抵が、冬の山歩きになれた狩人や罠猟師や木こりたちだった。エヤアルを追いこしていく山男や、荷運び人たちとも言葉をかわした。ときに自分一人しかいないように感じても、それは錯覚にすぎないのだった。都や町のような喧騒はなくても、山はひそかに人々を抱きとめていた。どれほど険しく、どれほど激しい吹雪が荒れ狂っても、宿駅には明々と灯が焚かれ、人々の営みを讃えていた。――神を讃えるのと同じように。そうしたことに思いいたったのは、小さな教会の祭壇におどる火影を見つめているときだった。火はねじれる。噴きあがる。背のびしたかと思うと、ちぢこまって小犬のように薪の上を遊ぶ。人は火炎神を寿いで祭壇を設けるのだが、その祭壇の中で耳に聞こえない歌を歌う炎は、人々一人ひとりの生き様を讃えていた。

さらに登るにつれてあたりはすっかり深い雪に埋もれ、どれが木々でどれが岩やら判然としなくなった。エヤアルはその晩泊った宿坊に、ダンの馬を預けた。ここから上は人間しか進めないと言われたのだ。坊さん二人が馬のめんどうを見てくれるとうけあった。訪う人もそう多くない冬の日々、獣のかもしだすなごやかさは大歓迎だと言って。それからは荷物を背負っての一人道中だった。

冬の王に挑むがごとく、一歩一歩山道を踏破していくうちに、また、半日ごとに訪れる教会の炎を目にしていくうちに、下界でまとわりついていた様々なものが足跡とともに一つ一つ落ちていく。高処へ高処へと近づけば近づくほど、余計なものが岩屑さながらに落下していく。

エヤアルはときおり、足をとめて遮るもののなくなった空を見あげる。空は白く、地上と区別がつかない。来し方を見ようとふりかえる。足元に広がる景色も白一色、静寂と無の中に自分だけが一本の芯のように立っている。

また歩きだす。この高さでは、タカでさえ滅多に飛ばない。だが、雪のやみまに残されたキツネやウサギの足跡を見ることがあった。

風は脅すように吠え、一旦つもった雪がまいあがる。雪煙にまかれて立往生したときは、生きた心地もしなかった。――あれほど死にたいと思っていたのに。

最後の宿駅では四日間、嵐がすぎ去るのを待った。四日めの夜、エヤアルは宿坊の小さな個室で、ちびた蠟燭の灯りの下に、あの木片をそっと広げた。隙間風にゆらめく灯は、さだかでない文字を浮きあがらせた。踊り子が手をつないでいるようなブラン文字は、相変わらず意味をなさない文字の羅列にすぎなかった。細部をもっと良くみようとして灯に近づけた。それがいけなかったのだろうか、炎の先端がリスさながらに木片の端に跳びうつった。おどろいて手をはなすと、木片はくるくると空中でまわって炎の色に輝いた。木片そのものは消滅したが、空中に踊り子のような黄金色の文字がうかびあがった。それらは別の文字と手をつなぎ、またはなれることを何度かくりかえした。ちょうど踊り子が踊るように。その舞踏はずいぶん長くつづいた。やがて不意に甘い香りがあたりに漂った。エヤアルは、故郷の丘に群れて咲くシロツメクサを思い、シロツメクサの手ざわりと色に似た羊達の背中を思った。その刹那、それらは正しい順序で並んで、一連のルリツバメの歌となり、彼女の目の中にとびこんできた。

すべての大地に悲しみと慟哭満ちて
わが胸を引き裂かん
われあまねく地をさまよいたり
いずこにやあらん　心やすけき地
いずこにやあらん　屈託を知らぬ瞳

神の炎より生まれ来たるものなれど
戦のいさおし　たぎる血潮　世をおおいて
はかなき生命をささげたり
ゆえにさらに嘆きは深く　さらに求めは遠くならん

心安けき日々　明るき瞳を求むる娘
喪失の思い　不忘の決意　いだきつづける娘よ
大いなる反転　生みだせる星々を招け
真実にてもたらされ
偽りにて再びもたらされし
貴き鋼《はがね》にて　ほどかれれば
まことのまことを　あらわさん
同じ臥所より生まれたる　漆黒の枝に実る金の実　夜光草に輝きたる朝の光
そを摘め　そをまけ　そを風に乗せよ　雨とふらせよ

空っぽの魔法空間に熾《おき》となって舞いおりたその歌は、ちかちかいいながら毛糸玉に近づいてくっついてしまった。毛糸玉はいっとき燃えあがりそうな気配をみせたものの、またすぐにこの世のありとあらゆる色をまといながらおとなしく転がった。

心安けき日々　明るき瞳を求むる娘
喪失の思い　不忘の決意　いだきつづける娘よ
大いなる反転　生みだせる星々を招け
同じ臥所より生まれたる　漆黒の枝に実る金の実　夜光草に輝きたる朝の光
そを摘め　そをまけ　そを風に乗せよ　雨とふらせよ

……翌朝はふきあれた嵐のあとのお決まりで、すっかり晴れわたった。雪野原がまた一枚分厚い毛布をかぶっていた。最後の宿駅付近にもさらにふきだまりができていたが、山頂へとつづく道は一筋にはっきりと青空の方向にうきあがっていた。

さえぎるもののなくなった周囲は白銀と青空に占められ、ときおり横殴りの風が吹いてエヤアルの足をよろめかせた。息を切らし、喘ぎながら足をとめることもしばしばだったが、それでも前へ、上へ、と少しずつ進んでいった。

朝陽が背後から昇り、目を焼く鏡の欠片を無数にまきちらした。雪の結晶がとけていくかすかな音が風のあいまに聞こえた。太陽が中天にさしかかって、エヤアルの影が最も短くなったとき、ぎざぎざをなす山頂の岩が迫ってきているのに気がついた。

白と黒の噴煙がまじりあい、一筋の糸となって南の方に流れていく。鍋が煮えているようなかすかな振動が足裏に伝わってくる。岩の溶ける臭いや硫黄の臭いでだんだん鼻が痛くなってくる。

がれ場の大地にはほとんど雪がなく、足をとられそうになりながらも、ぎざぎざ岩の横に手をかけて登りつめると、足元はるかに火口が真紅の火だまりを作っていた。

大抵の参拝者はこのぎざ岩の上から祈るのだという。家内安全、商売繁盛、健康長寿といった願いごとはここですませる。それより少し重い願いごと、生命をかけた願いごとはあの火口近くまでおりていかなければ聞きとどけられないのだと、宿駅の坊さんたちから何度も教わっていた。

火だまりの手前の斜面中ほどに、石柱が両側に並び建って通路をなしている。その入口は壮麗な石の門で、炎の鳥が彫刻されている。

エヤアルはもう一度目をあげて全体を確かめた。つまりはこれが火炎神の神殿というわけなのね。屋根もなく壁もなく、ただ白亜の門と石柱が火口へとつづいている。そこを歩くのはよほど勇気がいる。煮えたぎっている火だまりからはときおり、白と黒の煙がながれてくる。いつ噴火してもおかしくないこの場におりていくということは、まさに生命がけ。

エヤアルには選択の余地がない。王の命令がせっつく。唇をぎゅっと一文字にひきむすんで、すり鉢状におちこんでいる斜面をおりていく。上からながめたときには手の届く距離と思われた石の門が遠かった。

太陽が円く切られた空を横切っていく。薄い雲が風に飛ばされる蝶々のように走っていく。石が足裏にくいこみ、よろめきながらも何とか進む。熱が伝わってきて、額が熱くなる。途中でシオルを脱ぎすてた。門の下へとようやくたどりつくと、石の炎の鳥が嘴を下げ、両翼を広げて待っていた。羽の一枚一枚に筋がちゃんと入っている。嘴には年を経た鳥特有の罅割れさえも刻まれている。

門には青銅の格子戸がはめこまれ、青銅の板が「真の決意を持つ者のみ入るべし」と謳っている。

エヤアルはかすかに震える指でかけ金をはずし、格子戸をおしあけて列柱の通路に足を踏み入れた。

なだらかに火口の岸辺までつづく道をくだっていく。喉はからからでひきつり、鼻の奥の痛みと重なっている。両方のこめかみで血流が脈うち、目の周りもひりつき、髪の毛一本一本が逆立っていく。

それは恐怖のためではない。自分の口にする願いごとを思うと吐き気がする。その一方で、この煮えたぎる赤い火だまりに触れてみたい、身体にまとってみたいという、理屈にあわない欲求も生まれていた。

火口から一ヨンバーほど手前に、最後の柱と柱をつなぐようにして大きな祭壇がしつらえてあった。白亜の祭壇の表面にもブラン文字が刻まれていた。祈りの作法を記したものだろうか。そのなめらかでうつくしく刻まれた様子に心惹かれて、読む間もなくそっと指でなでた。

すると火口がわきたちはじめ、熱と火の粉が襲ってきた。思わず顔を腕で護りながら数歩後退したが、前髪の一束が焦げるのを感じた。大気は瞬時に熱せられ、肺が焼けそうなほどになり、息がつまった。エヤアルは腕をあげたままでさらに退いた。列柱のはじまって数本あたりまでさがって涙をふき、ようやく目をあけて呼吸した。

火口の上に炎の鳥が翼を広げていた。火口をおおうほどに大きかった。鋭い逆三角形の頭に炎の冠毛が逆だって、火の粉を身体中からまきちらし、切れあがった両目の中では黄金が融け、嘴からは燃えさかる白や青や黄色や赤や紫の星々、太陽がはじけている。

——よくぞ来た、スヴォッグの娘エヤアル。〈西ノ庄〉の生き残り。予言者の瞳に映りたる幻。まことと偽りをたずさえ、おのれに科したる不忘の呪いを背負い、希求の種《たね》を宿せし娘。そうであろう？

後半の言葉の意味をつかみそこねたまま、エヤアルは小刻みにうなずいた。喉に何かがつまって返事ができないようだった。

——まこと、螺旋の運命《さだめ》はわが身に戻り来たり。生きのびること難《かた》きこの世にて、ここまで生きのびここまでたどりつきたり。そなたゆえ、流されつつもしがみつくことをあきらめざるそなたゆえに。

炎の鳥は首をのばして彼女の鼻先に嘴を近づけた。彼女を害すまいとしてなのか、すぐにひっこめたが、エヤアルの鼻孔には水の匂いが残った。それは不思議なことだった。炎なのに水、とは。

「わたし、ペリフェ王の命で来ました」

ようやく口がきけるようになってそう言うと、

――そなた自身の望みではない？

「わたし自身の望みではありません」

――何故に？　炎と水の魔力ぞ。思いのままに操りもされように。その力、望まぬと申すか？

一つ焼くこともできよう。思いのままに操りもされように。その力、望まぬと申すか？

エヤアルはにらみつけるように鳥を見あげた。

「多くの人々が戦のために亡くなりました。その戦より酷い結果をまねく力なんていりません。山一つ森一つ焼いたときをわたしは決して忘れません」

そう口走ってはっとした。殴られたかのように、橙色の閃光が額を右から左へと抜けた。

さっき、火炎神はなんと言った？「おのれに科したる不忘の呪い」……？　あれは……、あれは、自分の声だったのか？　忘れるな、忘れてはならない、と……？

それが真。

エヤアルは目を大きくみひらき、口から大気を吸いこんだ。

「ええ、そうですとも。……不忘の呪いを自分自身にかけた！……なぜならあんな思いを二度としないために。獣たち、木々や草の死を自分の手で招きたいとは思わない。二度と。ええ、そうですとも！」

——ならばなぜ来たるや。自身の望みを言わずして。

炎の鳥の口調が氷のように厳しいものになった。エヤアルは思わず涙をうかべたが、それはその叱責のためではなかった。

「〈王の声〉は魔法の声。従わざるをえないのです!」

すると炎の鳥は喉元を見せて嘲った。

——それが何ぞ。そなたの強情さが、王の魔力などふるいおとそうに。

「……そんなこと、できるわけがない。わたしには魔法の一片も残っていないのに」

——そうか?　善も悪もうけいれる男にはできたのに?

エヤアルには誰のことなのかわからず、しばらく黙した。炎の鳥は再び嘲笑したが、今度は少しばかりのあたたかみも混じっていた。そしてそれは、夢の中で見たニバーの印象と重なりあった。

——そなたは一瞬でそれを感じとったがゆえ、あの男に心惹かれたのであろうに。

ダンのことだ。エヤアルは耳元まで赤くなり、目を伏せた。

——まことの直感を無視してはならぬ。あの者もたぐいまれなる男。全世界から見ればごまんと存在するたぐいまれなる者ぞ。

炎の鳥は笑いにまじえて言った。

——彼にはできて、そなたにできぬはずがない。欲にまみれた卑俗な魔力をふるいおとせぬはずがない。

「そんな簡単なことではありません」

――魔法にかからぬという魔力を持ったあの男には簡単だった。

「だってダンは……ダンですもの……」

――たしかにな。そなたには簡単なことではなかろうやもしれぬ。だが、その目の中で躍っているものは何ぞや。その胸の中で転がっているものは何ぞや。それらに比すれば、王の魔法など、ちゃちな人間のちゃちな小道具にすぎぬわ。

再び炎の鳥の嘴がエヤアルの頭上をかすめ、青い星赤い星が目の前ではぜた。軽い衝撃が眉間に生まれ、昨夜の火文字がよみがえった。その衝撃で、彼女は空っぽの魔法空間に相対していた。

「心安けき日々　明るき瞳を求むる娘……」

毛糸玉が左右に大きくゆれはじめている。

「喪失の思い　不忘の決意　いだきつづける娘よ」

――つづけよ。唱えよ。祈りにも似て。予言者の幻よ。

「大いなる反転　生みだせる星々を招け　真実にてもたらされ　偽りにて再びもたらされし　貴き鋼《はがね》にて　ほどかれれば　まことのまことを　あらわさん」

貴き鋼。エヤアルは腰の短剣を手さぐりしてとりだした。短剣は鈍い赤銅色の光を発した。

すると、魔法空間がめくれるようにひっくりかえり、彼女は今やその中に立っていた。

「真実にてもたらされ」

ノイチゴの礼として王が手わたしたとき、確かにこの短剣は感謝と讃美に満たされていた。

「偽りにて再びもたらされし」

忠誠と従順を強いて再び手わたされたとき、偽りのしるしとなった。

「貴き鋼《はがね》にて　ほどかれれば」

そのどこが貴いのだろう。真実と偽り双方を得たものの何が貴いというのだろう。そういぶかしみながらも、エヤアルは鞘を払い、あっちへ転がりこっちへ転がりしつつ、次第にまるまると大きくなってきた毛糸玉に近づいていった。

それは魔法空間の中で、ほとんど彼女と同じ背丈だった。糸がからみあって糸口がどこなのかは相変わらず判然としなかったが、世界中の色という色で染めあげられていることだけはわかった。

短剣の刃は、糸玉の色を反射して、やはり様々な色合いをきらめかせた。エヤアルはその色と色を重ねるように、糸玉に刃をただ重ねた。するとどうだろう、短剣の刃は虹色を発したかと思うや飴のように曲がり、溶け、糸玉もいっしょに丸い形をくずしてほどけていった。

彼女の足元には長い長い一本の毛糸が横たわった。それは山の形をしていたものの、もはやからまりあってはいなかった。縒《よ》りがかかって、太い所と細い所がほとんど均一にならされていた。そしてその色合いときたら！　ある所はツユクサの青、ある所はタンポポの黄色、また別の所では夜光草そっくりに光り、あるいは物陰の闇を抱いてわだかまる。ヒナゲシの赤、炎の朱色、幼児《おさなご》の唇の色、空色、夏の海、秋の海色、葉裏の白っぽい緑、冬の針葉樹の色、猫の瞳色、月夜の山の色、湖に映った星の色――ありとあらゆるこの世の色が段染めになってあらわれては消え、またあらわれるをくりかえしている。

それを見たその瞬間に、この相反するものすべてを一つにまとめてあらわしてみたいという抑えきれない切望がわきだしてきた。

と、糸山からひとつの影が立ちあがった。七色の闇をまきちらして、虎の視線めいた金色の光がときおり影の表面に走っていく。たちまち見あげるほどに大きくなったそれは、ペリフェ三世の姿を模していた。

「わが命《めい》を達せよ、エヤアル」

と、それはカロルの声で言った。

「われらのいさおしをたたえるものを織れ、エヤアル」

リッカールの声に変化して、さらにそれはたたみかけてくる。

「われらの戦果を織るがいい。そしてそれを炎の鳥に献上し、炎と水の魔力を戻してくれるように願うのだ。さすればそなたにも、この世の栄華が約束されよう。あふれんばかりの金銀財宝、絢爛豪華なる住まいにはくるぶしまで埋まる毛足の長い絨毯、分厚く見事なタペストリー、重厚なる家具調度、心地よき香の匂い、かしずく千人の女たち。悩みもなく悲しみもない日々。極上の料理と美酒。望みは何でもかなえてやろう。さあ、エヤアル、織るがよい」

めまいがしてわけがわからなくなり、言葉の命じるままに一歩を踏みだそうとしたと、

――ダンを思え、エヤアル。

上のほうからニバーの声がふってきた。

――彼にできてそなたにできぬはずがない。不忘の呪いを自身にかけたそなたぞ。その毛糸を穢すも、真と美をたくわえた織物に仕上げるも、そなた自身ぞ。それに――。

ニバーの声は、彼女の憧れであった朗らかなカロルの声と重なった。

――王命の前に、素直に首をたれるそなたでは、決してなかったはず……。

カロルとペリフェに見てとった熱意や文化への憧れや理想を追い求める強さを思いだし、同時にレヴィルーダンのことも考えた。するとその考えを反映するかのように、毛糸の一部から光が漏れだした。水晶の中に閉じこめられた虹のごとく、角度を変えさえすれば確かにゆるぎなくそこにあるのが見える光で、エヤアルが両手をさしのべると、指先にそっと触れてきた。それはまもなく全身をおおった。

エヤアルは瞑目して、ミツバチの羽音のような穏やかな振動が皮膚をくすぐるのを楽しんだ。やがて震動は皮膚から肉へ、肉から骨へ、骨から心臓へともぐっていき、鼓動

がゆっくりになっていく。それがこれ以上なくゆっくりになったとき、彼女は両目をあけて、両手をさしのべたまま、ペリフェの影に一歩一歩近づいていった。

光に包まれたエヤアルが進み出ていくと、影は大きくゆらめいた。幼子が抱擁を嫌がって身体をのけぞらせるように。エヤアルの腕が接触するのをなんとか避けようとした。しかし彼女は有無を言わせず影をとらえ、強く抱きしめた。

ペリフェ、カロル、リッカール、三人のひびわれた声が重なって呪文のように響いた。

「わが命を全うせよ、エヤアル」

「われらのいさおしを、エヤアル」

「われらの望みを、エヤアル」

さらにひびわれてあちこちに反響し、どれが誰の声であるのか判然としなくなり、やがて突然、互いの圧力に耐え切れなくなった古い煉瓦さながらに粉々に砕け散った。闇の七色の霧となって広がるそれらを、エヤアルは大きく呼吸して自らのうちに取りこんでいった。最後の呼吸で最後の一粒を吸いこむと、それらはもはや物言わぬ闇の澱となって、彼女の魔法空間に静かに沈殿していき……。

大きな織機が目の前に立ちあがった。

さっきの衝動が再びこみあげてきた。すべてのものを一つにまとめてあらわしてみたい。自らのすべてをここに注ぎこみたい。

いとおしむようになでながら、その織機の周りをゆっくりとまわった。見事な織機だった。この一台だけで、芸術品に値するだろう。それから思いをこめつつ、慎重に縦糸をかけていった。

長いときと忍耐を必要とするその作業は、物をつくりあげることへの期待感と喜びに彩られて、あたりに火花を散らすほどだった。何刻たったのか、幾日たったのだろうか、ようやく縦糸がぴんと張られると、織機の前に腰掛けて横糸を通し、試し織りをはじめた。杼は羽根ペンの形をしていて、彼女が頭で思い描く情景や言葉をまきちらしながら縦糸のあいだをすべっていった。

本織りをはじめると、毛糸の山は少しずつ織物におりこまれていった。

針をもっても使い物にならなかったけれど、織物はなんとかできた、と、キシヤナに特訓された日々を懐かしむ。はじめて織りあげたタペストリーは、キシヤナの家から出るときに荷車につんでもってきたのだった。出来の悪い代物をおいていくなというキシヤナの冷たい声がよみがえり、エヤアルはくすりと笑った。出来が悪いのはあたり前、なにせはじめて織った物だったもの。でも、あのとき、わたしは手ごたえを感じた。わたしはもっと織れる、と毛糸がゆらゆら動いて確信をもたらした。きっとあのときから、わたしはこれを望んでいたのだわ。

おだやかな微笑みをうかべ、目には熱意の炎をきらめかせて、エヤアルは歌うように杼を動かしていく。そう、わたしはこれを織りたかったの。わたしは山や森を破壊する力ではなく、ものを織りあげる力がほしかったの。人やものを傷つけることのない、望みを高らかにうたいあげる力が。

忘れることのない情景や言葉、人々の表情、しぐさ、そして歌を織りこんでいく。ムージィや老犬トリル、故郷の丘、彼女の帰りを待っている母とばあばあ様。カンカ砦で出会った人々、乱暴な兵士や生まじめな計理士、矢に倒れた魔法戦士たち。かみ切れないパンの味わい、下働きの少女たちの笑い声。

王都ハルラントでの日々。厳しくやさしいペリフェ王、浅墓《あさはか》な訴えをおこした町の娘、近衛兵たち。隙間風もカンカ砦とは違ったこと。晩春のノイチゴの匂い、きらめく川の瀬音。カロルとの邂逅と彼への憧憬、従者たちとともに旅をした日々。彼等を追いたてる北西の風や、森の神殿で祈りを捧げるオヴィーの呟き。枯れ野原を進みつづけるわびしい道行き、炉端でふと目にした黄色い小さな花の形。リッカールの魔法。

そして——レヴィルーダンへの恋情。そのときばかりは、杼もゆっくりとすべっていき、かたかたと音を鳴らし、糸と糸のあいだでは小さな星がぱちぱちとはじけた。

ブランティアの喧騒があとを追ってきて、香辛料の匂いや人いきれ、キシヤナに打たれたときの衝撃や軟膏を塗るブルーネの指先の感覚がまざっていった。壮麗な建物、さまざまな道具類の情緒、ペリフェとカロル兄弟の野望と戦、魔法と矢と雄叫びと流血と死。無力感。罪悪感。杼は怒りの炎をあげてすべっていき、いっとき織物は炎に包まれたが、燃えあがりはしなかった。家から助けだそうとしたときのキシヤナの拒否がそれにつづき、青く冷たい光を放った。

ブルーネと船に乗るときに嗅いだ不安と魚の臭い、白い波頭がすぐにやってきた。ダンとの再会はまた星をはじけさせ、少年皇子のよるべなさ、避難する人々の哀しみや気がかりや疑問――なぜこんな不条理がふりかかってきたのか――がその星を押しつぶしていく。

そしてニバーの裏切りとカロルとダンの決闘の記憶を、どす黒い血の色をした糸が引きとり、ペリフェ王の〈王の言葉〉の力が金にまたたく。エヤアルは絶望を折りこみ、死に近かったおのれの空虚さと、死からひきもどしてくれたルリツバメの一声も入れた。独り、雪の山道に分け入り、教会宿駅で坊さんたちとかわした何気ない、しかしひそかな思いやりをこめた言葉を入れた。宙を舞う雪の一片の結晶の形、青白くおちくぼんだウサギの足跡、地上のものすべてが白金と藍に区別される山腹の形を入れた。そうして最後に、天と地をつなぎとめるがごとくにそびえるクラン山の頂きと蒼天、火を噴く火口と炎の鳥が翼を広げたその一瞬の炎のあり様を織りこめたのだった。

幾日たったのだろう。幾月を経たのか。あるいは幾年だったやもしれない。エヤアルはようやく手をとめた。完成した。

機から糸端をはずして、できあがったものをそっと足元に広げた。

――それがそなたの望みであろう？

辛抱強く待っていた炎の鳥が尋ねた。

大きく息を吸い、そしてまた大きく息を吐き、エヤアルはしばし黙したのちに、ええ、と答えた。

——ならば言の葉にして望むがよい。さすれば叶えてやろう。

足元に広がる大きな大きなタペストリーには、黄金のカラン麦の穂が縁どる中で、すべての生き物や人々が描かれていた。老犬トリルとムージィは笑いながら追いかけっこをしていた。カンカ砦の人々はそれぞれの家に帰って皆仲睦まじくくらしていた。農夫は麦を刈り、牧童は家畜を追い、小さな魔法があちこちで雨粒になり、風になり、花を咲かせ、蜜蜂を呼びこんでいた。ハルラントの都やブランティアの人々も、日々の生業を楽しげにおこなっているのだった。ブランティアの皇帝のそばには、美姫にかこまれて成長したウルアがすわり、またその隣ではペリフェや東国六ヶ国の君主たち、カロルさえもいて、にこやかに酒をくみかわしている。皿には山海の珍味が山盛りになって、近衛も町人も皆一緒にごちそうにありついている。火炎神の教会、神殿、あらゆる神々の祀り所では、心安らかに祈る神官、坊さん、巡礼たちがいる。その中の一人はニバーだ。それを寿ぐように、炎の鳥が首をのばして星々を指し示している。

タペストリーの中央では、エヤアルが機を織っている。母とばあばあ様がそれぞれつくろい物や刺繡を手がけ、キシヤナは子どもたちに文字を教え、丘や畑で働くのはまたいとこたちとその家族だ。すっかり建て直された〈西ノ庄〉の表屋の軒下ではブルーネが膝に猫をのせ、うとうとしている。暖炉のそばにレヴィルーダンがすわり、息子二人と娘三人がよりそって、父の読む物語に耳をかたむけている。彼の剣は家の飾りとして壁にかけられ、騎士団のシオルと上着はかつての誇りとして大事に櫃におさまっている。

そう、これがわたしの望み。

タペストリーが広げられ、自分の望みが明らかな輪郭を持ったこの瞬間、エヤアルは不意に、運命の綾なす糸の軌跡を悟った。どこからか射してきた光が、昔の幼い自分と今ここにある自分を重ねて照らして見せた。

山一つ、森一つを焼くあやまちを犯さなかったのなら、エヤアルは多分、何の疑問もなくペリフェに心酔していただろう。カロルの理想に幻惑されて、彼等の言うがままに、喜々として力を行使する女になっていただろう。不忘の誓いをたてることもなく、大地を焼き、家を焼き、畑を焼き、人々を焼いて、しかもそれを忘れ去り、道を広げ、あの兄弟とともにただつき進んでいっただろう。あの兄弟のもつ熱い力に惹かれたことは確かだった。何となればその熱い魔力も、使い道を誤らなければ善きものの範疇に入るはずなのだから。

炎と水。金と銀。闇夜と星月夜。――真実と偽り。

エヤアルの目の奥であの木片の歌が閃き、こだまをつくって身体中に響きわたった。

神の炎より生まれ来たるものなれど
戦のいさおし　たぎる血潮　世をおおいて
はかなき生命をささげたり

ゆえにさらに嘆きは深く　さらに求めは遠くならん
心安けき日々　明るき瞳を求むる娘
喪失の思い　不忘の決意　いだきつづける娘よ
大いなる反転　生みだせる星々を招け

ああ、なにをするべきかがわかる。

同じ臥所より生まれたる　漆黒の枝に実る金の実　夜光草に輝きたる朝の光
そを摘め　そをまけ　そを凪に乗せよ　雨とふらせよ

エヤアルはタペストリーをかき集めるように一つにまとめてかかえあげた。すると魔法空間は再びひっくりかえり、彼女は列柱の端の祭壇の前で、炎の鳥と相対していた。大きな大きなタペストリーはどうしたわけかわからないが、祭壇の上に載った。しかしエヤアルにはそれは不思議でもなんでもなく、当然のことだった。

彼女は火炎神に恭しく一揖した。

「炎の司神、始源の光にして太古の闇から生まれ来たる神、世界を見護るべく翼広げたる鳥よ。わたしはこれなる物を供物として捧げます。これはわたしの来し方にしてわたしの思い。わたし自身。真実にして偽り。心で織ったつたなきものですが、今はこれがわたしのすべて。これをあなたの炎に捧げます」

炎の鳥は身じろぎ一つしなかったが、胸からふきだした炎が彼女のタペストリーをおおった。タペストリーはたちまち燃えあがった。そしてその炎はエヤアルに襲いかかってきた。逃げる暇もなかった。彼女はたちまち炎に包まれた。

それは熱いどしゃぶりの雨の中に立っているような感覚だった。燃えあがったりもせずに、気持ちの良い炎の滝にうたれていた。朱色の火の壁をとおして、タペストリーの図柄が見えた。絵の一つ一つが燃えながら、ブラン文字のように踊った。燃えつきると、無数の火の粉になり、炎の中に同化していく。

トリルが笑っていた。ムージィはからかうように地模様の中を逃げまわったあと、にやりとしたようだった。ニバーがゆっくりと両手をあげ、オヴィーは憧憬のまなざしで天を仰いだ。キシヤナは子どもたちを抱きしめ、ブルーネは猫に鼻をくっつける。母とばあばあ様は針をなおも動かし、耳には聞こえない歌をうたった。

いつのまにかタペストリーの中のダンがそばに立っていた。彼はそっと、エヤアルの心臓のあたりに人差し指をおしあてた。すると彼女の身体中に魔法にかからない力が伝わってきた。ダンはにっこりとしてから火の粉になった。ペリフェ、カロル、各国の君主たち、皇帝も杯を傾けながら火の粉に変じていった。エヤアルはぶるっと身を震わせた。すると、澱となって沈んでいたペリフェの〈王の言葉〉のなれのはては、ダンの、魔法にかからない魔力とともに、焦げかすがこそげおちていくように彼女の中からすべりおち、足元でひときわ明るい炎になったあとに火の中にとけていった。

——さあ、今こそ願いを申すがよい、スヴォッグの娘エヤアル。これほどの供物をもらったからには聞かざるをえぬよ。

そのときを見定めていたかのように、炎の鳥の声がとどろいたが、炎のごうごういう中で、かすかに興がっている気配があった。

エヤアルは一つの単語を口にしようとして瞬時、ためらった。それを求めるのは間違っている、とダンの魔力の名残が教えた。それはわれら人間が自らの手でつみあげていかなければならない真実の一つだ。きみは心血を注いで織りあげたタペストリーだからこそ、炎の鳥に捧げたのであろう？　はなっからできているものだったらそんなことはしなかったにちがいない。そうだ。それを求めるのはまちがっている。

決意をかためて仰むいたエヤアルの唇には、挑戦するような笑みがあった。彼女はきっぱりと言った。

「すべての人が平和を得るための努力をしますように」

鳥の冠毛が音をたててひときわ大きく燃えさかった。

——平和への努力、であると？

「誰も父や兄や血筋の者を奪われないように。誰も悲しい思いをしないように。誰も家を焼かれ、蹂躙されることのないように。すべての人々がそれを考えられますように」

――われならば即座にすべての戦、争い、火種をもつぶすことができようぞ。それなのに、考える、だけで良いのか？

「自分たちで作りあげてこその平和、自分の手で織りあげてこその幸福、つみあげてこその安寧。長く護られるには、それこそが至上の大事」

黄金のとけた両目で、じっとエヤアルを見つめた炎の鳥は、

――やはりそなたは〈世界の宝の器〉であったな。

と言った。

――それこそが、ニバーの待ち望む未来像。

静かに、大切なものを扱うようにゆっくりと首をのばして、エヤアルの肩の端にかろうじてひっかかっているかたい何かの種をくわえた。くちばしのあいだでかたくなに丸まっていたのは、エヤアルが自分にかけた不忘の呪いだった。

炎の鳥は大きく羽ばたくと空中に舞いあがった。熱い風が四方八方に吹きつけていき、火口の外輪がたわむほどだった。その尾はまだ火口の中に浸され、煮えたぎる溶岩があたりにとびちった。

――娘よ、しばしわれの目をとおしてそなたの願いの成就するさまを見るがよい。

その言葉が終わるや否や、エヤアルは炎の鳥の視線を得た。身体は祭壇の前に佇んだまま、彼女は炎の鳥となって上空へと羽ばたいた。

たちまち大地は小さくなった。火口とそれをとりまくクシア山の遠景を目にしたかと

思った直後には、それもはるかに小さな赤い点となった。アフランの島が銀の水壁に囲まれてヴェリラン海に浮かんでいる、その海をとりまくようにして複雑な形の大陸が広がっている。東に〈太陽帝国〉、ゴルジュア国、その北に北方六ヶ国。六ヶ国の西側にムメンネ、タッゴ、そしてハルラント聖王国が横たわり、〈暁女王国〉やオブス帝国、ガルフィールといった大きな国々、その南にさらに七ヶ国。

こうして俯瞰してみると、アフランはまさに世界の心臓というべき位置にあった。そのはるか上空、星々にもう少しで手の届きそうな場所で、炎の鳥は嘴にくわえた不忘の種を噛み砕いた。種は炎の霧となった。炎の鳥は叫ぶように歌を歌った。それは、太陽の奏でる詞のない歌だった。

炎の霧はその歌と羽ばたきで生まれた風によって、世界をおおう雲となった。それはしばし漂って空中の湿気とぶつかりあった。すると小さくはじける無数の光が生まれ、互いにつながりあい、雷電となって雲の中を走り、さらに無数の光を生んでいった。

そうして雲全体がその光に満ちて、とうとうその重みに耐えきれなくなったとき、雨となった。はじめの種が炎の霧であったように、この雨もまた霧雨であった。絹の紗幕《しゃまく》さながらに、やさしくしっとりとふっていく。

エヤアルは、人々が一斉に天を仰ぐのを見た。ブランティアでは他人の家に我がもの顔におしいっていた〈北国連合〉の兵士たちが、はっと背中をのばし、外へと飛びだした。城門で財宝が運び出されるのを待っている人々や、荷車に分捕り品を山とつんで桟橋まで運ぼうとしていた人々も、足を止め、手を止めて仰向いた。町の女子どもも、田舎の農夫や鍛冶屋も、山の養蜂家や狩人も、留守を護る国々のすべての人々が、額に雨をうけ、とじた目蓋にうけ、あるいは喉にうけた。

不思議な静寂にさそわれて、デンの町の宿からカロルとペリフェも街路に出てきた。やがてダンとブルーネとウルアも——二人はもうケヤキの幹から出て、ダンといっしょに近くの農家にやっかいになっていた——納屋の戸口で目を輝かせていた。

雨は世界中にふり注いだ。北のキアキアにも、西の〈暁女王国〉にも。南のカルナ帝国にも、東の〈陽ノ海〉の岸辺の漁村にも。

すべての人々が同時に、最も大切な〈世界の宝〉を思いだした。強欲の皮膜がはがれ落ち、不忘の雨によって忘れていたものを思いだした。

「おっかさん、どうしているだろう」

「うちの双子は大きくなっただろうな。親父の顔など忘れてしまったかもしれん」

「ああ。新妻をほったらかしにしておいてきてしまった」

「病もちのお父さん、元気にしているかしら」

「りんごの木には今年も花が咲いただろうか」

「愛しいあの娘は誰かと結婚しちまったかな」

「湖にうかべたままの舟なんぞ、とうに朽ちて沈んじまったかもな」

他人の家におしいってとんと恥じることのなかった兵士たちは、相手の顔に両親や兄弟やつれあいの顔を見た。手から剣がはなれ、弓矢が放りなげられ、懐一杯につめこまれた分捕り品が足元に落とされた。首をちぢめて敷居をまたいだ人々は、ぞろぞろと無言でブランティアの正門へむかった。その列はすぐに大きな川の流れとなって、正門から街道へ、街道からそれぞれの国へと分かれていった。はじめは無言であった彼等は、やがて口々に忘れていたものの話をしはじめ、その歩みはどんどん大股に、速くなっていった。

君主たちも、近衛や精鋭部隊も、そして火炎騎士団の騎士たちまでが、武器を投げだして故郷へと戻っていった。残った町の人々も、怪我人のめんどうを見たり、互いに声をかけあって壊された町の立て直しにとりかかった。

皇帝は王宮の奥にたたずみ、なにをなすべきか沈思黙考した。

ペリフェとカロルは去っていく〈北国連合〉の領主たちの袖を引いてなおも富についての熱弁をふるったが、かえってきたのは無言の憐憫や冷たい一瞥だった。二人は配下の者たちをも誘惑と脅しと〈王の声〉でとどまらせようとしたが、もはやその声が届くことはなかった。兵士たちは上官も歩兵もなべて望郷のかがやきを双眸に浮かべ、顎をあげ、西へ西へと川の流れを作っていったのだった。

二人は半日ほど両手をふりまわし、むなしく唾を飛ばし、顔を真紅にしてがなった。ペリフェがあのように取り乱す様を目にすることになるとは、予想だにしなかった。その二人にも不忘の霧雨は少しずつ滲みていき、とうとう心臓に一滴か二滴か達したのだろう、あるとき目をしばたたいて夢から覚めたような顔をした。二人の声はいまややんで、互いを初対面のようにながめたのちに、どちらともなく小さな吐息をついた。

二人はブランティアの城門前にたたずんでいた。もうあたりは暮れはじめ、紫紺の夜が東から忍び寄ってきていた。

彼らの足元には、兵士たちが投げ捨てていったブランティアの宝が転がっていた。門の内側では、人々の後を追っては行きたいものの、辛うじて忠誠と従順の誓いを護りぬき、とどまっている近衛の姿がひかえていた。あとは無人の街道に夕風が冷たく吹きつけ、ねぐらに帰ろうとカラスが互いを呼ぶ鳴き声だけ。

「……森の神官の醸す麦芽酒はなんと言ったかな……？」

「……シュケブ、ですよ、兄上」

「……あれは絶品であった。この季節に残っておるだろうか」

「われらが請えば、オヴィーが秘蔵の一樽を出してくれましょう」

「ふむ……。ではそれを呑みに行くか……」

「そうですね。呑みに行きますか……」

暮れゆく街道に人々の足跡を追って、ゆったりと馬にまたがって去っていく二人の姿を、三日月が見おろしていた。

彼らが去った幾日かののちに、ブルーネとウルアをつれたダンがブランティアに戻ってくるのも見えた。

ミラ台地の〈導きの灯台〉には、昼夜をとわず神の火が燃えあがっていた。そうしてその火のそばには、ニバーが背をのばし、冷厳な視線で世界を見わたすかのように立っていた。口元に浮かぶかすかな笑みは、彼の見た未来の幻影がようやく幻ではなくなったことを告げていた。

エヤアルは目をとじた。大きく溜息をついた直後に、自分の身体に戻っていった。

16

今年はじめてのルリツバメが山稜からあらわれ、エヤアルの頭上に鋭い弧を描きながら東の森へと去っていった。その高らかな喇叭の声は、流星さながらに〈西ノ庄〉の空を横切る群れの先駆けとなった。

ルリツバメが来たということは、とエヤアルは二代めトリルの背中を叩いて羊たちの方へ行くようながしながら考えた。あの人がまた巡礼たちを家に帰すべく、北国の冬を追い払いながらやって来る季節だ。

一つの丘の陰で、オールトとズワートとイムインの罵声があがった。またムージィが彼等に突進して囲みをやぶり、群れから脱走したらしい。エヤアルはくすりとしてから立ちあがり、ブランティア風のズボンと長靴をはいた足で斜面を駆けおりていった。

〈西ノ庄〉は名前のとおりの村になっていた。小道がつくられ、数十軒の家々が軒をならべている。幾つもの共同の作業場がその背後に建ち、羊毛を洗い、梳《す》き、染色し、糸によって、織機にかけられている。さらにその背後には広い畑地が耕され、青々としたカラン麦がまもなく出穂の時期を迎えようとしている。畑のわきには馬房と納屋があって、たくましい馬たちや牛たちが仕事にかりだされるのを待っている。

炊の煙が薄れ、家々の戸口から人々があらわれた。その多くがカンカ砦やブランティアから帰ってきた行き場のない人々だった。炎の鳥の魔法は、そうした人々にも望郷の念を育み、ここへ導いたのだった。

小屋から出てきたマヤナ——カンカ砦の大部屋で一緒だった屁理屈屋の少女——が——今はもう少女ではなく、立派なおとなの女性だ——腕いっぱいにかかえた脂ぎった羊の毛の横から顔を出して、道を横切ろうとしていたエヤアルを呼びとめた。

「ねえ、うちの宿六はいったい何してんの？　今日はこの厄介な代物を一緒に洗ってくれるはずなのに」

エヤアルは朗らかな笑い声をあげた。

「当分戻ってこないわよ。ムージィに翻弄されてる」

マヤナは目玉をぐるっとまわした。

「また？　大の男三人が羊一頭にいいようにされてんの？」

「あんたの旦那《オールト》より賢いわよ、ムージィは」

マヤナは嘆息をついた。

「この毛だって、去年のあいつのよ。主《あるじ》からはなれても、あたしたちを手こずらせるってわけね」

「でもちゃんと手をかければいい毛糸になるでしょ？　それこそ最上級の」

「本体の方も最上級の牡羊になってくれりゃあね」

ぷりぷりしながらマヤナは洗い場の方に歩いていった。羊毛の一番上に、斜めに射してきた朝陽があたって、金の炎のように燃えあがった。エヤアルはほんのいっときのその光景に足を止め、炎の鳥の翼がここにも及んでいるのだと思った。

朝の挨拶を投げかけて、人々が脇をすりぬけていく。その中には鍛冶を一手にひきうけているジヨンもいる。彼には三つになる娘と生まれたばかりの息子がいて、その名前もジヨンだ。

すべての兵士たちとともにペリフェはハルラントに戻り、王国の再興に力を入れるようになった。荒れ果てていた耕作地や牧場が復活したのは、〈西ノ庄〉だけではない。

カロルは一度故国に戻ったのち、再びブランティアの騎士団に帰って、今では諜報活動など省みることもなく、忠実に本来の職務にはげんでいる。チヤハンは去年、正式に騎士と認められたらしい。

ブランティアは侵攻の痛手からあっというまに立ち直ったという。戦で戻らなかったのは人々の生命と心の傷で、それは長く語りつがれることになるだろう。

エヤアルは自分の家に入った。ばあばあ様は奥の部屋で刺繡をしている。ブランティアからもち帰ったエヤアルの普段着に触発されて、意匠を工夫し、今では〈西ノ庄〉の特産品になっている。六十歳をすぎたはずで、長老の一人に数えられているが、数年前より潑剌として動きも軽い。

炉にかけた鍋から朝ごはんのスープをよそって食べていると、母が籠をかかえて入ってきた。

「今日のパンにはクルミが入っているそうよ」

粉屋がふらりと〈西ノ庄〉にやってきたのが三年前、その年のうちに水車小屋と大きなパン焼き窯ができ、今では村中のパンを焼いている。

「イムインの母さんが人数分より余計にほしがってね、大工さんとこのかみさんと喧嘩になったわ」

食べ物のなかった戦時中をまだひきずっていて、食べる分より多く確保しておこうと思っているのだろう。母が切ってくれた一欠片に牛舎から届けられたバターをたっぷりぬってかぶりつく。しっかりした歯ごたえとカラン麦の豊かな風味を味わいながら、カンカ砦の嚙んでも嚙んでものみこめない名物パンを懐かしく思いおこし、その話をして笑える相手がたくさんここに住んでいることに感謝した。母が言った。

「配給制を考え直さなくちゃいけないのかしら。それとも、ブランティア風にお金を使うか」

「お金は気がすすまない」

エヤアルはもぐもぐしながら答えた。欲望が何をさせたのか目のあたりにしてきた。もちろん毛嫌いすることは危険だ。あらゆる可能性への道を自らふさぐことになる。でも、あれからまだ四年。うけいれるには時間がかかる。

「庄長《おさ》に相談してみるわ。食べたら行ってくるから」

母は布《リネン》で残りのパンを包み、棚においてからむきなおった。

「あの庄長は、コーエンと同じくらいやり手だわ。いい人をつれてきたわね、エヤアル」

「母さん、それを言うのはこれで何度め？　もういいわよ」

「ほめるのはいくらほめてもいいでしょ? 名前も似ているし、弟みたいに思えるし」

片手をふってたくさんだというふりをすると、母はちらかっていた衣類を洗たく籠に放りこんで出ていった。エヤアルはスープの残りをのみ干し、自分の道具箱を持ってまた外に出た。戸口で恋歌の練習をしていた隣家の飼い猫が、びっくりして逃げていった。

そよ風が吹きはじめ、丘の草花の匂いと森の香りをはこんでくる。

カンカ砦の副将軍コーボルとばったり会ったのは、ブランティアからの帰途、ハルラントをすぎた小さな町角でだった。戦がなくなって、上級兵士や近衛兵は王のもとに残ったが、コーボルは軍を去ったのだった。売れない家具を売り歩く商売にうんざりし、養わなければならない家族への義務で目が吊りあがっていた。エヤアルは〈西ノ庄〉のたてなおしを語り、いつか訪ねて来てと誘い、三月後にはコーボル一家総勢八人が、元集会所の雨もりを直していた。

副官をしていただけあって、コーボルは人の扱いや組織だてに長けていた。彼を軸に、〈西ノ庄〉は有象無象の集合体ではなく、秩序だった〈庄〉に生まれかわったのだった。そしてそれは、エヤアルが覚えている幼いころの〈西ノ庄〉より頑健ですっきりとした組織だった。

丘からオールトたち三人が飛び跳ねるようにおりてくるのが見えた。ムージィ問題を片づけ、あとは少年牧童たちに任せてきたのだろう。彼等も朝食をとったあと、それぞれの仕事に行くのだ。

下手の村の入り口付近には数台の荷車が織物や反物をのせて、牛がつながれるのを待っている。隣の町でそれらは雑貨や食物や書物にかえられて戻ってくる。そういう品物の中にときおりブランティアの装身具や貝殻色をした陶器や小さなタペストリーや絨毯も混ざってくる。以前は王侯貴族しか目にしなかった品々が、ハルラントをはじめとする北の国々にも行きわたってくるのはいいことだった。――とりわけ書物は。人々は字をおぼえはじめている。ブランティアやアフランから、まだ数は少ないものの、巡礼帰りにまじって学者や研究者がやってきて、人々に文字を教えはじめている。

教師、という言葉から連想するのはキシヤナのことだった。彼女は今、ブランティアの王宮にいる。ブルーネが開閉魔法の力をかわれてウルア王子に雇われたとき、キシヤナもつれて移ったのだ。ブルーネはやんごとなき人々の部屋の扉を護り、キシヤナはやんごとなき人々の子どもたちに学問を授けている。厳しい顔つきは相変わらずだが、ときおりほころびた花のようなほほえみの片鱗がうかぶこともあるという。

エヤアルは仕事道具の入った木箱をかかえなおした。道端の青ブナの枝で、シジュウカラが同じ節をさかんにくりかえしている。恋の歌は、むくわれるかむくわれないのか。ほろ苦い思いをのみこんで、織物工房への坂道をおりていく。年に一度、レヴィルーダンは巡礼たちをハルラントまで送り届け、その足で〈西ノ庄〉まではるばるとやって来る。羊たちをながめ、二代めトリルの背をなでながら、世界のことを語っていく。彼は今年で二十五歳、騎士団を退団する年齢にはあと十年もある。騎士の誓いを護って、指一本彼女にふれることはない。ないのだが――一年に一度必ず王国の西のはてまでやってくることに、エヤアルには深い意味があると思われてならない。先のことは思い患っても仕方がない、と自分に言いきかせるが、これればかりは自分でも制御しきれない。今は織物に、そうしたあれやこれやの思いを託すしかない。

畑の方で大地を耕す鍬の音が響きはじめた。首をのばしてみると、もちあげるたびに陽に輝く農具の刃先が見えた。ああ、あそこにも炎の鳥が棲んでいる。

炎に包まれたあのあと、エヤアルの記憶の力は他の人とかわらなくなった。だが、空っぽの空間にある魔力の根からは新芽がふきだして、今は生き生きとした若木に育っている。それは炎と水の魔力ではあるものの、ものを爆ぜさせ、焼きつくす力ではない。

若芽が伸びはじめたころから、エヤアルの目にはそこここに火炎神のおわすのが映るようになった。それは、何かを壊す力でも変化させる力でも思いどおりに動かす力でもなかったが、彼女の心を満たし、畏れることを知らせ、望みをつなぐ努力をつづけていくことを教える力となっていた。

〈世界の宝〉を知らしめる炎の霧雨は、今生きている世界中の人々の心に残っていくだろう。世界の生業を支える人々とその子どもたちに。二代か、三代か。そしてそれは言葉や書物となって次の世代に伝えられていく。忘レルナ、忘レテハイケナイ、と。いつかは薄れてしまうかもしれない。いつかは消え去るかもしれない。でも、しばらくのあいだは、伝えられていくのだ。

若芽がそよいでめまいをもたらした。思わず目をとじると、ミラ台地の〈導きの灯台〉に、ニバーが同じように瞑目している幻を見た。

自らを供物とし、神に愛でられし者。すべては彼からはじまり、おそらく彼の思惑どおりに世界は導かれたのだろう。百年たっても、ニバーは同じ姿勢で同じ場所に立っていることだろう。

願わくば、彼が再び動きだすその日が来ませんように。

願わくば、わたしの孫たち、曾孫たちが心安らかに機《はた》を織り、小川で遊び、羊を追っていられますように。

願わくば――。

解説

池澤春菜

優れたファンタジーには、世界の匂いがある。

例えば、変わりゆく季節。土や木々の気配。風の匂い。人々の生活から聞こえてくる音。一番イメージしやすいのは、食べ物かもしれない。わたしにとっては、〈ナルニア国物語〉に出てくる、木の精ドリアードたちの土のご馳走だったり（かの有名なプリンではなく）、ダイアナ・ウィン・ジョーンズの『時の町の伝説』に出てくるバターたっぷりでなめらか、熱くて冷たいバターパイだったり。

優れたファンタジーでは、人が生きている。例えどんなにかけ離れた生活様式でも、人ならざる者だったとしても、悩み、迷い、己の道を選び取ろうとする姿に、わたしたちは共感する。

その世界と、人々を乗せる土台として、魔法がある。それがあるからこそ、世界も人々も生き生きと真に迫ってわたしたちの心を打つ。そして世界と人々が生きていれば、魔法もまた存在感を持って動き出す。

世界と、人々と、魔法と。それらを言葉で描き出す唯一無二の魔法使いとして、いまわたしが日本で一番信頼しているのが乾石さんだ。

本作の冒頭、エヤアルの目を通して描かれる世界の美しいこと。この数ページだけで、読者はこの世界がわたしたちの住む世界ととても似ているが、少しだけ違うことがわかる（例えば、わたしたちのいる世界では、ルリツバメは小鳥ではなく蝶のことだ）。そしてエヤアルがまっすぐで柔らかな心を持った少女であることも、この世界の人々は誰もが一つだけ魔法の力を持っているのに、エヤアルは持たない〈空っぽの者〉であることもわかる。

世界が一枚ずつ、薄いカーテンを引くようにその姿を現していく。夢中で読み進め、気がつくと静かに水の中に滑り込むように世界にとっぷりと浸っているのは、乾石作品の特徴だ。

魔法の力を奪われたが、エヤアルにはある意味それに匹敵する優れた記憶力があった。エヤアルが自分の才能を認識し、磨き、それをどう活かすか、悩みながら己を見いだしていく過程にはわくわくする。36ページで少女たちは花にたとえられる。一度つぼみを摘まれたエヤアルは、カンカ砦という新しい土壌に植わり、新たな花を咲かせた。その後もエヤアルを取り巻く環境は次々と変わっていくが、彼女はしなやかに、強かに適応していく。この野の花のような伸びやかさが、エヤアルの持つ一番の強さなのかもしれない。

エヤアルは静かに考える。内面と向き合い、人を観察し、自分を曲げることなく、芯を通していく。だからこそ、最後のあの願いを導き出せたのだろう。


さて、ここからは本編を読んだ人だけ。少し後に、乾石さんのご紹介も載せるので、まだ読み終わっていない人は、薄目でこの箇所は飛ばして欲しい。

エヤアルの最後の願いを、あなたはどうとらえただろうか?

わたしの胸には、あの言葉はすっと落ちてきた。

途中、ペリフェ、カロルとリッカールの夢見た理想郷に、頭では納得しながらも、どこかに飲み込めない違和感を覚えていた（その後のリッカールのやり口が気に入らない!　と言うのが一番大きいけれど）。

平和と安逸と繁栄が隅々まで行き渡った世界、それは確かに理想郷かもしれない。だが、本来、トマス・モアが提唱した理想郷（Utopia）は、管理の行き届いた非人間的な世界だった。

自分にとって大切な存在を失った絶望を、誰しも味わったことがあるだろう。その喪失感からペリフェたちが求めた夢を、否定はできない。

だが、守られるばかりで人は幸せになれるのだろうか。食べ物の一番美味しい部分を誰かにあげられること、美しいものを見た時に隣にあの人がいたらいいと思うこと、大切な存在が苦しんでいる時にいっそ代わってあげられたらと祈ること……世界は足りない部分を補い合うからこそ美しいのではないか。全てが満ち足りてしまっては、誰かのことを気にかけることも、心を配ることも、思いを巡らすことも必要なくなってしまう。守ることもまた幸せなのだ。

それらを全て先回りして満たしたなら、エヤアルはダンに惹かれなかっただろう。ブルーネに解放はもたらされなかった。

わたしたちが現実にいる世界も、けして美しいものではない。ニュースはいつも、愚かしさと醜さと取り返しのつかない何かで溢れている。いつか、誰かにもたらされたのではない、本当の平和と安逸と繁栄が隅々まで行き渡った世界が叶うかもしれない。でもそれには、エヤアルが炎の神殿まで自分自身の足で上ったように、人が一歩ずつ進んで到達しなければいけないのだ。

だからそれまで、現実のこの世界でも「すべての人が平和を得るための努力をしますように」。

乾石智子さんのご紹介を少し。

山形県生まれ、山形大学卒業、そして山形県在住。一九九九年、「闇を磨きあげる者」で教育総研ファンタジー大賞を受賞。二〇一一年『夜の写本師』でデビュー。ここから始まった〈オーリエラントの魔道師〉シリーズは、日本ファンタジー界の宝だと思う。

デビュー作から一貫して、端正で薫り高い描写、独創的な存在感を持つ魔法、老若男女、個性溢れる登場人物たちが活躍する、素晴らしい物語を生み出している。象徴に満ちた壮大な物語が、全ての伏線を拾って見事に収束していくさまは、本作でも出てくる様々な色糸で織られたタペストリーのよう。

そんな中でも、少女が主人公と言うのはちょっと珍しい。

乾石さんの作品に出てくる登場人物は、男性が多い。

過酷な運命を背負い、復讐のための魔術士ならざる魔法を身につけたカリュドウ。

その祖となるギデスディン魔法を生み出したキアルス。

太陽の石を持ち、己の真の姿と運命と対峙するデイス。

飄々とした魔道士らしからぬ魔道士、紐結びの魔法を持つリクエンシスことエンス。

けっこうみんな、困った大人（もしくは少年、老人）なのだ。その中で、エヤアルのまっすぐさと来たら。エヤアルなら、この魔道士たちの間にも負けることなく入っていってびしびし叱ってくれそう。

何よりも、誰よりも、ご自身が言葉の魔道士である乾石さん。乾石さんから生み出される物語はとりどりの宝石のようだ。どれも読むことで心の中に沈み、わたしたちの日々をきらめきで満たしてくれる。

これからも、乾石さんの言葉に、世界に、魔法に、触れることができますように。
たくさんの宝石を待っています。

（いけざわ・はるな／声優、書評家）

本書は小社より二〇一六年三月に刊行されました。

ラピスラズリ　山尾悠子

言葉の海が紡ぎだす、〈冬眠者〉と人形と、春の目覚めの物語。不世出の幻想小説家が20年の沈黙を破り発表した連作長篇。補筆改訂版。（千野帽子）

増補 夢の遠近法　山尾悠子

「誰かが私に言ったのだ／世界は言葉でできていると」。誰も夢見たことのない世界が、ここではじめて言葉になった。新たに二篇を加えた増補決定版。

リテラリーゴシック・イン・ジャパン　高原英理編

世界の残酷さと人間の暗黒面を不穏に、鮮烈に表現する「文学的ゴシック」。古典的傑作から現在第一線で活躍する作家まで、多彩な顔触れで案内する。

ファイン／キュート 素敵かわいい作品選　高原英理編

文学で表現される「かわいさ」は、いつだって、どこかファイン。古今の文学から、あなたを必ず「きゅん」とさせる作品を厳選したアンソロジー。

三ノ池植物園標本室（上）　ほしおさなえ

植物の刺繍に長けた風里が越してきた古い一軒家。その庭の井戸には芸術家たちの悲恋の記憶が眠っていた——。『恩寵』完全版を改題、待望の文庫化！

三ノ池植物園標本室（下）　ほしおさなえ

井戸に眠る因縁に閉じ込められた陶芸家の日下さんを、彼に心を寄せる風里は光さす世界へと取り戻せるか。感動の大団円。（東直子）

蘆屋家の崩壊　津原泰水

幻想怪奇譚×ミステリ×ユーモアで人気のシリーズ、新作を加えて再文庫化。猿渡と怪奇小説家の伯爵、二人の行く手には怪異が——。（川崎賢子）

ピカルディの薔薇　津原泰水

人気シリーズ第二弾、初の文庫化。作家となった猿渡は今日も怪異に遭遇する。五感を失った人形師、過去へと誘うウクレレの音色——。（土屋敦）

猫ノ眼時計　津原泰水

人気シリーズ完結篇。「豆腐」で結ばれた二人、猿渡と伯爵の珍道中は続く。火を発する女、カメラに写らない友、運命を知らせる猫。（田中啓文）

緋の堕胎　戸川昌子　日下三蔵編

これは現実か悪夢か。独自の美意識に貫かれた淫靡かつ幻想的な世界を築いた異色の作家。常人の倫理を遥かに超えていく劇薬のような短篇9作。

ピスタチオ　梨木香歩

棚(たな)がアフリカを訪れたのは本当に偶然だったのか。不思議な出来事の連鎖から、水と生命の壮大な物語「ピスタチオ」が生まれる。（管啓次郎）

星か獣になる季節　最果タヒ

推しの地下アイドルが殺人容疑で逮捕!? 僕は同級生のイケメン森下と真相を探るが――。歪んだピュアネスが傷だらけで疾走する新世代の青春小説！

こちらあみ子　今村夏子

あみ子の純粋な行動が周囲の人々を否応なく変えていく。第26回太宰治賞、第24回三島由紀夫賞受賞作。書き下ろし「チズさん」収録。（町田康／穂村弘）

さようなら、オレンジ　岩城けい

オーストラリアに流れ着いた難民サリマ。言葉も不自由な彼女が、新しい生活を切り拓いてゆく。第29回太宰治賞受賞・第150回芥川賞候補作。（小野正嗣）

戦闘破壊学園ダンゲロス　架神恭介

睾丸破壊、性別転換、猥褻目的限定遠距離干渉、瞬間死刑……多彩な力を持つ魔人たちが繰り広げるご都合主義一切ナシの極限能力バトル。（藤田直哉）

絶望図書館　頭木弘樹編

心から絶望したひとへ、絶望文学の名ソムリエが古今東西の小説、エッセイ、漫画等々からぴったりの作品を紹介。前代未聞の絶望図書館へようこそ！

トラウマ文学館　頭木弘樹編

大好評の『絶望図書館』第2弾！ もう思い出したくもないという読書体験が誰にもあるはず。洋の東西、ジャンルを問わずそんなトラウマ作品を結集！

名短篇、ここにあり　北村薫／宮部みゆき編

読み巧者の二人の議論沸騰し、選びぬかれたお薦め小説12篇。となりの宇宙人／冷たい仕事／隠し芸の男／少女架刑／あしたの夕刊／網／誤訳ほか。

名短篇、さらにあり　北村薫／宮部みゆき編

小説って、やっぱり面白い。人間の愚かさ、不気味さ、人情が詰まった奇妙な12篇。華燭／骨／雲の小径／押入の中の鏡花先生／不動図／鬼火／家霊ほか。

とっておき名短篇　北村薫／宮部みゆき編

「しかし、よく書いたよね、こんなものを……」北村薫を唸らせた、とっておきの名短篇。愛の暴走族／運命の恋人／絢爛の椅子／悪魔／異形ほか。

名短篇ほりだしもの

北村薫 宮部みゆき 編

「過呼吸になりそうなほど怖かった!」宮部みゆきを震わせた、ほりだしものの名短篇。だめに向かって/三人のウルトラマダム/少年/穴の底ほか。

謎の部屋

北村薫 編

不可思議な異世界へ誘う作品から本格ミステリまで、「豚の島の女王」「猫じゃ猫じゃ」「小鳥の歌声」など17篇。宮部みゆき氏との対談付。

こわい部屋

北村薫 編

思わず叫び出したくなる恐怖から、鳥肌のたつ恐怖まで。「七階」「ナツメグの味」「夏と花火と私の死体」など18篇。宮部みゆき氏との対談付。

読まずにいられぬ名短篇

北村薫 宮部みゆき 編

松本清張のミステリを倉本聰が時代劇に!? あの作家の知られざる逸品からオチの読めない怪作まで厳選の18作。北村・宮部の解説対談付き。

教えたくなる名短篇

北村薫 宮部みゆき 編

宮部みゆきを驚嘆させた、時代に埋もれた名作家・長谷川修の世界とは? 人生の悲喜こもごもが詰まった珠玉の13作。北村・宮部の解説対談付き。

巨匠たちの想像力〔戦時体制〕 あしたは戦争

日本SF作家クラブ企画協力

小松左京「召集令状」、星新一、手塚治虫「悪魔の開幕」、昭和のSF作家たちが描いた未来社会。そこには私たちへの警告があった! （斎藤美奈子）

巨匠たちの想像力〔管理社会〕 暴走する正義

日本SF作家クラブ企画協力

星新一「処刑」、小松左京「戦争はなかった」、水木しげる「こどもの国」、安部公房「闖入者」、筒井康隆「公共伏魔殿」ほか9作品を収録。 （真山仁）

巨匠たちの想像力〔文明崩壊〕 たそがれゆく未来

日本SF作家クラブ企画協力

小松左京「カマガサキ二〇一三年」、水木しげる「宇宙虫」、安部公房「鉛の卵」、倉橋由美子「合成美女」、筒井康隆「下の世界」ほか14作品。 （盛田隆二）

図書館の神様

瀬尾まいこ

赴任した高校で思いがけず文芸部顧問になってしまった清(きよ)。そこでの出会いが、その後の人生を変えてゆく。鮮やかな青春小説。 （山本幸久）

僕の明日を照らして

瀬尾まいこ

中2の隼太に新しい父が出来た。優しい父はしかしDVする父でもあった。この家族を失いたくない! 隼太の闘いと成長の日々を描く。 （岩宮恵子）

聖女伝説 多和田葉子

少女は聖人を産むことなく自身が聖人となれるのか？ 著者の代表作にして性と生と聖をめぐる少女小説の傑作がいま蘇る。書き下ろしの外伝を併録。（松浦理英子）

君は永遠にそいつらより若い 津村記久子

22歳処女。いや「女の童貞」と呼んでほしい――。日常の底に潜むうっすらとした悪意を独特の筆致で描く。第21回太宰治賞受賞作。（松浦理英子）

アレグリアとは仕事はできない 津村記久子

彼女はどうしようもない性悪だった。すぐ休み単純労働をバカにし男性社員に媚を売る。大型コピー機とミノベとの仁義なき戦い！（千野帽子）

まともな家の子供はいない 津村記久子

セキコには居場所がなかった。うちには父親がいる。うざい母親、テキトーな妹。まともな家なんてどこにもない！ 中3女子、怒りの物語。（岩宮恵子）

60年代日本SFベスト集成 筒井康隆編

「日本SF初期傑作集」とでも副題をつけるべき作品集である（編者）。二十世紀日本文学のひとつの里程標となる歴史的アンソロジー。（大森望）

異形の白昼 筒井康隆編

様々な種類の「恐怖」を小説ならではの技巧で追求した戦慄すべき名篇たちを収める。わが国のアンソロジー文学史に画期をなす一冊。（東雅夫）

70年代日本SFベスト集成1 筒井康隆編

日本SFの黄金期の傑作を、同時代にセレクトした記念碑的アンソロジー。SFに留まらず「文学の新しい可能性」を切り開いた作品群。（荒巻義雄）

70年代日本SFベスト集成2 筒井康隆編

星新一、小松左京の巨匠から、編者の「おれに関する噂」、松本零士のセクシー美女登場作まで、長篇なみの濃さをもった傑作群が並ぶ。（山田正紀）

70年代日本SFベスト集成3 筒井康隆編

「日本SFの滲透と拡散が始まった年」である1973年の傑作群。デビュー間もない諸星大二郎の「不安の立像」など名品が並ぶ。（佐々木敦）

70年代日本SFベスト集成4 筒井康隆編

「1970年代の日本SF史としての意味も持たせたいというのが編者の念願である」――同人誌投稿作から巨匠までを揃えるシリーズ第4弾。（堀晃）

70年代日本SFベスト集成5　筒井康隆編

最前線の作家であり希代のアンソロジスト筒井康隆が日本SFの凄さを凝縮して示したシリーズ最終巻。全巻読めばあの時代が追体験できる。（豊田有恒）

世界幻想文学大全
怪奇小説精華　東雅夫編

ルキアノスから、デフォー、メリメ、ゴーチエ、ゴーゴリ……時代を超えたベスト・オブ・ベスト。岡本綺堂、芥川龍之介等の名訳も読みどころ。

世界幻想文学大全
幻想小説神髄　東雅夫編

ノヴァーリス、リラダン、マッケン、ボルヘス……時代を超えたベスト・オブ・ベスト。松村みね子、堀口大學、窪田般彌等の名訳も読みどころ。

日本幻想文学大全
幻妖の水脈　東雅夫編

『源氏物語』から小泉八雲、泉鏡花、江戸川乱歩、都筑道夫……。妖しさ蠢く日本幻想文学、ボリューム満点のオールタイムベスト。

日本幻想文学大全
幻視の系譜　東雅夫編

世阿弥の謡曲から、小川未明、夢野久作、宮沢賢治、中島敦、吉村昭……。幻視の閃きに満ちた日本幻想文学の逸品を集めたベスト・オブ・ベスト。

日本幻想文学事典　東雅夫

日本の怪奇幻想文学を代表する作家と主要な作品を、第一人者の解説と共に網羅する空前のレファレンス・ブック。初心者からマニアまで必携！

ケルト妖精物語　W・B・イエイツ編　井村君江編訳

群れなす妖精もいれば一人暮らしの妖精もいる。不思議な世界の住人達がいきいきと甦る。イエイツが贈るアイルランドの妖精譚の数々。

ケルトの薄明　W・B・イエイツ　井村君江訳

無限なものへの憧れ。ケルトの哀しみ。イエイツ自身が実際に見たり聞いたりした、妖しくも美しい話ばかり40篇。（訳し下ろし）

ケルトの白馬／ケルトとローマの息子　ローズマリー・サトクリフ　灰島かり訳

ブリテン・ケルトもの歴史ファンタジーの第一人者による珠玉の少年譚。実在の白馬の遺跡をモチーフにした代表作ほか一作。（荻原規子）

生ける屍　ピーター・ディキンスン　神鳥統夫訳

独裁者の島に派遣された薬理学者フォックス。秘密警察が跳梁し、魔術が信仰される島で陰謀に巻き込まれ……。幻の小説、復刊。（岡和田晃／佐野史郎）

短篇小説日和　西崎憲 編訳

短篇小説は楽しい！　大作家から忘れられたマイナー作家の小品まで、英国らしさ漂う一風変わった傑作を集めました。巻末に短篇小説論考を収録。

怪奇小説日和　西崎憲 編訳

怪奇小説の神髄は短篇にある。ジェイコブズ「失われた船」、エイクマン「列車」など古典的怪談から異色短篇まで18篇を収めたアンソロジー。

アンチクリストの誕生　レオ・ペルッツ　垂野創一郎 訳

20世紀前半に幻想的歴史小説を発表し広く人気を博した作家ペルッツの中短篇集。史実を踏まえて花開く奔放なフィクションの力に脱帽。（皆川博子）

どこに転がっていくの、林檎ちゃん　レオ・ペルッツ　垂野創一郎 訳

元オーストリア陸軍少尉ヴィトーリンは、捕虜収容所での屈辱を晴らそうと革命後のロシアへ舞い戻る。仇の司令官セリュコフを追う壮大な冒険の物語。

あなたは誰？　ヘレン・マクロイ　渕上痩平 訳

匿名の電話の警告を無視してフリーダは婚約者の実家へ向かうが、その夜のパーティで殺人事件が起こる。本格ミステリの巨匠マクロイの初期傑作。

二人のウィリング　ヘレン・マクロイ　渕上痩平 訳

本人の目前に現れたウィリング博士を名乗る男は誰か。「啼く鳥は絶えてなし」というダイイングメッセージの謎をめぐる冒険が始まる。（深緑野分）

牧神の影　ヘレン・マクロイ　渕上痩平 訳

暗号法に取り組んでいた伯父の死をきっかけに、ヒロインの周囲で不可解な出来事が次々と起こる。マクロイ円熟期の暗号ミステリ。（山崎まどか）

ロルドの恐怖劇場　アンドレ・ド・ロルド　平岡敦 編訳

二十世紀初頭のパリで絶大な人気を博した恐怖演劇グラン・ギニョル座。その座付作家ロルドが血と悪夢で紡ぎあげた二十二篇の悲鳴で終わる物語。

悪党どものお楽しみ　パーシヴァル・ワイルド　巴妙子 訳

足を洗った賭博師がその経験を生かし探偵として大活躍、いかさま師たちの巧妙なトリックを次々と暴く。エラリー・クイーン絶賛の痛快連作。（森英俊）

探偵術教えます　パーシヴァル・ワイルド　巴妙子 訳

お屋敷付き運転手モーランは通信教育の探偵講座を受講中。名探偵気取りで捜査に乗り出すが、毎回大騒動に……。爆笑ユーモアミステリ。（羽柴壮一）

ちくま文庫

炎《ほのお》のタペストリー

二〇一九年三月十日　第一刷発行

著　者　乾石智子（いぬいし・ともこ）
発行者　喜入冬子
発行所　株式会社　筑摩書房
東京都台東区蔵前二―五―三　〒一一一―八七五五
電話番号　〇三―五六八七―二六〇一（代表）

装幀者　安野光雅
印刷所　中央精版印刷株式会社
製本所　中央精版印刷株式会社

ISBN978-4-480-43580-4 C0193